COLLECTION FOLIO

Marcel Aymé

Le vin
de Paris

Gallimard

Né à Joigny dans l'Yonne, en 1902, Marcel Aymé était le dernier d'une famille de six enfants. Ayant perdu sa mère à deux ans, il fut élevé jusqu'à huit ans par ses grands-parents maternels, qui possédaient une ferme et une tuilerie à Villers-Robert, une région de forêts, d'étangs et de prés. Il entre en septième au collège de Dôle et passe son bachot en 1919. Une grave maladie l'oblige à interrompre les études qui auraient fait de lui un ingénieur, le laissant libre de devenir écrivain.

Après des péripéties multiples (il est tour à tour journaliste, manœuvre, camelot, figurant de cinéma), il publie *Brûlebois*, son premier roman, aux Cahiers de Poitiers et en 1927 *Aller-retour* aux Éditions Gallimard, qui éditeront la majorité de ses œuvres. Le Prix Théophraste-Renaudot pour *La Table-aux-Crevés* le signale au grand public en 1929 ; son chef-d'œuvre, *La Jument verte*, paraît en 1933. Avec une lucidité inquiète il regarde son époque et se fait une réputation d'humoriste par ses romans et ses pièces de théâtre : *Travelingue* (1941), *Le Chemin des écoliers* (1946), *Clérambard* (1950), *La Tête des autres* (1952), *La Mouche bleue* (1957).

Ses recueils de nouvelles, comme *Le Nain* (1934), *Les Contes du chat perché* (1939), *Le Passe-muraille* (1943), font de lui un des maîtres du genre. Marcel Aymé est mort en 1967.

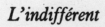

L'indifférent

Le lendemain de ma sortie de prison, par un après-midi de juillet, je me présentais au bar de la Boussole, un établissement miteux sur le côté passant du boulevard Rochechouart. Je venais trouver là un certain Médéric, surnommé « Médé Clin d'œil », en me recommandant d'un de ses amis, devenu le mien pendant les derniers mois de ma détention. En entrant à la Boussole, je pus croire que j'étais le seul client, mais le patron, debout derrière son zinc, me découvrit, assis dans l'ombre au fond du bar, un groupe de trois buveurs avec lesquels il était en conversation. L'un de ceux-ci, un grand et gros homme aux cheveux blancs, au petit œil de rat, était justement Médéric. Je parle à dessein de son petit œil parce qu'il était borgne, d'où son surnom de « Clin d'œil ». Bien que le cafetier s'exprimât surtout à son intention, il observait un silence bienveillant et laissait aux deux autres le soin de lui répondre. Les comparses paraissaient assez insignifiants. Le plus bavard était un petit homme à épaules avec une grasse figure de faux dur et un chapeau vert bouteille très sur l'œil. L'autre, malingre, vêtu de noir, avait l'air d'un huissier souffreteux.

— Écoute, Médéric, disait le patron, je vais te dire une chose bien réelle. Avant la guerre, je laissais pas passer une semaine sans aller à *l'Européen* ou à *Bobino*, ma parole d'honneur. J'ai la prétention que les chanteurs, je m'y reconnais aussi bien que dans la limonade. Quand on vient me dire André Claveaux, je réponds d'accord, il est caressant, mais question organe...

— Mille excuses, coupa le faux dur, mais laisse-moi te rétorquer. D'abord, tu n'es pas objectif.

— C'est ça, ricana le patron. Je débute dans la vie. Je m'appelle Durandeau.

— Désiré, veux-tu me permettre ?

— Durandeau, je te dis, que je m'appelle.

Tels étaient, à bien peu près, les propos qui se tenaient au bar de la Boussole quand je m'approchai du zinc. Médéric souriait avec bonté. Avant de me présenter à lui, je souhaitais entendre parler cet homme que j'apercevais pour la première fois, mais la conversation devait se poursuivre longtemps avant qu'il s'y décidât. J'avais commandé un jus de fruit. Tout à son propos, le patron me servit machinalement, presque sans quitter des yeux ses interlocuteurs. Entra une fille brune et mince, vêtue d'une robe rouge en artificiel, les yeux noirs aux reflets de cuivre et des boucles noires collées sur le front à la gomina. C'était une jolie figure de peau de vache, aux traits fins, dans les vingt ans d'âge. La taille souple, elle marchait avec un léger déhanchement de pierreuse, et sa croupe paraissait sensible comme un pendule. Elle vint droit au zinc et, avant de rien commander, leva sur le cafetier un regard d'anxieuse interrogation. Il secoua la tête, l'air excédé, comme impatienté de la voir s'entêter dans un refus de l'évidence. Ils échangèrent à voix basse quelques paroles que je n'entendis pas. A plusieurs reprises, la peau de vache risqua un coup d'œil furtif du côté de Médéric et il me sembla qu'une lueur de colère s'allumait dans ses yeux noirs aux reflets de cuivre.

— Moi, dit le faux dur, j'ai la psychologie suivante,

c'est que quand et lorsque un directeur de salle allonge à un chanteur un cachet de dix sacs par soirée, je dis attention, pas fol il est, monsieur le directeur. Il a compris.

— Pardon, répliqua le cafetier, je me permets de t'observer un léger détail. Moi, je te cause organe et sentiment de la chose et toi tu me réponds argent. J'estime que tu n'as pas le droit...

— Si tu me cherches des poux dans ma psychologie...

Leur bavardage s'éternisait sur le même propos. Médéric ne disait toujours mot. De temps à autre, le regard de son petit œil de rat se fixait sur moi. Ce ne pouvait être qu'une curiosité vague ou l'habitude de s'informer par soi-même. A trois pas de moi, la fille en artificiel rouge rongeait son frein en buvant un jus de fruit. Il semblait à chaque instant qu'elle fût sur le point de laisser éclater son indignation ou sa rancœur. Enfin, Médé parla.

— Bien sûr, mes enfants, bien sûr, dit-il d'une voix débonnaire.

Ces paroles, qui mirent fin à la dispute, ne m'apprenaient pas grand'chose sur le compte de Médé Clin d'œil. En tout cas, son silence était plus significatif que sa parole. L'homme devait être plutôt réservé. Quittant le comptoir, j'allai au trio.

— Monsieur Médéric ? demandai-je. J'ai une commission à vous faire.

J'avais parlé d'une voix presque confidentielle et je reculai d'un pas pour faire entendre que la commission l'était également. Le faux dur me toisa d'un air soupçonneux en rejetant son chapeau en arrière et le foutriquet en noir affecta d'ignorer ma présence. Avec beaucoup de bonne grâce, Médé se leva et me précéda vers l'entrée du bar. Au passage, la peau de vache essaya de le retenir et lui murmura quelque chose à l'oreille. Il se déroba avec un sourire affable et jeta derrière lui :

— Je ne sais rien de rien et d'abord, je ne le connais pas.

Elle parut ne pas le croire et, la bouche pincée, le suivit d'un regard chargé de rancune. M'ayant désigné un siège à la première table près de la porte, Médé s'assit lui-même, adossé à la vitre.

— Je vous ai parlé d'une commission, dis-je. Ce n'est pas tout à fait ça. Je viens de la part de Christophe-le-Belge.

Médé fit signe qu'il connaissait Christophe et me laissa poursuivre. Entre les paupières baissées, son petit œil dur et intelligent m'observait très attentivement, sans une seconde de distraction. Je comprenais qu'il ne m'avait pas placé au hasard, mais dans un éclairage favorable à cet examen. Quand je lui eus expliqué comment j'avais connu le Belge et pourquoi il m'avait adressé à lui, Médéric me répondit qu'il n'était plus dans « les affaires » et ne pouvait m'obliger mieux qu'en me donnant de bons conseils.

— Quand la guerre est venue, j'ai compris ; autrefois, il m'est arrivé de me trouver dans des coups durs, mais pendant l'exode et l'occupation, j'ai été frappé au cœur, j'ai eu de la peine pour mon pays. « Médé, je me suis dit, tu as fait comme tous les Français, tu as voulu jouir de la vie, et total, ton pays se trouve dans la détresse. » Bien sûr qu'à cinquante ans passés, je n'allais pas m'envoyer au labeur, mais je me suis décidé à vivre dans la dignité. Depuis trois ans, je ne m'occupe plus de rien. Les affaires en or, je les regarde passer et je vis sur mon capital. Mes économies, elles ne sont pas lourdes, mais j'y vais modeste.

Médé se moquait de moi. Je voyais son unique petit œil briller de malice pendant qu'il me racontait ces foutaises. Il en remit :

— Ma récompense, c'est quand le maréchal nous cause à la radio. « Médé, que je me dis dans ma conscience, tu as le droit de répondre présent. »

— Je ne regrette pas d'être venu vous voir, dis-je. Si jamais vous entendez parler d'une place de sacristain...

Médé voulut bien sourire de ma boutade.

— Plaisanterie à part, écoute-moi. Le labeur honnête, celui qui fatigue la bête, ça donne bien des satisfactions aussi.

— Sans compter qu'on ne fera jamais assez pour l'artisanat.

Je fis mine de me lever. Il posa doucement sa main sur mon épaule et me maintint sur ma chaise.

— Tu es vif, un peu sec, j'aime bien ça. Comme je te l'ai dit, je ne suis plus rien, mais j'ai encore de bons amis, des hommes que j'estime sans les approuver. Des fois, je leur fais un peu de morale, je leur cause honneur et tout le tenant. Ils comprennent, tu sais, ils ne demanderaient qu'à bien faire. Seulement, voilà, ils ont des charges. Une vieille maman à dorloter, ou des enfants à éduquer ou bien le coup de mordu pour des ambitieuses qui ne pensent qu'au vison, au diamant, au tabouret de bar. Et voilà des hommes obligés de rester sur la brèche. J'y pense, qu'est-ce que tu faisais donc à la Centrale ?

— Une affaire de tiroir-caisse. Je m'en étais tiré avec huit mois.

— Et avant le coup du tiroir-caisse, qu'est-ce que tu fabriquais ?

Je n'avais pas envie de répondre à la question et ma physionomie dut se durcir. Médé laissa passer un temps et me demanda doucement :

— Ton papa est toujours en prison ?

Contrairement à ce qu'il avait pu croire, la question ne me surprit guère. Mon père, avant d'être arrêté pour une grosse affaire de marché noir, tenait un restaurant rue Saint-Georges et le bar du sous-sol était très fréquenté après six heures du soir. Je ne me souvenais pas d'y avoir aperçu Médé, mais sauf exception, je n'avais jamais prêté qu'une médiocre attention à la clientèle.

— Il en a encore pour deux ans, répondis-je.

— Tu ne me feras pas croire qu'il te laissait sans un ?

— Tout a été saisi, le compte en banque bloqué, le liquide chez la grande Betty. Moi, il me restait de la monnaie.

— Je veux bien. Mais tu avais des relations dans le coin. Tu aurais pu te débrouiller quand même.

— J'aurais pu.

Je répondais sèchement, et même un peu plus que je n'avais souhaité. Médé devint sérieux. Je devais avoir cet air froid et fermé qui m'a déjà valu presque autant d'ennuis que de satisfactions. Il prit encore le temps de m'examiner longuement. Son petit œil inquisiteur avait perdu toute expression d'ironie. J'y pouvais lire un intérêt nouveau.

— La grande Betty, tu aimerais peut-être lui dire deux mots ? demanda-t-il.

— Rien du tout.

— Sans parler du bijou et de la fourrure, ton papa lui a laissé la grosse somme.

Médé insista en vain, raillant ce qu'il appelait mes scrupules. Je lui expliquai brièvement que les scrupules m'étaient aussi étrangers que les remords, mais j'eus quelque peine à lui faire entendre que je réglais mes actions sur mon bon plaisir plutôt que sur des raisons et jamais sur des principes. Il parut choqué et soupira, de mauvaise humeur :

— C'est bien les jeunes gens. Avec des salopes qui vous arrangent le patrimoine, on est pour la délicatesse, mais à côté de ça, on va s'expliquer avec le tiroir-caisse du marchand de crayons. Admettons. Et qu'est-ce que tu voudrais faire, maintenant ?

J'eus d'autant plus de mal à le lui expliquer que je n'avais formé aucun projet précis. Ce que je souhaitais, c'était de trouver une occupation qui me préservât contre une certaine disposition à l'indifférence — indifférence à l'égard d'autrui et de moi-même, au fond de laquelle je sens clairement une vocation de clochard. Pour ne pas m'y abandonner, j'ai besoin de me maintenir dans un état de tension permanente et je ne crois pas qu'il existe de profession régulière qui puisse m'en fournir le prétexte. Avant de me mettre à voler, quand j'étais sans le sou, j'avais pensé à m'engager dans les rangs des terroristes, mais je suis imperméable à l'idée de patrie comme à celle de justice sociale. Au milieu d'un groupe de fanatiques, quels qu'ils soient, mon attitude ne pouvait être que celle d'un étranger. Injurieusement indifférente, elle me vouerait à leur méfiance et à leur exécration. J'en ai du reste fait l'expérience en maintes occasions, par exemple dans ma famille où le sens de la tribu me manquait scandaleusement. Incapable d'un élan de haine ou d'amour ou d'éprouver seulement la sensation d'un monde cohérent, je suis dépourvu de ventouses sociales et, à coup sûr, voué à un rôle de spectateur incurieux dans une marge sordide, à moins de me tenir en haleine par une existence de péripéties et d'alarmes pressantes. J'essayai donc d'exprimer à l'usage de Médé, sous un aspect pratique, cette nécessité où je me trouvais de chercher hors de moi-même la pente de l'aventure. Malgré l'économie de mes explications et mon peu d'entrain à convaincre, il m'entendit très bien.

— Je vois. Monsieur veut jouer les durs. J'aime autant te le dire, ce n'est pas mon rayon et je n'ai pas ça non plus dans mes relations. Tout de même, va voir

Gustave, je ne le connais pas, mais j'en ai entendu parler. On dit qu'il s'occupe.

Suivit une description du nommé Gustave que je devais trouver le soir même, vers huit heures, dans un certain café du boulevard de la Chapelle. Là-dessus, Médé Clin d'œil me salua d'un petit signe de tête et, sans autre adieu, regagna le fond du bar. J'allai au zinc payer mon jus de fruit. La peau de vache, qui venait de régler le sien, sortit avant moi. Elle m'attendait sur le trottoir du boulevard et me demanda tout à trac, avec un accent marseillais, si je connaissais Médé depuis longtemps et si j'étais en affaires avec lui.

— Méfiance de lui, me dit-elle. Il en a fait tomber plus d'un.

Après conversation, nous entrâmes dans un cinéma où l'on donnait un vieux film du genre opérette avec déploiement de nus. J'entrepris poliment de lui tripoter les genoux. Elle m'en dispensa et, pendant que les acteurs beuglaient sur l'écran, elle me raconta, sans égard aux protestations des voisins, une histoire assez obscure dans laquelle Médé jouait un rôle qui me parut incertain. Quelques jours après s'être querellé avec lui, un garçon qui tenait de près à la peau de vache avait disparu et, sans pouvoir fonder autrement ses soupçons, elle accusait Médé de l'avoir donné à la police. Elle venait de recommencer son récit lorsqu'une ouvreuse, à la prière d'un spectateur, vint l'inviter au silence. En sortant du cinéma, elle me donna pour le soir même un rendez-vous auquel elle ne devait pas venir. Je ne l'ai jamais revue.

A huit heures, je pénétrais dans ce café du boulevard de la Chapelle où je devais trouver Gustave. Au portrait que m'en avait fait Médé, je le reconnus facilement. Il avait l'air d'un petit employé de bureau, mal avenant et vétilleux.

— Je viens de la part de Médé.

— Je ne connais pas Médé, dit-il en appuyant sur chaque mot comme pour lui faire rendre tout son sens.

— Comme vous voudrez.

— Il ne s'agit pas de mon bon vouloir. Je ne connais pas le Médé en question. C'est un fait. Passons. Êtes-vous prêt à partir demain matin pour un voyage de huit ou dix jours ?

— Je suis prêt, répondis-je.

Nous restâmes un moment sans parler. Gustave me demanda :

— Vous ne me posez pas de question ?

— Non.

— Rendez-vous demain matin à neuf heures à la gare de l'Est, devant le guichet de distribution des billets pour Troyes. Bagage à main aussi réduit que possible.

Je me levai. La conversation n'avait pas duré cinq minutes et je partais sans avoir consommé.

A la fin de la soirée, dans le café de la place Pigalle où j'attendais en vain la fille en artificiel, je vis venir à moi un ancien camarade de lycée, accompagné de son père qu'il venait de conduire au théâtre. Avec une cordialité impétueuse, il m'entretint de nos anciens condisciples, de ses occupations. Le père, non moins cordial, soutenait l'évocation du temps de notre adolescence par de tendres bêlements. Je les écoutais sans plaisir, sans ennui non plus, en m'appliquant courtoisement à paraître présent à leur propos. Je n'y réussissais pas toujours et, comme la conversation languissait, je les informai que je venais de purger huit mois de prison pour vol. Je ne tirais aucun orgueil de cette aventure et ne prenais nullement plaisir à les scandaliser. Cette absence de fanfaronnade les épouvanta plus encore que mon aisance. Le vieillard se mit à larmoyer et à baver sur le col de son veston. Partons, papa, dit mon camarade avec un accent de noblesse mélancolique et il l'emmena par le bras, après avoir déposé devant moi deux billets de cent francs que je ne me fis pas faute d'empocher.

L'expédition à laquelle je pris part avec Gustave et deux autres jeunes gens de mon âge dura, comme prévu, un peu plus de huit jours. Elle n'était pas aussi dangereuse que les airs plastronnants de tels de nos compagnons auraient pu le faire croire à notre retour. Il s'agissait de piller des fermes isolées, dans le pays d'Othe, après en avoir massacré les occupants. C'est assez facile. En général, les paysans ne sont pas armés et l'agresseur a presque toujours le bénéfice de la surprise. Gustave, très judicieusement, choisissait d'attaquer les fermes dès les premières heures de l'aube, à l'heure où les aboiements des chiens n'alarment plus guère les fermiers. En outre, la clarté du jour naissant est une commodité pour la surveillance des issues car la grande affaire est de ne laisser échapper personne. Gustave dirigeait les opérations avec méthode. Il aimait la besogne bien faite et avait la minutie hargneuse d'un contremaître du crime. Il tuait soigneusement, sans exaltation ni cruauté, au contraire de Fred et de Pierrot, nos deux complices, qui s'enivraient facilement de massacre et torturaient sans nécessité. Pour moi, je m'acquittais de ma besogne avec sang-froid en surmontant toutefois une assez vive répugnance que le spectacle du sang, de l'agonie et des visages révulsés par la terreur ne cesseront jamais, je crois, de m'inspirer. L'idée de la mort, en revanche, ne risquait pas de heurter en moi le sens de l'espèce.

Il faut avoir été clochard vers sa vingtième année, comme je l'ai été, avoir promené, pendant des jours, sa faim et son ennui parfait sur les bancs publics ou parmi les foules affairées et s'être senti invisible parmi

ses semblables pour saisir, dans son évidence agressive, le mensonge de la solidarité humaine. Il est vrai
que de ce côté-là, dès mon enfance, j'éprouvais la
sensation d'un aimable néant ou plus exactement, la
certitude qu'il s'agissait d'un échange très superficiel.
Enfin, l'idée de la mort, que ce soit la mienne ou celle
des autres, n'éveille en moi aucune appréhension
d'ordre religieux.

Le souvenir de mes crimes m'est désagréable en
tant qu'il fait surgir à mon esprit des images parfois
répugnantes, mais il ne me trouble pas plus que ne
saurait le faire l'évocation des crimes de l'un quelcon-
que de mes complices. Gustave ne tarda pas à
apprécier mon sang-froid, mon intelligence du crime
et plus encore peut-être cette indifférence polie aux
hommes et aux événements, qui suffisait à créer dans
notre bande, à ce qu'il affirmait lui-même, un climat
d'aimable discipline. Il paraît aussi, toujours d'après
Gustave, que le style sobre et discret dans lequel je
tuais mes victimes était un régal pour les connaisseurs.
Il en vint très vite à me témoigner sa confiance,
accueillant volontiers mes suggestions et m'abandonnant le soin de certaines missions délicates. Toutefois
il ne devait jamais me révéler le nom du patron pour le
compte duquel nous opérions. Nos expéditions furent
presque toutes des plus fructueuses et à aucun
moment notre sécurité ne fut sérieusement menacée.
Le troisième jour de notre arrivée, Gustave fit arrêter
par la gendarmerie quelques jeunes gens réfugiés dans
la forêt, gaullistes ou communistes, dont la présence
en ces parages risquait de nous compromettre.

Je rentrai à Paris avec une vingtaine de mille francs
en poche et restai sans contact avec Gustave jusqu'au
départ de l'expédition suivante qui eut lieu une
semaine plus tard. Dans l'intervalle, je rencontrai la
maîtresse de mon père, connue de ses amis sous le
nom de *la grande Betty*. Pendant les sept ou huit

années de leur liaison, elle s'était efforcée de me
témoigner en toute occasion des attentions maternelles
qui me laissaient froid sans aller toutefois jusqu'à
m'ennuyer. Nous étions en somme en bons termes.
Plusieurs fois, même, le hasard avait voulu que nous
fissions l'amour ensemble. Betty me demanda aimablement des nouvelles de mon père ; je n'en avais
aucune, mais il devait être encore en prison.

— A propos, me dit-elle, je viens d'apprendre que
tu as eu des ennuis aussi.

— Comment l'as-tu appris ?

— Par Médé. Tu le connais ? Il est venu prendre le
porto chez moi l'autre samedi. Gentil, Médé.
L'homme correct, et pas bête.

— Qu'est-ce qu'il t'a dit ?

— On a causé. C'est lui qui m'a dit que tu sortais
de prison. Il doit revenir me voir.

Je doutais que la visite de Médé fût désintéressée et
je conseillai à Betty de se tenir sur ses gardes. Elle me
parla d'un sentiment grave et profond qu'elle nourrissait depuis plus d'un an pour un garçon de très bonne
famille, qui sortait « des grandes écoles » et qui s'était
trouvé coincé en Algérie par le débarquement anglo-
américain. Je la quittai en lui renouvelant mes avertis-
sements quant à Médé. Il ne m'importait guère qu'elle
se fît mettre sur la paille par un coquin, mais j'étais
choqué par le procédé qui consistait à s'introduire
chez elle en se recommandant de mon nom et malgré
mon désir nettement signifié qu'on lui abandonnât, en
toute quiétude, la jouissance de ce que Médé appelait
mon patrimoine. L'instant d'après, je n'y pensais déjà
plus.

Pendant plus d'un mois, en compagnie de Gustave
et de deux ou trois autres tueurs qui n'étaient pas
toujours les mêmes, j'explorai les fermes de l'Ile-de-
France. Au cours de ma dernière expédition, des
fermiers nous tuèrent un homme tandis que je recevais

une balle dans la cuisse. Gustave réussit à me ramener à Paris et à me faire entrer dans une clinique. Pris pour un patriote, j'y fus soigné avec un grand luxe d'attentions et guéris rapidement. J'étais déjà convalescent lorsque Gustave vint me rendre visite.

— Le patron m'a causé de toi. Il t'a à la bonne, tu sais.

— Je ne le connais pas, objectai-je.

— Possible, mais lui, il connaît tout le monde et il sait comment tu travailles. Pour te récompenser, il m'a chargé de t'apporter un cadeau. Regarde. Les œuvres complètes de Victor Hugo. Reliées en cuir de Russie.

— Ce sont des morceaux choisis, fis-je observer.

— Choisis, tu te rends compte ! s'exclama Gustave avec un peu de mélancolie. Moi, il ne m'a jamais fait un cadeau comme ça. Je n'ai pas ton instruction non plus. On a beau dire, celui qui est passé par les écoles, il a fait du chemin en peu d'années. Mais je suis content pour toi, tu sais. Le patron m'a dit que quand tu serais sur pied, il ne voulait plus que tu te remettes à courir les fermes. Il a pensé pour toi à du travail plus fin.

Dès ma sortie de la clinique, Gustave m'initia à ce nouveau travail. Moyennant une certaine somme d'argent, le patron se chargeait de faire prendre l'avion à toute personne désireuse de gagner l'Angleterre. Je conduisais le client hors de Paris, dans un lieu désert où l'avion anglais était censé atterrir et je devais lui loger une balle dans la tête. L'argent et les bijoux ramassés sur la victime, qui ne partait jamais sans vert, constituaient le plus clair du bénéfice.

Ce métier-là ne me plut pas. Je n'avais pas plus de scrupules à tuer que par le passé, mais il m'est pénible d'abuser de la confiance que les gens ont mise en moi. Ma conscience reste toujours muette quand je l'interroge. Ce qui s'y passe est strictement du domaine des sensations, mais elle réagit alors avec plus d'autorité que ne le ferait, après une délibération minutieuse, la conscience d'un honnête homme. Mon premier client était un homme d'une quarantaine d'années qui me traita dès l'abord en ami et en confident. Ayant passé une heure avec lui dans le train de banlieue qui l'emmenait vers la mort, je compris que je ne me résoudrais pas à le supprimer. Je lui avouai la vérité et m'y pris assez habilement pour qu'il me promît le secret. Au cas où l'un de mes complices l'interroge-rait, il devait répondre qu'un changement soudain survenu dans ses affaires l'avait obligé à abandonner son projet au dernier moment. Le bonhomme laissait quelques billets de mille dans l'aventure, mais trop heureux d'avoir sauvé sa peau, il m'accablait de ses effusions, sans égard à ma condition d'assassin profes-sionnel. Partis de Paris vers six heures du soir, nous étions rentrés à huit heures.

Ce même soir, je rencontrais la grande Betty dans un couloir de métro.

— Je suis content de te voir, me dit-elle, je pars demain.

Des gens passaient à côté de nous. Elle me poussa au mur et ajouta à voix basse :

— Je pars demain soir pour l'Angleterre. Médé a trouvé une occasion pour moi.

— En avion ?

— Oui.

Je lui souhaitai bon voyage. Elle me chargea de ses amitiés pour mon père. Je n'étais pas surpris d'ap-prendre que Médé était mon patron. L'excessive discrétion de Gustave à son endroit m'en avait depuis longtemps donné le soupçon. D'autre part, je me souciais peu du sort qu'il réservait à Betty. Ce qui me fâchait, c'était l'indiscrétion du procédé à mon égard, qui frisait l'abus de confiance.

Le lendemain, je recommençai seul le voyage

effectué avec le client et j'arrivai vers six heures du soir au soi-disant terrain d'atterrissage. Dans le courant de la matinée, Gustave m'avait confirmé que le patron s'occupait lui-même d'une affaire qui devait trouver cette nuit sa conclusion normale. Le terrain d'atterrissage était une grande prairie en bordure de la forêt dont elle était séparée par un terrain vague où se dressaient quelques pans de murs d'une ferme incendiée. C'est dans la cave de cette maison qu'avaient lieu les exécutions. Gustave, au cours du voyage d'études que nous avions fait ensemble, ne m'avait rien laissé ignorer et nous avions même procédé à une répétition. Assis parmi les ruines à l'abri d'une touffe de genêts, je vis venir mes voyageurs de très loin et fus les attendre dans la cave. Médé portait galamment la mallette de Betty. M'étant placé dans le champ de son œil borgne, il entra dans la cave sans me voir et je n'eus aucun mal à le désarmer. Il fit bonne contenance et s'assit sur un billot de chêne que je lui désignai. Ma présence dans cette pénombre inquiétait Betty qui se mit à criailler et à geindre qu'on lui cachait quelque chose. Médé lui commanda le silence et fit signe qu'il se disposait à m'écouter.

— Il me semble, lui dis-je, que tu t'occupes de mon patrimoine ?

— Je voulais te faire la surprise de te rendre ce qui t'appartient, mais je vois que tu as été averti. Une indiscrétion de madame, probablement.

— Je crois que cet argent-là, je n'en aurais pas vu souvent la couleur. En tout cas, cette affaire-là ne te regardait pas. Je croyais te l'avoir fait comprendre quand tu m'en as parlé.

Médé attira mon attention sur la grande Betty qui manœuvrait sournoisement à gagner la porte. Je la repoussai au fond de la cave en dépit de ses protestations. Médé se recueillit une minute et prit la parole. Son petit œil de rat brillait dans la pénombre.

— La justice est quand même la justice, prononça-t-il. J'estime qu'un père de famille dans le malheur doit être protégé, même si son fils est trop jeune pour avoir conscience de ses droits. Le labeur du père doit profiter d'abord à ses enfants. Aujourd'hui on ne respecte rien. Résultat, l'homme s'indigne et il a raison. Quand ton père est allé en prison, madame devait te remettre l'argent et se mettre au travail en attendant qu'il soit libéré.

Betty protesta que mon père ne lui avait rien laissé. Médé n'eut pas de mal à l'amener à se contredire et lui reprocha d'avoir eu des amants. La dispute s'envenima et je commençais à m'ennuyer. Betty eut le mauvais goût de me rappeler qu'elle s'était donnée à moi. Ils se reprochèrent mutuellement des propos désobligeants qu'ils avaient tenus sur mon compte. Pour en finir, je pris dans ma poche le revolver de Médé, le jetai au milieu de la cave et sortis en tirant la porte derrière moi. J'entendis des éclats de voix, un bruit de course et de piétinement. Quelques minutes plus tard, j'étais assis dans l'herbe lorsque j'entendis le bruit d'une détonation assourdie. Échevelée, Betty apparut au haut de l'escalier et j'en eus comme une déception. Mais je crois qu'un autre dénouement m'eût également déçu.

Traversée de Paris

La victime, déjà dépecée, gisait dans un coin de la cave sous des torchons de grosse toile, piqués de taches brunes. Jamblier, un petit homme grisonnant, au profil aigu et aux yeux fiévreux, le ventre ceint d'un tablier de cuisine qui lui descendait aux pieds, traînait ses savates sur le sol bétonné. Parfois, il s'arrêtait court, un peu de sang lui montait aux joues et le regard de ses yeux inquiets se fixait sur le loquet de la porte. Pour apaiser l'impatience de l'attente, il prit une serpillière qui trempait dans une cuvette d'émail et, pour la troisième fois, lava sur le béton une surface encore humide afin d'en effacer les dernières traces de sang qu'avait pu y laisser sa boucherie. Entendant un bruit de pas, il se releva et voulut s'essuyer les mains à son tablier, mais il se mit à trembler si fort que le tissu leur échappait.

La porte s'ouvrit pour laisser passer Martin, l'un des deux hommes attendus par Jamblier. Le nouveau venu, qui portait une valise dans chaque main, était un homme court et râblé, d'environ quarante-cinq ans, sanglé dans un pardessus marron, très usé et si étroitement ajusté qu'il collait à la raie des fesses et faisait saillir ses puissantes omoplates. Cravaté en ficelle, il portait, piqué sur sa cravate, un important fer à cheval en argent et, sur sa grosse tête ronde, un surprenant chapeau noir à bord roulé, luisant d'usure.

L'ensemble était propre, soigné, et lui faisait la silhouette d'un inspecteur de police, telle que l'ont stylisée les dessins humoristiques. Il n'y manquait même pas la forte moustache noire, arrêtée au coin des lèvres. Avec un clin d'œil aimable, il salua Jamblier d'un « bonsoir, patron » auquel l'autre ne répondit pas. Derrière Martin s'avançait un inconnu, un grand et solide garçon d'une trentaine d'années, blond et frisé, aux petits yeux de porc, et qui portait également deux valises. L'homme, dont la tenue paraissait des plus négligées, n'avait pas de pardessus. Il était vêtu d'un complet sport déformé, maculé de taches, et d'un chandail couleur de rouille à col roulé qui l'engonçait jusqu'au menton.

— Ce soir, Létambot n'était pas libre, expliqua Martin pour répondre à un regard du patron. J'ai demandé à mon copain Grandgil de le remplacer. Il est franc. Avec lui, vous pouvez dormir. Et pas fatigué, il est, Grandgil.

Méfiant, le patron scrutait le visage du frisé, dont le petit œil rusé ne lui disait rien de bon.

— Il a déjà fait le truc, insista Martin. On a même travaillé ensemble.

— Si vous le connaissez, grommela Jamblier, je n'ai rien à dire. Ne perdons pas de temps. Vous êtes en retard.

Suivi des deux visiteurs, il se dirigea vers le coin de la cave où les torchons blancs recouvraient une forme indécise. Débarrassé de son linceul, un cochon apparut au jour de la lumière électrique. L'animal était découpé en une douzaine de quartiers soigneusement rapprochés de façon à reconstituer le porc qui se présentait le ventre béant, vidé de ses entrailles. Le patron s'effaça et laissa aux deux compagnons le temps de se rendre compte que la bête était entière.

— C'est un monsieur, apprécia Martin. Il fait combien ?

— Tel qu'il est, deux cent quinze livres. Un peu
plus que celui d'avant-hier, mais à vingt livres près.
Une fois réparti dans quatre valises, ça ne se connaît
guère.

— A la vôtre. On voit bien que ce n'est pas vous
qui avez la peine.

— Allons donc! Des costauds comme vous!
Tenez, passez-moi une valise.

Martin s'avança d'un pas, mais ne se pressa pas
d'ouvrir la valise.

— C'est pour aller où, ce soir?

— A Montmartre, rue Caulaincourt. Le boucher
vous attendra dans la boutique à partir de minuit.
Allons-y.

Martin n'était toujours pas pressé. Un peu en
arrière, immobile, Grandgil considérait les deux
hommes d'un air de calme indifférence, mais ses petits
yeux de porc continuaient à sourire dans sa face de
bélier frisé. Jamblier redevint nerveux.

— Pressons-nous, mes enfants, dit-il d'une voix
qu'il voulait cordiale et qui grinçait. Pensez qu'il
commence à se faire tard. Pour être là-bas à minuit, il
ne s'agit pas de s'amuser.

— Minute, patron. Il faudrait commencer par
s'entendre. Vous donnez combien?

Le patron haussa les sourcils, l'air douloureusement
surpris.

— Écoutez, Martin, ce qui est convenu est
convenu. Ici, on est entre hommes d'honneur.

— Sur la question de l'honneur, je défie quiconque
de m'en remontrer, déclara Martin. D'un autre côté,
je n'ai pas le moyen de vous faire un cadeau non plus.
Vous comprenez, on a travaillé pour vous avec
Létambot. Pour livrer rue du Temple ou bien à
Charonne, c'était chacun nos trois cents francs. On les
gagnait bien. Cavaler la nuit par les rues avec cinquante kilos au bras, les souliers qu'on use et partout

le risque des flics, tout ça pour pas plus de trois cents
francs, j'estime que ce n'est pas cher payé.

Jamblier essayait de faire bonne contenance et de
prendre la chose avec bonhomie, mais plus encore que
les paroles de Martin, le silence attentif et légèrement
ironique de l'homme à la tête de bélier le gênait.

— A voir les choses honnêtement, dit-il, c'est trois
cents francs de vite gagnés, vous aurez beau dire.

— Je ne vous discute pas la question du fait.
Mettons que le prix soit honnête. Mettons. Encore un
coup, je ne discute pas. Ce qui est convenu est
convenu. Je n'ai qu'une parole.

— Alors ?

— Dites donc, livrer rue du Temple et livrer à
Montmartre, ça fait deux. Vous ne trouvez pas ?

— C'est bon, consentit le patron, vous aurez cinquante francs de plus, mais dépêchons-nous.

Il fit encore le geste de s'emparer de la valise. Cette
fois, Martin la posa derrière lui, sur le béton, et dit
d'un ton sec :

— Je ne vous ai pas demandé de pourboire. Ce que
je veux, c'est le juste prix de la peine et du risque.
Pour livrer votre cochon rue Caulaincourt, c'est six
cents francs par homme ou alors, bonsoir.

— Je vois ce que c'est. Vous voulez profiter de la
situation.

Martin rejeta son chapeau Eden sur sa nuque,
découvrant une large et rose calvitie. Sa voix vibrait
d'une sincère indignation.

— Bourlinguer un cochon du boulevard de l'Hôpital à la rue Caulaincourt, s'enfoncer au pas de chasseur
toute la traversée de Paris en plein noir, huit kilomètres au raccourci avec la montée de Montmartre en
finale, et partout les flics, les poulets, les Fritz, pour
gagner six cents francs, vous appelez ça profiter ?

— Je vous donne quatre cents francs.

— A ce prix-là, cherchez des clochards. Nous, on est des hommes.

— Si j'avais su, prononça le patron d'un ton aigre, j'aurais pris les cyclistes qu'on m'a proposés ce matin. Mais j'ai pensé que vous aviez votre vie à gagner. J'en suis bien récompensé maintenant.

— Il n'y a rien de perdu, répliqua Martin. Si vous voulez deux cyclistes, je vous les trouve tout de suite. Ils seront là dans une demi-heure.

Jamblier ne répondit pas à la proposition. Depuis deux mois, les porteurs cyclistes étaient l'objet d'une surveillance active de la police. L'avantage de la rapidité se trouvait compensé par des inconvénients graves. En fait, ils étaient plus exposés que les porteurs à pied et se faisaient prendre aussi plus souvent. Très renseigné sur les aléas de la profession, Jamblier savait qu'un porteur cycliste n'avait à compter que sur son étoile, tandis qu'un piéton exercé comme Martin, attentif, habile à prévoir le danger et à utiliser les ressources de la nuit, défendait sérieusement sa chance.

— Quatre cent cinquante ? proposa le patron.

Martin secoua la tête, sûr de son droit et décidé à ne pas lâcher d'un centime. L'autre n'avait d'ailleurs plus d'illusions sur l'issue du marchandage et, bien qu'il se défendît encore, son entêtement n'était déjà plus que la pudeur de son avarice. La peur grandissante que son cochon ne lui restât sur les bras vingt-quatre heures de plus se changeait en panique. Alors que la partie semblait gagnée, l'homme à la tête de bélier, qui n'avait pas encore proféré un son, sortit de son mutisme. Son regard, qui luisait d'insolente ironie dans la fente étroite des paupières, se fixa sur celui du patron avec insistance, tandis qu'il demandait avec une sorte de ricanement doucereux :

— Dites, monsieur Jamblier, ici, c'est bien le numéro quarante-cinq ?

L'étrange question fit sursauter et pâlir le patron. Au cours des derniers propos échangés avec Martin, il avait un peu perdu de vue cet auxiliaire inattendu. Avec une attention aiguisée par la peur, il l'examina de nouveau, cherchant une intention précise sur les traits de Grandgil dont les petits yeux plissés dardaient un regard hardi et lucide. Les vêtements de l'individu le rassurèrent un peu, au moins quant à son état. Ce complet élimé, taché, le chandail à col roulé n'étaient pas d'un policier.

— Pourquoi est-ce que vous me demandez ça ?

— Pour rien, puisque je le sais. Monsieur Jamblier, quarante-cinq rue Poliveau.

Le ton sur lequel étaient prononcées ces paroles contenait, à lui seul, une menace délibérée, cynique. Le patron, plein d'angoisse, se tournait vers Martin avec un regard de reproche et d'interrogation, comme pour lui demander compte de l'étrange attitude de son compagnon. Et Martin, mal à l'aise, se sentait pris en faute, car il se jugeait responsable de la conduite d'un homme qu'il avait introduit auprès du propriétaire de la cave. De plus, il venait de mentir en affirmant que Grandgil et lui avaient déjà travaillé ensemble. En réalité, ils s'étaient rencontrés l'après-midi même pour la première fois dans un petit café du boulevard de la Bastille.

Sous un ciel bas, dans le grand vent du nord qui soufflait sur le canal vers la Seine, le jour semblait mourir de froid. Adossé au comptoir, dans la pénombre chaude de l'établissement, Martin regardait à travers la vitre le crépuscule glacé où passaient des silhouettes torturées par la bise. De l'autre côté du canal, les façades du boulevard Morland s'assombrissaient dans le déclin d'une clarté mate. Au lieu de fondre les objets, la lumière du soir durcissait les lignes et les plans. A côté de Martin, Grandgil, également adossé au comptoir, regardait avec une grande attention cette agonie lucide du crépuscule. Peut-être sensibles à la mélancolie de l'heure, les autres clients étaient silencieux, sauf un vieux marinier, tout amenuisé par l'âge, qui était assis dans le coin le plus obscur du café. Immobile, les mains à plat sur la table et le corps très droit, flottant dans sa vareuse de drap bleu, il parlait seul, d'une voix grêle, presque sans portée, dont le chevrotement avait la douceur d'une prière du soir. L'un des poignets blancs et menus conservait les traces d'un tatouage que la vieillesse avait à demi effacé.

— La vie ressemble à ça, dit Martin en désignant le paysage qui sombrait derrière la vitre. Quand on la regarde, la salope, elle vous fait froid jusqu'aux boyaux et encore plus loin.

Grandgil, à qui le propos n'était pas précisément destiné, acquiesça d'un signe de tête sans détourner son regard. Il semblait chercher dans ce morceau de crépuscule quelque chose de plus précis qu'une image de la vie. Le patron donna la lumière et tira sur la vitre le rideau bleu de la défense passive. Lentement, les deux hommes se retournèrent, face au comptoir, et leurs regards se croisèrent. Inconnus l'un à l'autre, il semblait à Martin que cette longue contemplation eût créé entre eux un lien de sympathie, quoique le voisin n'eût pas l'air de lui marquer autrement d'intérêt. Dans son coin, le vieux marinier, apparemment troublé par la lumière électrique, avait suspendu son monologue et, le front soucieux, regardait ses mains qui s'agitaient fébrilement sur la table. Enfin, il se tourna vers le comptoir et appela d'une voix impatiente : « Fillette ! » Au troisième appel, la patronne prit dans le tiroir-caisse un morceau de papier sur lequel étaient tracés trois mots qu'elle épela péniblement :

— Formose... Taïwan... Foutchéou... Vous avez compris ?... Formose...

Le vieux fit signe qu'il avait entendu et se remit à parler seul.

La patronne expliquait à un client :

— Vous comprenez, il se raconte sa campagne de Chine, comme il dit. Mais ce qui arrive, c'est que les noms lui sortent de l'esprit et le voilà perdu. Aussi, des noms pareils, comment voulez-vous ? On se demande où c'est qu'il a été les chercher. Moi qui les répète dix fois dans une après-midi, j'ai seulement du mal à les lire. Et mon époux, c'est la même chose.

Grandgil parut s'intéresser au marinier retourné à la poursuite de ses souvenirs.

— Les vieux ne sont pas si à plaindre qu'on croit, fit observer Martin. Ils repensent toujours à dans le temps et les souvenirs, c'est comme le vin, plus ils sont vieux, plus ils sont bons. Et quand ils sont frais, bien souvent, on en a gros cœur. Pas vrai ?

Le voisin répondit par une espèce de grognement. Martin fut presque froissé de cette indifférence. Il examina le lourd profil de l'individu, le complet usé, malpropre, le chandail à col roulé et jugea qu'il avait affaire à un garçon fruste, sans éducation, probablement un manœuvre et pas la crème. Martin eut pourtant conscience que le dépit risquait de le rendre injuste. Pris d'un vague remords et cédant aussi à une disposition du moment qui l'incitait à s'épancher, il reprit :

— Voilà un vieux, tout ce qui lui reste de ses vingt ans, c'est sa guerre de Chine. Moi qui ai fait celle de 14, je n'ai pas encore l'âge de la trouver belle, il faut croire.

Grandgil n'ayant pas prêté à cette réflexion plus d'attention qu'à la précédente, Martin renonça à l'entretenir et se prit à penser à la guerre de ses vingt ans. Comme à l'ordinaire, une image entre toutes s'imposait à sa mémoire et à sa méditation, celle d'un jeune soldat de l'infanterie coloniale armé d'un grand couteau passé dans son ceinturon, escaladant une haute muraille de rochers à pic sur le détroit des Dardanelles. Pendant que les canons de la flotte balayaient le plateau bordé par une ligne de tirailleurs turcs, le soldat Martin Eugène ne voyait de la bataille que les pieds du sergent qui le précédait dans l'escalade et, tout près de lui, les minuscules geysers de terre sèche et de roche éclatée, soulevés par les balles turques. Soudain, les pieds sur lesquels butait son regard semblèrent s'envoler. Dressé sur le bord de l'escarpement, le sergent esquissait un geste violent et, après une hésitation qui était comme un effort de rétablissement, tombait dans le vide à la renverse. A sa place, surgissait une haute silhouette grise dans laquelle Martin Eugène, né à Paris rue des Envierges en 1894, plantait son couteau jusqu'au manche.

Une ou deux fois par an, il lui arrivait de raconter l'histoire du coup de couteau devant des amis ou des femmes, non sans un calcul de prestige. Avec des airs de mauvais coucheur, démentis par sa ronde figure de brave homme, il prétendait même qu'ayant ainsi éprouvé l'efficacité d'un couteau bien en main, il portait toujours sur lui un solide eustache, évitant de préciser que cette arme n'avait jamais rempli d'autre office que celui d'un canif. En réalité, lorsqu'il pensait à son aventure, seul avec lui-même, c'était toujours avec un peu de mélancolie, parfois même avec le regret que les circonstances ne lui eussent pas épargné telle nécessité. Ce soir, pourtant, il revivait la minute meurtrière avec une certaine précision complaisante. Les images de l'escalade, du sergent et du soldat turc étaient traversées par un visage de femme et par le souvenir d'une querelle encore chaude, encore douloureuse, qui lui inspiraient comme un désir de violence. A son insu, ses yeux cherchaient autour de lui une silhouette d'homme pour mieux assurer sa mémoire.

— Formose... Taïwan... Foutchéou... épelait la patronne.

Vêtue d'une ample jupe noire et d'un fichu noir, une femme entra dans le café et vint prendre le bras du marinier.

— Venez, papa, c'est l'heure de la soupe. Il est six heures et demie. La bouillotte est déjà dans votre lit.

Après leur départ, des habitués de l'établissement échangèrent quelques réflexions sur la vie du vieux marinier et sur sa campagne de Chine. Deux hommes disputèrent sur le propos de savoir si les Chinois mangeaient coutumièrement les yeux de leurs défunts. D'autres, en partant de l'âge du marinier, essayaient de fixer l'époque de sa campagne de Chine. Le nom de l'amiral Courbet qui revenait souvent dans ses monologues, fut jeté dans la conversation et Martin, jusque-là silencieux, déclara d'une voix agressive, en se prévalant de son expérience de combattant des Dardanelles, que tous les amiraux étaient des cons. La violence du ton surprit et fit réfléchir. Les hommes croyaient voir dans ces paroles une allusion à l'actualité politique où les amiraux avaient encore un rôle.

— Pourquoi dis-tu ça ? Tu penses à qui ? demanda une voix.

— Je pense aux amiraux, quoi. Y a personne ici qui soit amiral, je suppose.

« J'ai compris », dit une voix et, de l'autre bout du comptoir, un forcené à l'œil noir se rua vers Martin pour lui parler dans le nez. Martin ne savait pas ce que l'autre avait compris et il ne devait pas le savoir. Un consommateur voulut retenir le forcené. Celui-ci lui échappa et dans sa hâte de se trouver en face du contempteur de l'amirauté, il ne prit pas le temps de

contourner Grandgil. L'ayant bousculé assez rude-.
ment, il fut arrêté dans son élan par une poigne solide.
Grandgil, en même temps, lui prenait le bas du visage
dans sa grande main et le repoussait d'une brusque
détente, mais sans brutalité. Le forcené courut ainsi
quelques pas en marche arrière et se laissa absorber
par un groupe pacifique au milieu duquel il se mit à
aboyer :

— J'ai compris ! Les poulets ça va toujours par
deux ! J'ai compris !

Martin se défendait à grands cris d'être un policier,
offrait de montrer ses papiers, les déployait, jurait
qu'il avait fait de la prison pour injures à agents. Les
clients regardaient ailleurs et restaient silencieux.
Seuls répondaient aux adjurations de Martin les
gloussements du forcené. Le plus irritant était l'attitude des patrons du café qui s'efforçaient, par des
sourires et des mimiques, d'apaiser l'agitation de
Martin et lui témoignaient, ainsi qu'à son compagnon,
l'empressement aimable et respectueux qui était de
règle avec des inspecteurs de police. Cependant,
Grandgil ne paraissait nullement contrarié de la suspi-
cion dont il était l'objet, mais plutôt amusé, et
promenait sur l'assistance le regard assuré de ses petits
yeux de porc, luisants d'ironie. Tant de calme finit par
avoir sur Martin une action apaisante.

— Tiens, dit-il, j'aime mieux en rire. Allons-nous-
en, petit. Et en route pour la préfectance.

Il paya les deux apéritifs, le sien et celui de l'homme
qu'il regardait comme un ami, bien qu'il n'eût pas
encore réussi à en tirer une parole. Grandgil le laissa
faire et lui emboîta le pas.

La nuit était noire, le vent rapide. Durant le trajet
qu'ils firent ensemble jusqu'à la Bastille, Martin fit à
lui seul presque tous les frais de la conversation. Drôle
de journée et qui avait drôlement commencé pour lui.

Déjà le matin, au petit déjeuner, Mariette avait un air pas comme d'habitude. Et à midi...

De loin en loin, Grandgil répondait à ses confidences par un son nasal inarticulé. Martin finit par soupçonner qu'il écoutait distraitement et voulut changer de propos.

— Je ne suis pas le seul à avoir de ces ennuis-là. Probablement que tu as les tiens aussi.

— Non.

— Tu as de la chance. C'est peut-être que les femmes ne t'intéressent pas beaucoup non plus.

— Ça doit être ça.

— Ce qui compte d'abord, c'est de manger, surtout par les temps qui courent. Quand on se trouve dans une mauvaise passe, qu'on est juste sur le bifteck, on a plus de défense aussi avec les femmes. Pour celui qui ne mange pas à son appétit, l'amour reste quand même en dessous du ventre. Sur la question de gagner sa vie, moi, je n'ai pas à me plaindre, je m'en suis toujours bien tiré. C'est peut-être pourquoi je suis plus exposé qu'un autre sur le fait de l'amour. Qu'est-ce que tu fais, toi, comme métier ?

— Je suis peintre, répondit Grandgil après un temps d'hésitation.

— Je me doute qu'en ce moment le bâtiment ne va pas fort. Tu te défends quand même ?

— Un petit peu.

— Écoute, si tu veux, je peux te passer un condé. Je te le dis tout de suite, il y a un risque, mais ça paie bien... Justement, ce soir...

Grandgil avait posé ses deux valises vides au milieu de la table et, les mains dans les poches, jouissait de l'effarement de Jamblier. Sur sa face de bélier, le sourire de ses petits yeux plissés répandait une insolente gaieté et il semblait que le mouvement même de ses cheveux blonds et frisés fût imprimé par une onde d'ironie. Martin mesurait maintenant sa propre légèreté et la confusion l'empourprait.

— Toi, fais-moi le plaisir de fermer ta gueule, dit-il à Grandgil. Ici, c'est moi qui ai la parole.

Le bélier ne récrimina pas, mais à son air flegmatique et au sourire de ses yeux porcins, il semblait que l'injonction ne le concernât pas. Martin se retourna vers le patron et, rageur, dit en ouvrant la valise :

— Entendu pour quatre cent cinquante.

— Monsieur Jamblier, 45 rue Poliveau, dit tranquillement le bélier, pour moi, c'est mille francs.

Jamblier en resta bouche bée. Martin lui-même, atterré, perdait un peu la tête. Il y avait, dans la conduite de son auxiliaire, quelque chose qui le dépassait. La première intervention lui était apparue comme un manque de tact, une grossière tentative d'intimidation à laquelle se livrait un lourdaud pour peser sur le débat avec les moyens à sa portée. Il s'agissait maintenant d'un chantage effronté, méprisant la précaution d'un détour et jusqu'à l'apparence d'un prétexte. Martin y voyait même autre chose d'étrange et de presque inhumain. A grand-peine, il rassembla ses esprits et se raidit dans la volonté de faire front à l'assaut de Grandgil.

— Patron, prononça-t-il d'une voix ferme, ne vous occupez pas de ce qu'il bave. Vous me donnez deux fois quatre cent cinquante et je m'arrange avec lui.

Le patron, hésitant, consulta Martin à voix basse. Tout compte fait, il se demandait s'il ne valait pas mieux indemniser le maître chanteur et remettre l'expédition au lendemain soir. La perte des mille francs et l'inconvénient de garder le cochon dans sa cave lui paraissaient maintenant peu de chose au regard du péril que présentait le concours du bélier.

— Faites ce que je vous dis, coupa Martin. Je réponds de tout.

Il avait parlé à haute voix, avec un accent rageur. Le bélier n'eut même pas la curiosité de se tourner vers lui pour s'informer de la tournure que prenaient les choses. Il faisait lentement le tour de la cave, examinant les objets rangés le long des murs comme s'il en faisait l'inventaire et s'attardant à les palper. C'étaient surtout, en assez copieuse quantité, des provisions de bouche, légumes secs, sucre, jambons, saucissons, pâtes, sans compter les vins. Grandgil ouvrit un coffre en bois et en laissa retomber bruyamment le couvercle après y avoir pris une poignée de farine qu'il répandit à la volée sur un casier à bouteilles. Plus loin, avisant un gros sac de papier, il le creva du bout de l'index. Par le trou ainsi pratiqué, un jet de lentilles fusa vers le sol avec un chuintement qui alerta le patron. Celui-ci courut à ses lentilles d'un élan qui tourna court.

— Jamblier, 45 rue Poliveau, articulait Grandgil. Maintenant, c'est deux mille francs.

Martin n'en croyait pas ses oreilles. Le bélier lui semblait décidément appartenir à une espèce d'homme encore inconnue. Jamblier, les joues en feu, les mâchoires serrées, restait planté au milieu de la cave. Les lentilles continuaient à gicler sur le béton.

— C'est bon, dit-il, finissons-en.

Résigné à faire la part du feu, il tira de sa poche un portefeuille bourré et tendit deux billets de mille francs au bélier. Celui-ci les empocha et en cueillit au vol un troisième que Jamblier, dans sa nervosité, avait laissé échapper. Il le mit dans sa poche avec les autres et se disposa à poursuivre son inventaire autour de la cave. S'étant aussitôt convaincu de la vanité d'une réclamation, Jamblier ravala sa fureur et se hâta de remettre son portefeuille en lieu sûr. Cependant, Martin joignait Grandgil devant une pile de kilos de sucre et le saisissait par le bras en criant :

— Tu vas rendre cet argent-là ! Tu vas le rendre tout de suite !

— Laissez, dit Jamblier, je ne veux pas d'histoires.

— Vous, occupez-vous de la bidoche et foutez-moi la paix. Cette affaire-là, ça me regarde.

— Ici, je suis chez moi, répliqua le patron en haussant la voix. Je ne veux pas de bagarre dans ma cave. Vous m'avez déjà fait trop d'embêtements et j'ai payé assez cher pour au moins avoir la paix.

Il parlait tout à coup avec une autorité qui lui avait singulièrement fait défaut jusqu'alors. Martin en fit à part soi l'amère réflexion et, lâchant le bras de Grandgil, se tourna vers le petit homme.

— C'est ça, donnez-lui raison contre moi.

— Je ne m'occupe pas de savoir lequel a raison. Je vous dis que je veux avoir la paix.

Le bélier avait tourné le dos à son inventaire et, les yeux gais, il considérait les deux hommes affrontés. Sous ce regard, Martin ressentait vivement l'humiliation d'être pris à partie par celui qu'il venait défendre et qui n'avait osé ni un geste ni une parole contre le voleur.

— Vos trois mille francs, je m'en fous, ce n'est pas ce qui me tracasse. Mais je n'admets pas qu'il me fasse une chose pareille, à moi.

— Vous m'avez déjà mis dans le pétrin, dit Jamblier, ça doit vous suffire. Je veux avoir la paix. Restez tranquille.

— C'est bien. Vous êtes le patron, n'est-ce pas ? Allons faire les valises.

Les deux hommes retournèrent au cochon. Chemin faisant, Jamblier murmura :

— Je me demande encore si on ne ferait pas mieux de remettre la chose.

— Je vous dis que je réponds de tout.

Martin avait un visage dur et volontaire. Le patron eut un geste court, comme s'il jetait les dés, et acquiesça d'un soupir. Ils se mirent à distribuer les quartiers de porc dans les valises. Ils les soupesaient avec attention et se les repassaient en hochant la tête, soucieux de répartir équitablement la charge. Après les avoir mis en place, ils les calaient avec des journaux froissés. Le bélier, qui se désintéressait de l'opération, était en arrêt devant un garde-manger au-dessous duquel pendaient un jambon et un saucisson. D'un coup de canif, il coupa la ficelle du saucisson qu'il rangea dans la poche intérieure de sa veste. Après quoi, il tailla au jambon une épaisse et large tranche et alla s'asseoir sur le coffre pour la manger. Tout en expédiant la besogne, Martin ne perdait pas de vue son étrange auxiliaire dont chaque geste lui était une injure et une provocation.

Les valises prêtes, Grandgil vint prendre les siennes sans y être invité. Cette bonne volonté impressionna favorablement le patron et lui fit bien augurer du succès de l'expédition. Au moment de quitter la cave, il mit dans la poche du bélier un paquet de cigarettes et, voyant Martin écarlate et prêt à mordre, se hâta d'ajouter :

— C'est pour vous deux, pendant le trajet.

— Des cigarettes dans la nuit, ricana Martin, c'est le moyen de nous faire repérer.

Jamblier précéda les deux valisards vers la porte. Il avait la clé de la cave à la main. Grandgil, au lieu de suivre, posa l'une de ses valises et déclara :

— Il me faut encore deux mille francs.

Cette fois, Jamblier eut le sentiment d'être vilainement trahi. Il avait toujours cru à la vertu, admettant néanmoins qu'elle fût affaire d'opportunité. Comme tout le monde, il savait d'expérience que les hommes sont assez portés sur la vertu pour la transporter à l'intérieur même de leurs mauvaises actions et asseoir leurs turpitudes sur des bases honnêtes. Dans toutes les saletés, surtout dans les siennes, il était capable de

discerner une part de bien ou une intention rassurante
pour l'avenir de la conscience humaine. Jamblier avait
en somme une notion pratique, mais optimiste, du
bien et du mal. Aussi, la duplicité monstrueuse de
Grandgil, qui fonctionnait comme une vis sans fin,
cette déloyauté insondable lui semblaient-elles un
phénomène hors nature, un compartiment de la
métaphysique. La colère ne lui vint que peu à peu.

— Rien du tout, bégaya-t-il. Rien du tout.

Martin qui avait, en dépit de sa vie un peu
irrégulière, une notion de l'honnêteté beaucoup plus
stricte que celle de Jamblier et qui croyait volontiers
aux impératifs et aux absolus, ressentait à peu près le
même étonnement de la perfidie du bélier. Toutefois,
il n'était pas fâché de voir infliger cette leçon au patron
et se garda d'intervenir.

— Rien du tout, insista Jamblier. Pas ça.

Sur quoi le bélier se mit à gueuler à tue-tête, d'une
grande voix aux sonorités éclatantes, un peu cuivrées
dans les hauts :

— Je veux deux mille francs, nom de Dieu !
Jamblier ! Jamblier ! deux mille francs ! Jamblier !

— Je voudrais pas être indiscret, dit Martin au
silence qui suivit. Mais si vous avez besoin de
quelqu'un pour lui rentrer son compliment dans la
gueule...

— Jamblier ! hurla de nouveau Grandgil.

D'une main, Jamblier lui fit signe de se taire et, de
l'autre, tira son portefeuille. Grandgil, ayant empoché
les deux billets, reprit la valise qu'il avait posée et se
dirigea vers la sortie. Sur le pas de la porte, il fit une
nouvelle halte et commença :

— Il me faut encore...

Mais les mots lui restèrent dans la gorge. Un fou
rire l'étranglait, lui secouant les épaules et le courbant
sur ses valises.

La nuit était noire et bourrue, le ciel bâché par de

hauts nuages courant sous la bise. Il faisait un froid à moins quatre, affirmait Martin, et le temps allait sûrement s'éclaircir. L'aigre courant d'air qui sifflait dans la rue Poliveau raidissait déjà les doigts sur les valises. Les deux hommes, le col relevé, marchaient tête baissée pour donner moins de prise à la froidure.

— Descendons sur le pavé, dit Martin. Quand on peut, c'est toujours plus franc. Dans les petites rues, ça évite de buter contre un escalier ou contre un tas de sable et dans les avenues, tu risques bien moins la rencontre. Mais attention, toujours tenir le côté gauche pour voir arriver les voitures et les bécanes. Autrement, sur l'autre côté, elles t'arrivent dans le train et tu fais viandox.

Il n'oubliait pas sa colère contre le bélier, il la réservait. Avant tout, il fallait livrer le cochon à Montmartre. Deux bonnes heures de marche à fournir, l'oreille attentive, la tête lucide et des yeux de chat. Le compte se réglerait après. En attendant, il se promettait d'être calme, de concentrer toute sa volonté et sa réflexion pour la réussite d'une entreprise que la conduite imprévisible de Grandgil ne faciliterait peut-être pas. « Tout à l'heure, pensait-il, on causera d'homme à homme, mais avant ça, t'auras bouffé du kilomètre. Je m'appelle plus mon nom si je te tiens pas dans les brancards jusqu'à la fin. »

En débouchant boulevard de l'Hôpital, un vent brutal et glacé, qui soufflait du nord à grand découvert, leur coupa la respiration. Martin dut poser l'une de ses valises pour assurer son bord noir qui branlait sur sa tête. Grandgil exhalait sa mauvaise humeur en jurant, mais le vent était si rapide qu'il fallait presque crier pour se faire entendre. Dans la nuit noire, piquée de rares lumières bleues sans portée, les deux hommes sentaient autour d'eux la désolation du grand boulevard nu que la grande plainte du vent élargissait

encore. La marche était si pénible qu'il leur semblait
n'avancer qu'avec une extrême lenteur.

Martin résista à la tentation de passer la Seine sur le
pont d'Austerlitz qui les eût menés très vite à des rues
relativement abritées. Le voisinage de la gare de Lyon
et de la gare d'Austerlitz rendait la traversée du pont
peu sûre. Les policiers y étaient souvent à l'affût et il y
passait à chaque instant des agents cyclistes, sans
compter les patrouilles et les gendarmes allemands
qui, à cette heure tardive, voyaient les valises d'assez
mauvais œil. Il fut décidé qu'on suivrait les quais
jusqu'à l'île Saint-Louis, soit près d'un kilomètre à
transir sous le plein fouet de la bise. Tournant le dos à
la gare, ils s'engagèrent sur le quai Saint-Bernard en
longeant le Jardin des Plantes. Le vent mugissait dans
les arbres et faisait craquer du bois mort. Toute
conversation eût été fatigue. Martin eut loisir de
réfléchir posément à l'affaire de la cave. A sa propre
surprise, l'attitude du patron lui inspirait plus de
rancune que celle du bélier. Sous l'empire de ce
sentiment, le cas de Grandgil lui apparaissait dans une
lumière nouvelle. En le mettant dans une situation
humiliante à plusieurs égards, son associé lui avait fait
tort et injure. Mais peut-être s'agissait-il, dans son
esprit, de rétablir un juste équilibre entre les gains
exagérés d'un profiteur du marché noir et les salaires
trop justement comptés des deux auxiliaires qui
assumaient les plus gros risques. Voler un voleur peut
passer pour un acte de justice et, au regard d'un
spectateur désintéressé, l'aventure de la cave n'allait
pas sans un certain humour où la morale trouvait une
revanche. Tout ceci ne valait d'ailleurs que du point
de vue de Grandgil. Martin, lui, ne voyait rien
d'immoral ni de scandaleux dans le trafic clandestin et
ses bénéfices réputés exorbitants. Le vol et l'illégalité
étaient à ses yeux choses distinctes. Le seul point
commun qu'il leur reconnût était de tomber tous deux

sous le coup de la loi. Mais Grandgil pouvait être
d'une autre opinion, croire qu'il avait prélevé un
impôt équitable sur un exploiteur de la misère. En
réalité, chacun se débrouille selon ses moyens, bien
bête s'il ne profitait pas des facilités qui lui sont
offertes et de sa propre supériorité sur les autres. Mais
les mal lotis n'acceptent qu'à contrecœur de payer à la
ruse, à l'audace, un tribut de peine et de pain. Ils
n'ont pas la réflexion de se dire que l'injustice est
d'abord dans la victime. Et ça, Martin le savait. Lui,
un honnête homme, plus honnête on pouvait chercher, il n'aurait pas demandé mieux que de s'enrichir
au marché noir. Mais il n'avait su être qu'un petit
employé, un modeste débrouillard, livreur clandestin
ou placier en quatrième main, montant les étages pour
offrir de la marchandise au kilo à des bourgeois aigres
et besogneux. En ce qui le concernait, pensait-il,
l'injustice était dans sa grosse tête trop sage, dans son
cœur trop étroit pour oser et pour désirer avec assez de
chaleur. En vérité, il était trop sage. Grandgil, qui
n'avait pourtant pas son intelligence — un garçon
épais, sans manières et pas plus de conversation qu'un
fer à repasser —, était d'une autre trempe. La sagesse,
il s'en foutait bien. L'injustice, il ne la voyait pas dans
la victime, mais dans celui qui l'exploitait. Peut-être
même qu'il n'y pensait pas, à l'injustice. Et peut-être
aussi qu'il avait raison.

Comme ils longeaient les grilles de la Halle aux
Vins, Martin crut percevoir un changement dans
l'atmosphère. Le vent soufflait du fleuve avec un peu
moins de violence, semblait-il, mais plus froid, plus
dur. Ils en avaient le côté droit du visage mordu et
brûlé, et leurs mains se pétrifiaient sur les poignées
des valises.

Aussitôt qu'ils eurent mis le pied sur l'île Saint-
Louis, les deux valisards, sans se consulter et d'un
même mouvement, tournèrent dans une rue latérale

pour s'y reposer de l'assaut du vent. Il y circulait un courant d'air glacé qui, après les grandes rafales qu'ils venaient d'essuyer, leur parut comme une brise d'été. Le silence relatif de ce lieu protégé était pour l'oreille une surprise étrange et déconcertante. Après avoir tâtonné pendant quelques pas, ils se réfugièrent dans l'angle d'une porte cochère et déposèrent leur fardeau. Il leur semblait être dans un lieu clos.

— Pourquoi fais-tu ce métier-là ? demanda Grandgil.

— Je me défends comme ça. Chacun son bœuf.

— C'est pas bien marrant, ton petit truc. La bourlingue avec des valises en plomb et la bise qui vous coupe la gueule et tout ça pour le compte d'un petit margoulin qui a la tremblote, tu pourrais quand même trouver mieux. Un malin comme toi...

L'homme parlait d'une voix calme, avec détachement. Dans ces intonations, il semblait à Martin retrouver le pli et la lueur ironique des petits yeux de porc.

— Tu as autre chose de mieux à me proposer ?

— Tu devrais travailler pour toi. Aujourd'hui, on vend tout ce qu'on veut.

— Et l'argent ? C'est peut-être toi qui m'en donneras ?

— Suppose que tu cravates le cochon de Jamblier et que tu en fasses autant pour les autres clients...

— Insiste pas.

— Si tu avais des scrupules, tu leur rendrais ça plus tard quand tu serais millionnaire.

— Insiste pas, je te dis.

La conversation prenait un tour dangereux. Martin sentit la nécessité de repartir à l'instant même. Prendre du repos, pensait-il, c'est prendre du recul pour mesurer sa peine et sa fatigue et la tête se met à travailler, mais quand on est dans les brancards, on ne fait plus qu'un avec la besogne. Tout à coup, la

question qu'il s'était promis de ne poser qu'au terme
de l'expédition lui vint aux lèvres et lui échappa :

— Dis donc, entre nous, qu'est-ce qui t'a pris, tout
à l'heure, dans la cave ?

— Je me suis pas mal débrouillé, hein ? Je me suis
mis cinq billets dans la poche sans me faire de hernie.

— La façon que tu les as pris, ça se discute. Tu
aurais été seul avec Jamblier, c'était ton affaire. Mais
moi, j'étais là et c'est moi qui t'avais amené.

Le bélier ne répondit pas. Craignant qu'il ne se
méprît sur le sens de ses dernières paroles, Martin
précisa :

— Ne crois pas, surtout, que je réclame ma part.
Au contraire...

Cette part, il avait espéré que Grandgil la lui
offrirait, non qu'il eût été disposé le moins du monde à
l'accepter, mais parce qu'un tel geste était inséparable
des mobiles presque honorables qu'il prêtait tout à
l'heure à son chantage. Grandgil n'eut même pas une
parole pour se rattraper et formuler seulement du bout
des lèvres une offre qui eût été maintenant de pure
forme. Martin en était humilié et éprouvait le sentiment d'avoir été joué une deuxième fois. Il aurait
voulu voir, dans l'instant, la tête du bélier et l'imagi-
nait plissée d'un demi-sourire d'ironie dont la pensée
l'exaspérait.

— Je dis au contraire, souligna-t-il avec l'accent
d'une menace contenue. Moi, dans le travail, je ne
connais que l'honnêteté. Allons-y.

En traversant la Seine sur le pont Marie, Martin eut
une inquiétude. Devenue plus piquante, la bise était
décidément moins violente. Au-dessus de lui, les
nuages, tout à l'heure invisibles, avaient des contours
argentés. Vers l'Hôtel de Ville apparaissaient quelques
étoiles dans un coin de ciel encore étroit et bordé
d'argent. Il était à craindre que dans quelques instants
la lune ne se découvrît, ce qui rendrait la tâche plus

délicate. Par clair de lune, l'ombre nette, découpée par la clarté d'en haut, paraît plus impénétrable que la nuit noire et offre aussi plus de surprise. La traversée des carrefours est particulièrement dangereuse. Sur ces espaces enlunés, l'observateur le plus distrait accroche malgré lui la silhouette furtive du passant qui s'impose au regard comme une danseuse dans le rond lumineux d'un projecteur.

Ils cheminaient depuis cinq minutes dans les ruelles du quartier Saint-Gervais, lorsque Grandgil dit en déposant ses valises :

— Si on causait une minute ?

— Je t'écoute, dit Martin en se déchargeant de son fardeau, mais fais vite. On n'est pas parti pour s'arrêter à tous les coins de rue.

— Je voulais te demander : combien ça peut se vendre, au marcif, le kilo de cochon ?

— T'occupe pas.

— Je ne connais pas le prix, poursuivit Grandgil de cette voix posée dans laquelle Martin croyait parfois sentir percer un accent de blague à froid. Je ne suis pas au courant, mais je suppose que ça va chercher dans les plus de cent cinquante francs.

— T'occupe pas, je te dis.

— Dans le café où on nous a pris pour des flics, je suis sûr qu'à cent cinquante le kilo, on fourguerait tranquillement le cochon de Jamblier. On aurait au moins quinze sacs à se partager. Quinze sacs facilement gagnés. Le café, on n'en est pas loin. Au lieu de s'enfoncer des kilomètres...

La tentation effleura Martin, mais déjà comme un regret. Son ressentiment à l'égard du bélier aurait suffi à l'en préserver.

— On a déjà trop perdu de temps, insistait Grandgil. Allons-y.

— Je te trouve jeune, répliqua Martin. Fringué comme tu es, avec ta gueule déjà pas franche, je te trouve jeune d'aller croire que tu pourrais faire le grossium en viande. Des paumés comme toi, des mal habillés, je veux qu'on les voit venir de loin. Ton cochon, ça ferait pas un pli, on dirait tout de suite : C'est de la fauche ou bien de la bidoche avariée.

Il eut une pensée complaisante pour son bord roulé et son pardessus ajusté :

— Moi, je pourrais prétendre, mais écoute une chose. Si j'avais voulu faire le truc, je n'aurais pas été te chercher, petit. Et si l'envie m'en prenait maintenant, je commencerais par t'écarter.

— Pardon, je suis là, je suis dans le coup.

— Tout ça, ce n'est que des suppositions, fit observer Martin. Mais à supposer que tu voudrais me faire des façons, je me gênerais pas de te corriger.

— Tu t'es peut-être mis dans la tête que je suis manchot ?

— Je commencerais par vous endormir d'une drôle de façon, jeune homme. Que l'envie de le faire au caïd vous passerait pour de bon, jeune homme.

La conversation en resta là pour l'instant. Le bélier ne s'offrit même pas un ricanement et emboîta le pas à son compagnon. Celui-ci put croire qu'il l'avait maté. Toutefois, il restait sur ses gardes, hésitant à admettre que ce garçon audacieux cédât ainsi à la première menace. La lune restait cachée, mais la nuit s'était éclaircie. Noyées dans les fonds, les perspectives de la rue et des transversales apparaissaient vaguement et les deux hommes distinguaient mutuellement leurs silhouettes. Ils marchaient l'un derrière l'autre du même pas. Soudain, Martin sentit comme une rupture de cadence. Tournant la tête, il vit son associé traverser la rue et se diriger vers le liséré de lumière bleue qui encadrait la porte d'un café.

— Je vais boire un coup, informa la voix tranquille du bélier.

Déjà il ouvrait la porte et s'y engageait avec ses

valises. Martin n'eut pas le temps d'une observation et à peine celui de la réflexion. Une seconde, il s'arrêta à écouter le silence de la ville et rejoignit Grandgil à l'entrée. Embarrassés par les valises, ils se mouvaient lourdement et il leur fallut, pendant un temps appréciable, écarter largement le rideau noir de protection qui masquait l'éclairage de l'intérieur. Derrière eux, tandis qu'ils se donnaient passage, des flaques de lumière dansaient jusque sur le milieu de la rue. Inquiet, le patron de l'établissement s'emportait contre cette entrée laborieuse dont la lenteur lui semblait friser la perversité. La vue des valises acheva de l'indisposer.

— C'est l'heure que je ferme, grogna-t-il. Avec un attirail pareil, vous avez bien choisi le moment de vous annoncer.

D'un regard soupçonneux, il sondait les valises.

— Vous venez pas vous réfugier chez moi avec la police à vos trousses, non ? Parce que moi, ces musiques-là...

— Donne-nous du vin chaud, coupa Grandgil.

— J'en ai plus.

— Donne-nous du vin chaud.

Sans qu'il eût élevé la voix, le ton du bélier s'était fait plus impératif. Impressionné par l'assurance et la mauvaise mine de ce client qui était peut-être armé, le cafetier coula un regard de biais vers sa femme qui tricotait une chaussette entre le tiroir-caisse et un baquet à rincer. Elle lui répondit d'un clin d'œil et il sortit par une porte basse ouvrant sur un réduit. Martin rongeait son frein, réprouvant à part soi les façons comminatoires de Grandgil. Assis à une table de bois, des joueurs de belote, qui venaient de terminer leur partie, examinaient les valisards en chuchotant. Tous les quatre étaient des hommes jeunes, employés de magasins et petits fonctionnaires. Ils s'intéressaient visiblement aux valises elles-mêmes

dont ils paraissaient supputer le contenu avec une
lueur malveillante dans leurs yeux de demi-affamés.
Martin avait hâte de vider les lieux. Avec ses murs aux
plâtres boursouflés, son plancher encrassé, son matériel miteux, cette salle étroite et basse de plafond avait
un air d'intimité exagérément sordide qui faisait
penser à un décor de théâtre d'un réalisme indiscret.
Près du petit poêle de fonte, un homme maigre aux
yeux jaunes, en veston noir et col dur, griffonnait sur
un papier qu'il protégeait de son bras replié et, sans
lever la tête, promenait parfois autour de lui des
regards méfiants. Il semblait figurer le traître indis-
pensable ou le policier cauteleux et impitoyable qui
attend son heure. Des souvenirs du théâtre de Belle-
ville et des mélodrames de son enfance revenaient à la
mémoire de Martin. Il se prit à penser que le
personnage du bélier n'était pas le moins mystérieux.
Cette étrange figure était à la fois hermétique et
transparente. Le sourire qui luisait en permanence
dans les petits yeux de porc et se répandait sur toute la
face semblait sceller un secret. Les morts ont parfois
sur le visage cette lumière d'ironie qui paraît émaner
des paupières fermées, mais le masque de Grandgil
rayonnait en même temps une espèce de franchise
sommaire, indécente. Martin, mal à l'aise, cherchait
en vain à expliquer ou à concilier ces contrastes. En
s'aidant des souvenirs de la cave, il essayait d'imaginer, derrière ce front de bélier, des abîmes anarchi-
ques bouillonnant des rancunes et des fringales du
réprouvé, mais l'homme lui échappait. Il sentait en lui
autre chose de singulier, hors de son appréciation. De
son côté, Grandgil le regardait, sans l'ombre d'hostilité, avec une sorte de curiosité précise qui semblait
s'attacher aussi bien à ses vêtements, à son bord roulé,
qu'à sa physionomie et ce regard vif, qui ne s'arrêtait
nulle part, était très indiscret.

— Buvez vite, dit le patron, en apportant le vin chaud. Cette fois, je ferme. Il est presque onze heures.

Les joueurs de belote s'étaient levés. En défilant lentement devant le comptoir, leurs regards allaient des deux buveurs aux quatre valises à propos desquelles ils échangeaient à mi-voix des paroles d'une ironie amère. L'un d'eux s'enhardit, du bout de son soulier tâta l'une des valises et la prit par la poignée pour en éprouver le poids.

— Bas les pattes, dit Grandgil. Ces machins-là, c'est pas pour les pauvres.

Rouge et humilié, l'homme lâcha la valise. Les autres s'étaient arrêtés sans intention précise.

— Qu'est-ce que vous attendez? dit Grandgil. Vous la sautez. Vous avez mangé du boudin à la sciure, bu au robinet, fumé de la tisane et, là-dedans, il y a de quoi vous régaler pendant trois semaines. Vous êtes quatre, avec des épaules. Qu'est-ce que vous attendez pour filer avec les valises? Vous êtes sûrs qu'on n'ira pas se plaindre.

Plutôt gênés qu'irrités, les quatre restaient silencieux et coulaient des regards vers la porte.

— Foutez-moi le camp, salauds de pauvres, reprit Grandgil. Allez aboyer contre le marché noir.

Il se mit à rire d'un grand rire qui lui découvrait largement la denture et Martin eut la surprise d'apercevoir, aux deux coins de la bouche, de fausses prémolaires en or, au nombre de cinq ou six. La chose lui parut d'autant plus remarquable qu'à ses yeux, des dents en or constituaient plutôt une parure qu'une commodité. Depuis longtemps, bien qu'il eût les dents très saines, il rêvait de s'en faire arracher quelques-unes et de se faire aurifier la mâchoire. Il lui plaisait d'imaginer l'ensemble à la fois cossu et gracieux qu'auraient composé sa mâchoire en or et son chapeau noir à bord roulé. Ce sont bien souvent de ces détails qui vous classent un individu, sans compter que les femmes aiment bien trouver au baiser le goût du confort. De voir briller son rêve dans la bouche du bélier, il éprouva un sentiment de mélancolie, la souffrance d'un aristocrate décavé qui verrait ses bijoux de famille s'étaler sur la poitrine et sur les mains d'une épicière indigne.

Les joueurs de belote s'étaient retirés en jetant derrière eux, au moment de franchir la porte, une bordée d'injures. Le paperassier qui écrivait à côté du petit poêle disparut à son tour. Debout derrière son comptoir, le patron lançait aux valisards des coups d'œil impatients, tandis que la tenancière rangeait son tricot dans le tiroir-caisse. Non moins pressé, Martin avait déjà avalé son vin chaud et réglé les consommations. Mais le bélier ne montrait aucune hâte à partir. Après une première gorgée, il tira de sa poche le paquet de cigarettes qu'y avait placé Jamblier et en prit une. Martin surveillait ses gestes, avec une espèce d'anxiété perverse, en souhaitant que son auxiliaire lui offrît une occasion supplémentaire de le haïr. Son attente ne fut pas déçue. Ce paquet de cigarettes qui était leur propriété commune, Grandgil le remit dans sa poche sans la moindre gêne apparente. Ce n'était d'ailleurs pas un oubli de sa part. Entre ses cils baissés, il observait son voisin avec curiosité. Martin pensa qu'il était de sa dignité de ne pas faire de réflexion. Tandis que l'autre allumait sa cigarette, il eut assez de lucidité pour noter un détail qui lui avait échappé jusqu'alors. La manche du veston, sale et usée, laissait passer un poignet de chemise d'une surprenante propreté et d'un tissu fin et soyeux. A ce moment, une fillette d'une dizaine d'années, la tête enveloppée d'un foulard, une pèlerine noire simplement posée sur les épaules, pénétra dans le café et passa derrière le comptoir. Pendant qu'elle s'entretenait à voix basse avec la patronne, sa pèlerine glissa de sur son épaule, découvrant l'étoile jaune des Juifs,

cousue sur le côté gauche de son chandail. Martin, à la
vue de l'insigne, pensa à une rafle de Juifs dans le
quartier, redoutant quelque déploiement de police
avec inspecteurs français et allemands. Le cafetier, qui
avait suivi la direction de son regard, devina son
inquiétude et le rassura. La fillette habitait l'immeuble et venait faire une commission pour ses parents.
Ayant ainsi apaisé les craintes du client, il se sentit
autorisé à une certaine familiarité et demanda en
désignant les valises :

— C'est du tabac ?

— Non, répondit Grandgil, c'est de la viande. Du
cochon tout frais et presque pour rien. Je te le vends
cent cinquante le kilo.

— Ne l'écoutez pas, dit Martin au patron qui
paraissait intéressé. Il débloque. Cette viande-là est
déjà vendue.

— N'ayez pas peur. J'ai bien compris que ce n'était
pas sérieux. Et d'abord, moi, je n'achète pas comme
ça sans savoir. Le prix, ce n'est pas tout. Il faut être
sûr que tout est bien clair dans le coup. Si je voulais,
j'aurais bien des occasions, mais dans ma partie, on est
forcé d'être prudent. Remarquez qu'à vouloir être
honnête, j'y perds de l'argent, mais j'aime mieux avoir
ma conscience pour moi.

— A part ça, prononça Grandgil d'une voix sévère,
tu reçois des Juifs dans ton établissement. Un établissement public. A des onze heures du soir. Si c'est pas
honteux. Tu mériterais d'être dénoncé, pour t'apprendre. J'en ai bien envie, tiens.

La fillette avait rajusté sa pèlerine et filait vers la
sortie. Inquiets, les cafetiers évitaient le regard du
bélier et restaient immobiles, muets, l'air absent,
pareils à des soldats en butte à la fureur injuste d'un
adjudant.

— Faites pas attention, dit Martin. Il travaille de la
visière.

En avalant une dernière gorgée de vin, le bélier, la tête renversée en arrière et l'œil attentif, s'amusait de la mine des cafetiers. La gaieté lui creusait près des tempes deux sillons hilares dans le prolongement de la fente des paupières.

— Des gens qui n'ont pas plus de conscience que ça, moi, ça me révolte, poursuivit-il du même ton. A quoi ça sert qu'on fasse des lois si c'est pour pas les respecter ? Racaille, va, saloperie. Je te foutrais tout ça en prison, moi. Pas de pitié. En prison. Voyous, anarchistes, mauvais Français...

— Ça va, coupa Martin, tu nous en casses deux, avec tes renvois.

— Ta petite sœur. Quel âge que vous avez, vous autres ?

Les cafetiers, auxquels s'adressait la question, gardaient un mutisme digne, le regard vague, la bouche pincée.

— Vos âges, nom de Dieu ! hurla le bélier. Et situation de famille, tout le totem ! Déballez vibur !

Il avait changé de physionomie. Une colère soudaine, incompréhensible pour Martin, étincelait dans ses petits yeux de porc et lui gonflait les narines.

— Cinquante et un ans de novembre dernier, ânonna le cafetier. Lucienne, quarante-neuf en avril. Marié en 1927 à Courbevoie. Sans enfant. Employé à la Halle aux Vins jusqu'en 1937. Condamnations, néant. Situation militaire...

— Suffit. J'en sais déjà trop. Regardez-moi ces gueules d'abrutis, ces anatomies de catastrophe. Admirez le mignon, sa face d'alcoolique, sa viande grise et du mou partout, les bajoues qui croulent de bêtise. Dis donc, ça va durer longtemps ? Tu vas pas changer de gueule, un jour ? Et l'autre rombière, la guenon, l'enflure, la dignité en gélatine avec ses trois mentons de renfort et ses gros nichons en saindoux qui lui dévalent sur la brioche. Cinquante ans chacun.

Cinquante ans de connerie. Cinquante et cinquante deux mille cinq. Qu'est-ce que vous foutez sur la terre, tous les deux ? Vous avez pas honte d'exister ? Mais non, pensez-vous, ils sont là, ils s'installent. Leur gras-double, ils vous le mettent dans l'œil, dans la tête, dans l'air qu'on respire. Ils salissent tout, même les couleurs. Voyez le rouge sur les joues de madame : de l'écrasure de punaises pilées dans un fond d'abcès. Le blanc, le violet, le jaune, le gris, quand je les vois sur sa gueule à lui, je peux plus les pifer, je les vomis. Assassins, rendez les couleurs !

— Où c'est qu'il va chercher tout ça ? Il me fait marrer, dit Martin qui riait effectivement.

— J'ai jamais rien pris, protesta le cafetier, pas un sou, jamais, ça, je le jure. Lucienne, elle est pareille que moi.

— Taisez-vous, affreux, intima Grandgil. Toi, Martin, je t'aimerai toute ma vie. Ton bord roulé, j'en suis à fond. Je te bluffe pas, t'es l'homme de ma vie. Crache-leur à la gueule, aux époux. Crache dessus, je te dis, c'est ton droit. Regarde comme ils te provoquent. Vas-y, belote sur le vilain et t'en rejoue sur la tricoteuse.

Martin riait si fort que, cracher, il n'aurait pas pu. Le bélier saisit sa tasse vide et, à toute volée, la jeta contre une étagère où elle éclata dans le ventre d'une bouteille pleine. Les cafetiers n'osaient même pas tourner la tête pour constater le sinistre. Tout en réprouvant la casse, Martin en riait aux larmes.

— Bonne tête, lui dit Grandgil, mon gros sentiment, mon bon cœur, t'es timide comme pas une rosière, mais je résiste pas à ton charme. Tes valises, je te les porterais jusqu'au Havre, à pied, sur les genoux, n'importe comment, n'importe où. Viens-t'en. Je veux plus les voir jamais.

Empoignant ses valises, il se dirigea vers la porte et, par-dessus l'épaule, lança aux mastroquets :

— Vilains, je vous ignore pour la toute. Je vous chasse de ma mémoire.

Des lambeaux de nuages couraient encore sous les étoiles, mais le ciel était débouché. De l'autre côté de la rue, sur les façades blanches de lune se découpait l'ombre portée des toits d'en face. De loin en loin, les rues transversales coupaient la nuit d'un trait de clarté. Martin marchait avec allégresse. Le bélier l'avait conquis. Il lui pardonnait tout, comme à un enfant terrible, et il oubliait la cave, les trahisons, les cigarettes, le mystère de sa personne et les mâchoires en or. Du reste, Grandgil lui paraissait maintenant moins secret, comme s'il eût soudain ouvert toutes ses fenêtres.

— Quand même, ils ne t'avaient rien fait, dit-il après quelques pas dans la rue. Tu me diras, ils ne sont pas beaux, c'est d'accord. Mais qu'est-ce qu'ils y peuvent ? Et après tout, quelle importance ? La beauté, moi, je peux t'en causer. La beauté, ça ne veut souvent pas dire chouïa. Celui qui voudrait juger sur la mine...

— Ne te fatigue pas la tête, interrompit Grandgil. Le ton était très sec. Martin hésitait à se froisser. Il pardonna encore à l'enfant terrible, mais sa gaieté était douchée. Du reste, il était repris par le sentiment de ses responsabilités et la clarté de la lune le rendait soucieux. Il n'osait pas demander au bélier d'éteindre sa cigarette qui pouvait les signaler à un agent.

— Dis donc, tes dents en or, il y a longtemps que tu te les es fait poser ?

— Deux ans, je crois.

— Depuis l'occupation, alors ? Dis donc, tu dois savoir ce que ça t'a coûté ?

Grandgil ne répondit pas. Il était de mauvaise

humeur. Dans cet enchevêtrement de rues du quartier
des Archives où l'entraînait son guide, il n'arrivait pas
à s'orienter et se sentait perdu. Martin goûtait la
satisfaction de l'avoir un peu à sa merci et se croyait
assuré de n'avoir rien à redouter de son humeur
capricieuse. Pour lui, il se dirigeait dans ce dédale du
Marais aussi facilement qu'en plein jour. Ayant,
depuis plus de cinq ans, son domicile rue de Saintonge, les moindres rues du quartier lui étaient
familières. Il aurait aimé entretenir son compagnon
des commodités et des agréments de l'endroit, lui
signaler en passant tel café où il avait été longtemps
assidu, mais il avait conscience que le décor de son
existence quotidienne n'aurait su l'intéresser. Les
dents en or de Grandgil, son linge fin entrevu au café
et les propos qu'il venait de tenir aux cafetiers,
l'isolaient dans un compartiment d'humanité dont
Martin pressentait le caractère sans pouvoir le fixer
précisément. Son soi-disant métier de peintre en
bâtiment n'était tout au plus qu'un alibi. Ce garçon-là
n'exerçait sûrement aucune profession régulière et
n'était pourtant ni un barbeau ni un professionnel du
chantage. Sa réussite de la cave n'était qu'un accident.
D'autre part, un homme vivant de hasards, à une
échelle vraisemblablement mesquine, n'a pas la
bouche pavée en or et ne porte pas de linge fin.

Les deux hommes marchaient sans parler. Martin
souffrait de solitude et regrettait un peu sa haine et sa
colère. Le souvenir de Mariette, que lui proposait le
voisinage de son domicile, finit par l'accaparer. Men-
talement, il recommençait pour lui-même le récit qu'il
avait fait à Grandgil lorsque celui-ci était venu le
chercher rue de Saintonge pour l'accompagner chez
Jamblier : « ... J'ai de l'affection, elle me dit, je
reconnais ce que tu es, mais ma vie à moi, c'est d'être
indépendante, l'heure que je veux, où ça me plaît et
pas d'homme qui me demande des comptes.

« — Écoute, Mariette, moi je lui réponds, je ne peux pas t'attacher au pied du lit. Remarque, à ma place, bien des hommes, ce serait déjà une paire de claques. Ce n'est pas mon genre. Une femme n'est qu'une femme, mais sa volonté, je la respecte. Seulement, je t'avertis, réfléchis. L'existence que je te fais ici, c'est quand même le bifteck tout cuit, l'apéritif et le cinéma. Pour le sentiment et ce qui va avec, tu peux toujours chercher aussi. — Qu'est-ce que tu te figures ? elle me dit. De l'homme passionné, ce n'est pas ce qui manque, je n'ai qu'à me baisser... » Elle était assise là, sur le bout de la table, la tête penchée sur son corsage et l'œil en dessous avec un air. Alors, moi, la colère, je lui rabats deux baffes en pleine fraise.

« Sale brute, elle me retourne, je le raconterai à mon amant... » Au bout de son récit, la question se trouvait naturellement amenée et une fois de plus posée de savoir si elle reviendrait.

— Tu crois qu'elle reviendra ? laissa-t-il échapper à haute voix.

— Qui ?

— Mariette, tu sais bien, je t'ai raconté.

— Qu'est-ce que ça peut me foutre.

— Je te parle poliment.

— Quel âge qu'elle a, ta langoustine ?

— Cinquante-cinq ans, répondit Martin avec simplicité.

— Elle reviendra.

— Tu lui en donnerais quarante-cinq aussi bien. Et bâtie, pardon, il faut voir. Des épaules. Des seins tant que tu veux. Et des fesses comme pour trois personnes. Ce que j'appelle une femme, quoi.

— En effet, ce serait dommage qu'elle ne revienne pas. D'un autre côté, elle n'est pas bien jeune. A ta place, j'en profiterais plutôt pour couper les ponts. Ta grosse Mariette, elle va quand même sur ses rhumatismes. Et pas l'air commode, à ce qu'il semble.

— Je l'aime. Ça se discute pas.

— Alors, sois tranquille, mon gros. Tu la reverras, va, ta poupée. Même les mieux roulées et les plus fondantes, ce n'est pas à chaque tournant de vie qu'elles rencontrent l'homme décidé à les entretenir. Et la tienne a cinquante-cinq ans. Elle reviendra sans que tu l'appelles.

— Remarque bien, dit Martin, que la perspective de ce retour intéressé laissait insatisfait, remarque bien que Mariette n'a pas pensé à la question des sous quand on s'est mis ensemble. Je gagne ma vie, c'est entendu, mais pour une femme qui aurait des idées de luxe, ce n'est pas la vie en carrosse non plus. Je ne voudrais pas me donner des airs, mais cette femme-là, elle m'a aimé au sentiment. Et j'en suis sûr, elle m'aime encore.

— Tant mieux, alors. T'as tout pour toi. De quoi tu te plains ?

Martin sentit Grandgil agacé et remâcha en silence sa peine et son angoisse. Pendant cette rumination, il lui sembla, le temps d'une seconde, distinguer le bruit d'un pas venant à sa rencontre, mais ayant prêté l'oreille, il n'entendit plus rien. Grandgil venait de jeter sa cigarette. Ils arrivaient à un croisement de rues et l'ombre noire où ils marchaient de front se cassait au bord d'une coulée de lune, large de cinq ou six pas. Comme ils abordaient au trottoir opposé, une voix d'homme sortit de l'ombre, à trois pas devant eux, et avec un accent du Midi très prononcé, intima :

— Arrêtez. Qu'est-ce que c'est que ces valises que vous portez ?

— Avant de causer sur ce ton-là, fit observer Martin, on doit commencer par s'annoncer.

Aux premières paroles de l'homme, il avait pu distinguer, sur les volets clairs d'une boutique, la silhouette de l'agent mais, en feignant l'ignorance, il s'autorisait à négliger sa sommation et gagnait ainsi quelques secondes, le temps de sortir de la zone de lumière où les deux compagnons se trouvaient dans une situation désavantageuse à l'égard de l'agent.

— Police, déclara l'agent. Vous l'avez bien vu. Ne faites pas la bête.

— Puisque vous me le dites, je vous crois. En tout cas, je suis bien content de vous rencontrer. Je cherchais justement quelqu'un qui puisse m'indiquer la rue Sévigné.

— Vous lui tournez le dos.

— Pas possible ! Dis donc, toi, tu as entendu ? La rue Sévigné, on lui tourne le dos. C'est bien toi qui nous as mis dedans.

Pour entrer dans le jeu, Grandgil aurait dû protester et entamer avec Martin une discussion dans laquelle l'agent se fût trouvé en importante et flatteuse position de médiateur et qui eût créé une atmosphère de familiarité. Grandgil n'y entendit rien et resta muet.

— Le chemin, on vous l'expliquera tout à l'heure, dit l'agent. Suivez-moi toujours au poste.

C'était un Méridional triste et vétilleux qui devait chercher dans l'accomplissement de ses fonctions de petites revanches sur la vie. Martin sentit que la partie serait dure.

— Écoutez, monsieur l'agent. Je ne vais pas vous raconter des boniments. Voilà ce qu'il en est. Ce matin, je me suis décidé à aller faire un tour dans ma propriété de Verrières. A cette saison-ci, pour bien dire, je n'avais pas grand-chose à y faire, mais c'est ma femme qui m'y poussait. Je ne voulais pas la contrarier, surtout qu'elle est pour accoucher vers la fin du mois prochain. Dans cet état-là, les femmes, vous savez ce que c'est. Vous êtes peut-être marié, monsieur l'agent.

— Je suis marié, répondit l'agent de mauvaise grâce, mais je n'ai pas d'enfant.

— Et vous avez bien raison, monsieur l'agent. Les

enfants, à l'époque que nous sommes, on en a plus de
tracas que de satisfaction. Moi qui en ai cinq, je vous
en parle savamment. Enfin, ils sont là, n'est-ce pas ?
Bref, j'arrive à Verrières sur le coup d'onze heures.
Mon domestique m'attendait à la gare comme d'habitude.

— C'est cet homme-là ? demanda l'agent.

— Justement. Il n'a peut-être pas inventé la pou-
dre, mais il est dévoué. Pensez qu'il sert dans la
famille depuis l'âge de quinze ans.

— Je vois, dit l'agent. Un brave garçon un peu
simple, hé ?

Il eut un rire d'indulgente compréhension. Martin
posa ses valises sur le trottoir. Le bélier, les jambes
légèrement fléchies, déposa aussi les siennes. En se
relevant, il porta un coup de poing à la mâchoire de
l'agent qui ploya les genoux et tomba à plat ventre
sans avoir proféré un son. Grandgil se pencha sur le
gisant, promena les mains sur la tunique et, s'empa-
rant ensuite du képi qui emboîtait encore le crâne de
l'agent, le jeta à quinze pas de là, au milieu de la
chaussée. La visière brillait sous la lune.

— Cavalons, dit Martin qui, dans l'ombre où était
plongé le trottoir, avait deviné le geste de son auxiliaire plutôt qu'il ne l'avait vu.

Reprenant leurs valises, ils s'éloignèrent à grands
pas, sans échanger une parole, pressés de prendre la
première transversale qui s'offrirait à leur gauche. La
lune y donnait en plein et ils s'y engagèrent l'un
derrière l'autre en rasant les murs pour profiter d'une
ligne d'ombre qui bordait les maisons. Ce ne fut
qu'après le deuxième tournant que Martin exhala son
mécontentement.

— On est frais, tu viens de faire un beau coup, tu
peux te redresser. Je veux qu'on soit fait dans pas
longtemps et une histoire comme ça, tu te rends
compte. Grouillons-nous.

— Je ne vois pas ce qui te tracasse tellement. Le flic a son compte pour un bon moment.

— Je t'écoute, ricana Martin. Pas plus tôt qu'il aura ouvert un œil, il va empoigner son sifflet. Avant cinq minutes, toute la police du troisième arrondissement sera en chasse.

— Ça m'étonnerait. Son sifflet, c'est moi qui l'ai dans ma poche.

Martin ne put s'empêcher d'admirer la présence d'esprit du bélier, mais se garda de le lui témoigner. Il lui en voulait d'avoir pris, dans une situation délicate, une initiative relevant de sa seule autorité. « Me faire ça à moi et dans mon quartier. » Haletant, il taisait sa rancune afin d'économiser son souffle et de soutenir le train, lui semblant toujours qu'il entendait se lever derrière lui le pas nombreux de la police.

— Pas la peine de se crever, dit Grandgil, on n'entend rien.

— Si leurs cyclistes nous attendent à un carrefour, tu ne te figures pas qu'ils vont nous jouer du cor de chasse !

— Insiste pas. Pour moi, l'affaire est réglée. Elle ne pouvait pas mieux tourner.

— Sauf que, par ta faute, je me trouve peut-être grillé dans mon quartier. Mais ça, tu t'en fous. Le flic, je l'avais au sirop tranquillement et sans me fatiguer. Probablement que ça te contrariait.

— C'est pas ça, mais j'avais envie de m'amuser un peu, figure-toi.

— Qu'est-ce que tu dis ? Alors, tu te fous de moi ?

— Tu deviens fatigant, je t'assure, soupira Grandgil.

— Dis donc, tes façons de causer, ça commence à faire le bon poids. S'amuser sur le dos des autres, c'est bien beau. Et les dents en or, c'est bien beau. Mais les convenances et les égards, ça existe aussi.

— Écoute, si tu pleures encore, je te plante là avec tes valises.

— Je voudrais voir ça.

— Au clair de la lune, tu me verrais partir, les mains dans les poches. Ça ne m'étonne plus, maintenant, que la petite Mariette t'ait plaqué. En douce, elle te trouvait trop tracassier. Les mignonnes de cinquante-cinq ans, ce qu'elles aiment justement, c'est que l'homme il fasse un peu gamin. T'avais pas le genre qu'il lui fallait.

Dans l'ombre, l'une des valises de Grandgil donna contre un obstacle. Martin venait de poser les siennes et se plantait devant lui en gueulant :

— Pose-moi ça par terre, qu'on s'explique. Tes boniments, j'en ai soupé. Les flics, ils m'embarqueront si ça se trouve, mais toi, t'auras ta correction.

Haletant de la course et de la colère qui l'étranglait, il se rua tête baissée, presque à l'aveuglette. Grandgil lui saisit un poignet et réussit à s'emparer de l'autre, après avoir encaissé des coups de poing très durs dans les côtes. Martin se secouait pour se libérer. Ses poignets étaient emprisonnés dans des mains puissantes ne leur laissant pas le moindre jeu et menaçant à chaque secousse de les broyer. Hors de raison, il se mit à pousser son adversaire à coups de tête dans la poitrine. Grandgil recula en riant jusqu'au mur d'une maison et s'y adossa. Stupidement, Martin, arc-bouté et piaffant sur place, continuait à pousser comme s'il eût espéré l'encastrer dans la muraille et s'y donnait d'un tel effort que la couture de son pardessus craqua entre les épaules et qu'il se mit à faire entendre une sorte d'aboiement, scandé à la cadence de son élan.

— Doucement, disait Grandgil. A ce train-là, tu risques de casser une maison. Amuse-toi gentiment, mais ne te fais pas mal.

Enfin, prenant appui au mur, il rompit d'un seul

coup l'effort de Martin et le repoussa jusqu'aux valises.

— Allons-nous-en, lui dit-il doucement après lui avoir lâché les poignets. Il est tard, tu sais. On n'est pas encore arrivé.

— J'ai perdu mon chapeau, murmura Martin.

En s'aidant d'une lampe de poche, Grandgil se mit à la recherche du bord roulé qui était tombé à bas du trottoir. L'ayant épousseté d'un revers de main et remis en forme, il le posa sur le crâne de son compagnon qui restait immobile, la tête basse et les bras tombés.

— En route, dit le bélier. Le plus dur reste à faire. Passé les boulevards, on a une mauvaise diagonale à remonter. Il va falloir que tu aies de la tête pour deux.

Martin avait repris ses valises. Brillant de lune et d'étoiles, le ciel était d'un bleu glacé. A l'approche de la porte Saint-Martin, quelques silhouettes de passants surgissaient dans les coulées de lune et le pas des femmes chaussées de bois résonnait longtemps dans la nuit. Comme ils se disposaient à franchir la ligne des boulevards, les deux hommes durent s'arrêter pour laisser passer une escouade de soldats allemands à bicyclette. La carabine en bandoulière, les cyclistes casqués roulaient silencieusement en direction de l'Opéra. Les valisards entraient dans une zone dangereuse. Il fallait avant tout éviter le voisinage de certains immeubles réquisitionnés par les services de l'armée allemande et dont la police gardait les abords. Ils suivirent un trajet en ligne brisée qui devait les amener, à travers le quartier de la porte Saint-Denis et le quartier Rochechouart, aux environs du cirque Médrano. A minuit moins vingt, ils arrivaient au square Montholon et commençaient à peiner dans la montée de la colline de Montmartre. Au loin, vers l'ouest, le canon de la D.C.A. se mit à tonner. Depuis qu'ils avaient passé les boulevards, ils avaient dû, à plusieurs reprises, s'effacer dans des recoins d'ombre pour échapper aux agents ou aux rondes de cyclistes. Par deux fois, même, ils s'étaient trouvés en péril pressant. Dans ces instants difficiles, Martin, désemparé, s'était montré inférieur aux circonstances. Grandgil, avec beaucoup de sang-froid et d'autorité, avait paré à cette défaillance. Il paraissait maintenant le vrai responsable de l'entreprise et en assumait, comme sans y penser, la direction. Martin ne contestait du reste aucune de ses décisions, mais apportait parfois à les exécuter une mauvaise volonté sournoise, à croire qu'il souhaitait l'échec de cette expédition, considérant peut-être qu'elle n'était plus la sienne.

La montée était rude après l'effort déjà fourni. Le bélier réglait son pas sur celui de Martin, dont la pesanteur trahissait la grande fatigue. Encore lointain, le canon grondait sur plusieurs points de la ville, par rafales sourdes, espacées, dont la cadence allait en croissant. Dans le cas d'une alerte, il fallait craindre les rondes de police, plus nombreuses et d'autant plus redoutables que les agents, dans le va-et-vient des services de la défense passive, passeraient inaperçus.

— Si tu n'étais pas si mal habillé, ronchonnait Martin, on pourrait entrer dans un abri. Descendre à la cave avec des valises, c'est normal. Mais fringué comme tu l'es, tu passerais pour un voleur.

— C'est vrai, j'ai plutôt l'air truand. Mais si les sirènes sonnent quand on arrivera au boulevard, on pourra se planquer chez moi. J'habite à côté.

Ils abordaient à l'avenue Trudaine lorsque l'alerte fut donnée.

L'atelier était spacieux et confortable. Grandgil tira sur le vitrage un rideau de serge bleue et, après avoir enfilé une robe de chambre, examina l'intérieur du poêle qui était encore tiède. Il n'y restait que des cendres chaudes. Martin avait posé ses valises. Debout près de la porte, il promenait autour de l'atelier un regard curieux et hostile auquel rien n'échappait. Armoire, bahut, chevalets, divan, fauteuils, tables, chacun de ces meubles semblait être pour lui l'objet d'une méditation. Grandgil, d'un ton cordial, l'invita à s'asseoir. Martin ne bougea pas. D'un signe de tête, il désigna, près du vitrage, une table sur laquelle étaient étalés des dessins au pastel portant la signature de Grandgil et représentant des femmes demi-nues, la poitrine dehors ou la combinaison retroussée haut la fesse. L'une d'elles, tout à fait nue, portait des chaussures à hauts talons et, sur ses cheveux roux, un gibus.

— C'est toi qui as fait ça ?

— Oui, c'est moi. Je les écoule dans les boutiques de la place du Tertre et d'ailleurs. Il y aura toujours des clients pour ça. Depuis l'occupation, je fais aussi des échanges dans le quartier. Avant-hier, pour une femme à poil, j'ai eu un jambon. Maintenant, ces dessins-là, j'en fais moins qu'autrefois. Avec un peu de chance, je pourrai peut-être laisser tomber tout à fait.

Martin contempla les dessins encore un moment et fit ensuite quelques pas vers le milieu de l'atelier.

— Et ça ?

Il montrait, sur un chevalet, un paysage urbain, peint à l'huile, qui pouvait avoir été inspiré par celui qu'ils avaient regardé ensemble à la fin de l'après-midi, derrière la vitre du café du boulevard de la Bastille. Martin n'y voyait qu'un ensemble assez confus. Pourtant, le dessin était net. Un trait noir, lourd comme le plomb d'un vitrail, cernait les masses principales, mais la couleur, débordant largement les contours, formait une harmonie étrangère au dessin

avec lequel elle ne coïncidait guère que par accident.
La toile était signée Gilouin.

— Ça, répondit Grandgil, c'est mon vrai travail,
mon plaisir et mon casse-tête. Mes toiles commencent
à se vendre, mais je les fais pour moi et pour moi seul.
J'emmerde la critique et les marchands. Que ça leur
plaise ou non, c'est mes entrailles que je mets là-
dessus, c'est mon cœur et ma vérité.

Grandgil parlait avec une fougue à laquelle il n'avait
guère habitué Martin. Ses petits yeux répandaient
maintenant sur sa face de bélier une lumière non plus
d'ironie, mais d'exaltation, de joie passionnée, exi-
geante. Il alla chercher un portrait de femme encadré
et le posa sur le chevalet. Les intentions du peintre y
apparaissaient avec plus d'évidence que sur le paysage
aux tons gris. La femme était assise devant une
fenêtre. Cernée d'un trait lourd, la silhouette avait un
aplomb solide. Jaillie d'un bouquet de tulipes, une
coulée de lumière rouge lui mangeait une moitié de la
face, tandis que le bleu du ciel se répandait sur le front
en nappe tendre qui semblait prendre sa source dans le
bleu de l'œil. Les couleurs qui, pour ainsi dire,
appartenaient en propre au visage, débordaient dans
les carreaux de la fenêtre où elles formaient des
irisations.

— Ça te plaît ?

— Je m'en fous, répondit Martin avec un accent de
sobre férocité.

Le visage de Grandgil changea d'expression. La
flamme de l'enthousiasme s'éteignit dans les petits
yeux de porc dont le regard se chargea de mélancolie.
Mais presque aussitôt, la tête de bélier s'éclaira du
reflet de cette ironie un peu distante où le peintre
semblait trouver son équilibre le plus sûr.

— Tu préfères peut-être Grandgil à Gilouin ? Je
n'insiste pas. Tu finirais par me répondre que tu te
fous de Grandgil comme de Gilouin et moi, j'aurais de

la peine. Pensons d'abord à nos valises. Entre nous, tant qu'on n'est pas arrivé chez le boucher, c'est à la vie à la mort.

Grandgil porta la main à sa poche et en retira les cinq mille francs de Jamblier, qu'il tendit à Martin :

— Pendant que j'y pense, tu rendras ça à l'imbécile qui les a lâchés. Tu lui feras plaisir.

Martin prit les cinq mille francs et les rangea dans son portefeuille.

— Quand on sera chez le boucher, dit-il, je te paierai les quatre cent cinquante francs, comme j'ai convenu avec Jamblier.

— Je te le rappellerai si tu viens à oublier. Maintenant, assieds-toi. Je vais nous faire chauffer du café en attendant la fin de l'alerte.

Martin s'assit dans un fauteuil. Resté seul, il essaya de faire le bilan de ses impressions et de ses griefs, mais la fatigue et certain dégoût qui était plutôt comme un mauvais goût de la vie, engourdissaient ses facultés et lui dérobaient la conclusion. La restitution des cinq mille francs qui étaient à l'origine de son ressentiment, aurait dû compter à l'actif du bélier. Loin d'en être apaisé, Martin s'irritait de ce geste inattendu comme d'une perfidie. La conduite de son auxiliaire ne lui avait causé aucun dommage sérieux et ses griefs, imprécis, inconsistants, allaient surtout à une attitude, à une manière d'être. Dans sa rancune entrait aussi une part de curiosité irritante à l'égard de cette ironie soutenue où se retranchait Grandgil et de ce mystère de duplicité qui se retrouvait dans la double personnalité du peintre. L'histoire de leur rencontre lui apparaissait maintenant comme une suite d'équivoques et d'incertitudes. Martin finit par s'endormir sur l'impression qu'il avait été trompé.

En rentrant dans l'atelier, Grandgil s'arrêta à considérer son associé endormi. Martin ronflait, la bouche entr'ouverte, les mains à plat sur les bras du fauteuil,

la tête et le corps très droits, son bord noir légèrement
rejeté en arrière. Grandgil s'approcha sans bruit,
ouvrit un carnet de croquis et se mit à dessiner. D'un
trait appuyé, presque continu, il traça d'abord la
silhouette du buste et, avec la même lenteur pesante,
mais sûre, anima la ronde figure de Martin. Il en parut
satisfait. Non seulement le portrait était juste quant à
la ressemblance, mais il croyait avoir exprimé dans
cette simple esquisse le personnage moral de Martin
qu'il avait jusqu'alors pressenti et presque compris
sans pouvoir le définir. En regardant son dessin, il lui
semblait découvrir ce qu'est l'honnêteté d'un
homme : un sentiment de fidélité à soi-même,
commandé par l'estime qu'il a de sa propre image,
telle que la lui renvoie le miroir de la vie sociale.
C'était là, pensait-il, le cas de Martin et celui d'une
moyenne honorable. Pour lui, qui se considérait
comme un honnête homme, il avait la certitude
d'obéir à un impératif plus pur qui n'avait pas besoin
de ce miroir et en usait de loin en loin, comme d'un
simple contrôle. Par jeu, il compléta son esquisse en
dessinant le gros fer à cheval en argent piqué sur la
cravate du modèle et, au bas de la page, inscrivit la
date et le jour. Comme il refermait le cahier, la
sonnerie du téléphone retentit. Martin s'éveilla, promena autour de lui un regard étonné et assura son
bord roulé sur sa tête. L'appareil était à trois pas de
son fauteuil, sur une petite table.

— Louise ? disait Grandgil. Bonsoir... Je n'étais
pas là... une soirée de vacances. Je me suis déguisé en
gangster... ma parole, ne ris pas, j'ai même ramené un
joli butin... j'ai joué au méchant, à l'anarchiste, au dur
intégral... Très amusant, je t'assure... Pas du tout,
c'est au contraire très facile, trop facile. Ce sont les
mous qui font les durs. Je l'avais toujours pensé...
Quoi ?... Non, n'exagérons pas. Un satanisme d'amateur. Je dois te dire que j'ai joué aussi au démon

tentateur... justement non... j'ai d'ailleurs fini par
sombrer dans l'attendrissement...

Sans lâcher l'écoute, Grandgil tourna la tête. Martin, debout derrière lui, le regarda fixement et prononça :

— Fumier.

— Je te raconterai tout ça demain, poursuivit
Grandgil. J'espère que tu t'amuseras autant que je me
suis amusé. Quoique, au fond, ce soit plutôt attris-
tant... Si tu veux... Une minute...

Martin avait saisi l'appareil et essayait de le lui
arracher.

— Je vais lui dire deux mots, à ta garce.

Grandgil lui abandonna l'objet, se contentant d'ap-
puyer sur le support et de couper ainsi la communica-
tion. Martin, avec violence, jeta l'appareil d'ébonite
sur le plancher où il se brisa.

— Ordure, je comprends, maintenant. Tu t'es
foutu de moi. Je t'ai pris pour un miteux, j'ai voulu
t'aider et toi, tu te marrais en douce en pensant à ton
compte en banque. Rien que ça, c'était déjà un vol.
Tu devais refuser et laisser le travail à un homme qui
en avait besoin. Mais monsieur voulait se payer un
coup de Paris la nuit. Monsieur cherchait du frisson et
de la rigolade. La rue de Lappe fermée, ça te
manquait. Redis-le, ordure, redis-le que tu venais
jouer au dur, au caïd...

— Martin, ne te fâche pas. Je vais t'expliquer...

Grandgil aurait voulu se laver du crime de dilettantisme, le plus scandaleux, le moins pardonnable au
sentiment d'un homme laborieux, exagérément
conscient de l'importance de ses gestes, sinon de sa
fonction. « Non, pensait-il, ce n'est pas par dilettantisme que je l'ai suivi dans la cave ; j'ai obéi à un
mouvement de curiosité sérieuse et humaine ; et c'est
la même curiosité qui m'a poussé à cette facétie avec
Jamblier, le même désir de me rendre compte et

d'aller plus loin que les apparences en chambardant la mise en scène. » Toutefois, il hésitait à se justifier par de tels arguments et convenait en lui-même qu'il y avait eu dans son attitude une part de jeu ou, au moins, la recherche d'un plaisir d'artiste.

— Je veux pas que tu m'expliques, rageait Martin. Et d'abord, il n'y a rien à expliquer. Tu t'es amusé comme une gonzesse, sans t'occuper des consé-quences. Je dis bien, comme une gonzesse. Moi, je gagne mon bifteck, j'ai du mal. Toi, tu t'es roulé dans mon travail, tu as tout fait pour me griller.

— Ça va, dit Grandgil d'un ton sec. Le travail, j'en aurai fait ma part et Jamblier n'aura rien perdu.

— Je m'occupe pas de ça. Tu t'es roulé dans mon travail.

— Tu me casses les oreilles, avec ton travail. Le bord roulé, c'est bien, mais tu tombes dans le chapeau melon.

Grandgil s'éloigna en haussant les épaules. Martin fit un demi-tour sur lui-même. Son regard s'arrêta d'abord sur la table où étaient étalés les dessins de nus suggestifs et alla ensuite au portrait de femme posé sur le chevalet. Il ne s'y trompa d'ailleurs pas et courut au chevalet, son couteau de poche bien en main. Il planta la lame en plein ciel, fendit le portrait par le travers et d'une autre balafre le recoupa en croix.

— Moi aussi, je sais m'amuser avec le travail des autres...

Il s'emparait du paysage posé au pied du chevalet, mais Grandgil était déjà sur lui. Pendant qu'ils se battaient, la sirène se mit à sonner la fin de l'alerte et Martin n'entendit même pas la plainte que poussa son auxiliaire quand la lame du couteau lui entra dans le ventre.

Le boucher lui proposa un repas froid, mais Martin ne voulut accepter qu'un verre de vin. L'ayant avalé d'un trait, il resta immobile sur la chaise où il s'était laissé tomber en entrant dans l'arrière-boutique. La dernière étape l'avait épuisé. Le boucher disait qu'il ne comprenait pas comment un homme avait pu gravir le plus dur de la montée avec une charge de plus de cent kilos. Martin ne répondait pas à ses exclamations. Il regardait ses mains trembler de fatigue et sentait encore, sur sa nuque et sur ses épaules, peser la bretelle de cuir avec laquelle il avait attaché les valises deux par deux. Pendant le trajet de l'atelier à la boucherie, tout à son effort et à sa volonté de bête de somme, il n'avait pensé qu'avec ses muscles. Maintenant, une conscience à moitié lucide, encore obscurcie par l'écœurement de la fatigue, lui revenait peu à peu. Précis, un souvenir remontait à la surface de sa mémoire, s'imposait à son esprit. C'était celui du soldat turc éventré d'un coup de couteau en 1915. Du cadavre frais, allongé sur le côté droit, les jambes recroquevillées et les mains crispées sur son ventre trempé de sang, Martin retrouvait l'image la plus nette, la plus vraie qu'il en eût jamais ressaisie.

Découragé par le mutisme de son hôte, le boucher alla dans la boutique peser les valises et ranger les quartiers de viande dans le frigidaire. Martin ne le vit pas sortir. Il regardait le mort. De temps à autre, le cadavre de Grandgil se déboîtait du cadavre turc et se perdait aussitôt. Martin, vaguement conscient de sa supercherie, profitait de cette superposition pour excuser son crime : « C'était la guerre. Je n'aurais demandé qu'à le laisser vivre. Je ne suis pas méchant. Si ce n'avait pas été lui, c'était moi. On ne fait pas ce qu'on veut. Voilà la vérité. On ne fait pas ce qu'on veut. » Le boucher téléphona.

— Allô ! Jamblier ?... Ici, Marchandot... Le poids est juste... Oui, je vous le passe... Bonsoir.

Martin se traîna jusqu'au comptoir de la boutique
sur lequel était posé l'appareil téléphonique.

— Oui, c'est moi... il est mort... il me les avait
rendus... Mêlez-vous de vos affaires.

Il raccrocha et dit au boucher :

— Je m'en vais. Avant de partir, je vous demanderai une enveloppe et un timbre.

Dans son portefeuille, il prit les cinq mille francs
que lui avait rendus Grandgil et les mit sous enveloppe
à l'adresse de Jamblier.

— Encore un verre de vin ? proposa le boucher. Ou
un coup de marc ? j'en ai du bon.

— Merci. Est-ce que je peux laisser mes valises ? Je
les reprendrais demain soir entre six et sept.

Martin sortit sans répondre aux politesses du boucher. Il était une heure et demie du matin. La bise
soufflait dans les rues désertes avec de fines modula-
tions. Il marchait en plein clair de lune, sans souci
d'être vu par un agent, sans même y penser. Tout à
l'heure, quittant l'atelier avec sa charge de quatre
valises, il ne s'était pas soucié non plus de se cacher et
avait cheminé, sans la moindre conscience du danger,
dans le mouvement de la fin d'alerte.

Il continuait à fixer le corps du soldat turc, surgi
dans sa mémoire. Le cadavre était seul, couché sur un
morceau de rocher isolé comme une espèce de support
idéal, et rien autour de lui ne rappelait la bataille où il
était tombé. « On ne fait pas ce qu'on veut », se
répétait Martin. Mais, peu à peu, le cadavre se
dédoublait. Telle une image en surimpression, le
corps de Grandgil ne fut d'abord qu'un reflet incertain
sur celui du soldat, puis s'en détacha lentement.
Parfois, d'un effort d'absence, Martin réussissait à
réemboîter les deux silhouettes l'une dans l'autre,
mais celle de Grandgil reprenait aussitôt sa place. Les
deux têtes, puis les deux bustes, devinrent distincts.
Enfin, il y eut deux morts couchés l'un à côté de

l'autre, le soldat dans son uniforme, le peintre dans sa
robe de chambre ouverte sur ses vêtements ensanglan-
tés. Grandgil n'était pas très redoutable. Grâce à la
présence du soldat, sa mort semblait participer de la
fatalité de la guerre. « On ne fait pas ce qu'on veut »,
pensait encore Martin. Soudain, le cadavre du Turc
recula jusqu'à l'horizon de sa mémoire et se perdit. Le
décor de l'atelier surgissait autour du cadavre de
Grandgil allongé maintenant dans le désordre des
toiles et du chevalet culbuté. Le sang coulait par les
deux plaies, l'une au ventre, l'autre au côté, et
trempait les vêtements. Sur le paysage gris du boulevard de la Bastille, une flaque rouge s'était répandue
comme un coucher de soleil. Pour la première fois,
depuis le drame, Martin eut la sensation de se trouver
seul avec son crime. Sa première pensée fut pour sa
concierge. Il imagina son visage réprobateur et prit
conscience qu'il était devenu un objet d'horreur pour
la société. Il arrivait au carrefour de la rue des
Abbesses et de la rue Ravignan. La solitude glacée de
ce carrefour lui donna un vertige de peur. La
concierge avait un visage dur. Elle formait le noyau
d'un groupe où il reconnaissait des voisins de palier,
des commerçants de la rue de Saintonge, des parents,
son frère Henri qui tenait une épicerie-buvette dans
une petite rue de Chartres, ses cousins de Ménilmontant, et des compagnons de travail, des amis d'enfance. Ils disaient entre eux : « On n'aurait jamais cru
ça de Martin. » Sur ces figures d'un univers familier
où il cherchait habituellement le reflet de sa propre
personne, il découvrait son visage d'assassin et entre-
voyait son châtiment. Lui, le plus sociable des
hommes, il était déjà condamné à être toujours seul en
face de ces fronts sévères. Entre sa concierge et lui
surgissaient d'infranchissables distances. Plus jamais
il n'oserait écrire à son frère Henri, ni aller voir ses
cousins de Ménilmontant. Dans la rue, il passerait

sans voir ses anciens compagnons et sans reconnaître personne. Avec les gens qui l'emploieraient, il parlerait sans fierté. Il ne discuterait plus.

Dans les rues désertes de Montmartre, la clarté de la lune durcissait la solitude. Les zones d'ombre ne recélaient que le désespoir. Martin oubliait Grandgil pour ne penser qu'au criminel qu'il était devenu. Il marchait vite. Moins fatigué, il aurait couru pour fuir sa solitude et peut-être se retrouver parmi d'autres hommes, des inconnus pour lesquels il eût été lui-même un inconnu. Il venait de s'engager dans des ruelles noires, effrayantes. Défaillant de peur, il lui sembla qu'il allait trouver sur la place Pigalle ces présences humaines dont il avait besoin. Plusieurs fois, il crut en entendre la rumeur mais, débouchant sur la place, elle lui apparut blanche de lune et vide. Seul, un soldat allemand se hâtait sur le trottoir. Martin courut quelques pas derrière lui. Inquiet, le soldat s'arrêta et interrogea :

— Vous voulez me dire une chose ?

Martin s'arrêta, puis descendit du trottoir et s'éloigna. Un moment, le soldat le suivit des yeux en grommelant :

— Verrückt, der Mann.

Sous la lune, la place était d'une désespérante nudité. La balustrade du métro, les trottoirs, le rond-point, son jet d'eau tari et sa vasque vide prenaient, dans le jeu de la clarté froide et des ombres très noires, un relief dur, blessant. Au centre de toutes les rues sans vie dont elle était le départ, la place semblait distribuer à l'infini le vide et le silence. Martin cheminait sans espoir, mais soudain, en arrivant près du tertre, il eut la certitude d'entendre un bruit de voix qui paraissait provenir de la rue Pigalle. Il pressa le pas. La rue était obscure. Au bord de la coupure d'ombre, il aperçut un homme, vêtu d'un pardessus noir, en conversation avec d'autres personnes demeurées dans la nuit. Comme il arrivait à quelques pas du groupe, les inconnus firent silence et deux agents sortirent de l'ombre.

— Qu'est-ce que vous faites là ? demanda l'un d'eux.

— Je rentre chez moi. Figurez-vous que j'ai été pris par l'alerte. J'étais chez des amis et je me préparais à partir...

Délivré, Martin parlait d'abondance, avec un entrain où perçait une sorte d'allégresse.

— L'alerte a fini à minuit vingt. Et il est deux heures.

— Je sais bien. Je vais vous expliquer...

L'homme en civil n'était pas intervenu. Il considérait Martin et s'approchait pour le mieux voir.

— Embarquez-le, dit-il aux agents.

Martin protesta et, son seul désir étant de passer la nuit au poste, eut la présence d'esprit de se montrer insolent. Les agents l'encadrèrent en lui bourrant les côtes de coups de coude qu'ils assenaient d'un mouvement court et sec, le poing collé à la hanche. Le groupe se mit en marche dans le noir et descendit la rue Pigalle. Une boîte de nuit, tous feux éteints, laissait passer un filet de musique à peine perceptible.

— Vous avez pas le droit, disait Martin. Vous aurez de mes nouvelles, tout flics que vous êtes.

Les agents ne répondaient que par des coups de coude, durs et précis. Martin se voyait assuré d'un havre où, jusqu'au lendemain, il serait abrité du silence, de la solitude, des regards de sa concierge et de ses amis. Déjà, il se sentait plus libre et pensait à celui qui venait de mourir de sa main. Son cœur commençait à se gonfler d'un tendre regret, remords d'amitié d'une pesante douceur.

Le groupe déboucha sur un carrefour où la lune donnait en plein. L'inspecteur, qui marchait à quelques pas en avant, s'arrêta dans la clarté et fit signe aux autres de s'arrêter. Martin eut un coup d'angoisse à la pensée qu'on allait peut-être lui donner la liberté. L'endroit était aussi désert, aussi menaçant que la place Pigalle. L'inspecteur tenait entre ses mains gantées un paquet rectangulaire très plat, emballé dans un journal. Gêné par ses gros gants de laine, il le développa avec une hâte maladroite, brutale, comme s'il eût été pris tout à coup d'une impatience irrésistible.

— Tu as connu un peintre qui s'appelait Gilouin ?

— Non, répondit Martin.

L'inspecteur lui mit sous les yeux un album à couverture de toile grise qu'il venait d'extraire de son enveloppe. L'album était ouvert à une page marquée par une langue de papier de journal. Martin vit le portrait, la date.

— Pourquoi est-ce que tu l'as tué ?

Martin ne répondit pas. Son silence se prolongeait terriblement. L'inspecteur et les agents le regardaient avec anxiété, guettant la seconde où le silence équivaudrait à un aveu formel. Martin ne partageait du reste nullement cette angoisse. Il éprouvait l'apaisement de voir son destin accordé à son visage nouveau, reflété par le miroir de son univers quotidien. La solitude et le silence des rues, qu'il avait si souvent affrontés au cours de ses expéditions nocturnes, ne recélaient plus de menace. Il ne craignait plus rien.

— Pourquoi est-ce que tu l'as tué ? répéta l'inspecteur d'une voix plus douce.

Cette fois, Martin chercha honnêtement une réponse valable et prit le temps d'y réfléchir. Il y avait eu le départ de Mariette, l'étrange conduite de Grandgil, ses petits yeux luisants d'ironie, ce mystère de contradictions qui s'était résolu par une surprise irritante, et l'alerte. Un faisceau de petites choses, de contrariétés un peu puériles. Le bouquet d'un mauvais jour. Il y avait eu aussi le soldat turc. A l'âge où les garçons de bonne famille vont encore à l'école, on l'avait envoyé à l'assaut d'une presqu'île avec un couteau à la main. Mais tout ça était l'affaire de l'avocat. Martin répondit simplement, d'un ton posé :

— On ne fait pas ce qu'on veut, allez.

L'un des agents se mit à rire. Voyant que les deux autres policiers restaient graves, il se tut, gêné. Comme on n'était plus très loin du commissariat, l'inspecteur jugea inutile de passer les menottes au meurtrier. Les deux agents se contentèrent de le prendre chacun par un bras. Le groupe se remit en marche et rentra dans l'ombre. Martin se souvint tout à coup qu'il avait oublié de mettre à la boîte l'enveloppe contenant les cinq mille francs de Jamblier. Elle était encore dans la poche de son pardessus. Il l'en retira et la laissa tomber derrière lui sans avoir éveillé l'attention de ses gardiens. Demain matin, ramassant cette enveloppe, un passant la mettrait à la poste. Ce passant anonyme, Martin ne doutait pas de son honnêteté. Jamais il n'avait eu une foi aussi entière en la vertu de ses semblables.

La grâce

Le meilleur chrétien de la rue Gabrielle comme de tout Montmartre était, en 1939, un certain M. Duperrier, homme si pieux, si juste et si charitable que Dieu, sans attendre qu'il mourût et alors qu'il était dans la force de l'âge, lui ceignit la tête d'une auréole qui ne le quittait ni jour ni nuit. Faite d'une substance immatérielle comme le sont les auréoles en paradis, elle se présentait sous l'aspect d'une rondelle blanchâtre qu'on eût crue découpée dans un carton assez fort, et répandait une tendre lumière. M. Duperrier la portait avec gratitude et ne se lassait pas de remercier le ciel de lui avoir accordé une distinction qu'il n'osait d'ailleurs, dans sa modestie, considérer comme une promesse formelle pour l'au-delà. Il aurait été à coup sûr le plus heureux des hommes si sa femme, au lieu de se réjouir d'une grâce si particulière, n'en avait montré du dépit et de l'irritation.

— A quoi ça ressemble ? disait-elle. De quoi va-t-on avoir l'air, je te demande un petit peu, aussi bien pour les voisins et les commerçants du quartier que pour mon cousin Léopold ? Vraiment, tu peux être fier. C'est tout simplement ridicule. Tu verras, tu n'as pas fini de faire parler de nous.

Mme Duperrier était une excellente femme, d'une piété distinguée et qui avait de la décence dans ses mœurs, mais la vanité des choses terrestres ne lui

apparaissait pas encore. Comme tant de gens dont
l'inconséquence fait dévier la bonne volonté, elle
croyait qu'il vaut mieux être bien vu de sa concierge
que de son créateur. La crainte d'être interrogée au
sujet de l'auréole par quelque voisin de palier ou par la
crémière commença, dès la première semaine, à lui
aigrir le caractère. A maintes reprises, elle essaya
d'arracher le rond de blanche clarté qui brillait au chef
de son époux, mais sans plus de résultat que si elle eût
tenté de saisir entre ses doigts un rayon de soleil, sans
même en déplacer l'assiette d'un pouce ni d'une ligne.
Encerclant le haut du front à la naissance des cheveux,
l'auréole descendait assez bas sur la nuque et une
légère inclinaison sur l'oreille droite lui imprimait un
mouvement coquet.

L'avant-goût de la béatitude ne faisait pas oublier à
Duperrier les soins qu'il devait au repos de sa femme.
Lui-même avait trop le sentiment de la discrétion et de
la modestie pour ne pas trouver ces craintes légitimes.
Les dons de Dieu, surtout lorsqu'ils ont une apparence un peu gratuite, n'ont pas souvent la considération qu'ils méritent et le monde y voit facilement un
objet de scandale. Duperrier s'efforça, autant qu'il
était possible, de passer inaperçu en toutes circonstances. Renonçant à regret au port du chapeau melon
qui lui semblait l'attribut nécessaire de sa profession
de comptable, il se coiffa d'un grand feutre clair dont
les larges bords recouvraient exactement l'auréole, ce
qui l'obligeait à rejeter son chapeau en arrière avec une
apparence de désinvolture. Ainsi coiffé, il n'y avait,
dans sa personne, rien de franchement insolite au
regard des passants. Les ailes de son couvre-chef
avaient une certaine phosphorescence qui pouvait,
dans la lumière du plein jour, passer pour l'éclat d'un
feutre soyeux. A son travail, Duperrier réussit également à ne pas attirer l'attention du personnel et du
directeur. Dans la petite fabrique de chaussures, à

Ménilmontant, où il tenait l'emploi de comptable, il occupait, entre deux ateliers, un cagibi vitré, et sa solitude l'y abritait des questions indiscrètes. Ayant pris le parti de rester couvert à toute heure du jour, personne n'eut la curiosité de lui en demander la raison.

Toutes ces précautions n'apaisaient pas les inquiétudes de l'épouse. Il lui semblait que l'auréole de Duperrier fût déjà un sujet de conversation entre les commères du voisinage. Elle ne circulait plus qu'avec prudence dans les environs de la rue Gabrielle, le cœur et les fesses serrés par une douloureuse appréhension. A chaque instant, elle croyait entendre des rires fuser sur son passage. Pour cette honnête femme qui n'avait jamais eu d'autre ambition que celle de s'aligner sur une catégorie sociale où règne le culte du juste milieu, une singularité aussi flagrante que celle qui affligeait Duperrier prenait facilement les proportions d'une catastrophe. Son absurdité achevait de la lui rendre monstrueuse. Rien n'aurait pu la décider à accompagner son mari au dehors. Les soirées et les dimanches après-midi, consacrés autrefois à la promenade et aux amis, se passèrent en tête à tête, dans une intimité qui devenait chaque jour plus pénible. Dans la salle à manger en chêne clair où s'écoulaient, entre leurs repas, les longues heures de loisir, Mme Duperrier, incapable de faire un point de tricot, se repaissait avec amertume de la vue de cette auréole. Généralement occupé à de pieuses lectures, Duperrier se sentait frôlé par les ailes des anges, et la joie béate qui paraissait à son visage contribuait à irriter sa compagne. Il lui arrivait pourtant de lever sur elle un regard empreint de sollicitude, et la réprobation haineuse qu'il apercevait dans le sien n'était pas sans lui inspirer une sorte de remords, d'ailleurs incompatible avec la gratitude qu'il devait au ciel et qui lui inspirait lui-même un remords au deuxième degré.

Une situation aussi pénible ne pouvait pas s'éterniser sans compromettre l'équilibre de la pauvre femme. Bientôt, elle se plaignit que la nuit, le sommeil lui fût rendu impossible par la clarté de l'auréole, répandue sur les oreillers. Duperrier, qui profitait parfois de cette divine lumière pour lire un chapitre des évangiles, ne pouvait lui refuser le bien-fondé de ces doléances et commençait à éprouver, assez vif, le sentiment de sa propre culpabilité. Enfin, certains événements, bien regrettables par les suites qu'ils devaient comporter, amenèrent cet état de malaise à celui de crise aiguë.

Un matin qu'il allait à son bureau, Duperrier croisa un enterrement dans la rue Gabrielle, à quelques pas de son domicile. D'ordinaire, faisant violence à son naturel courtois, il se contentait de saluer les gens en touchant du doigt le bord de son chapeau, mais au passage de la mort et réflexion faite, il ne crut pas devoir se soustraire à l'obligation de se découvrir. Plusieurs commerçants de la rue, qui bâillaient sur le seuil de leurs boutiques, se frottèrent les yeux en voyant son auréole et s'assemblèrent pour en discuter la nature. Comme elle descendait faire ses achats, Mme Duperrier fut happée par le groupe et, troublée au dernier point, se jeta dans des dénégations dont la véhémence parut très étrange. A midi, en rentrant chez lui, son mari la trouva dans un état de surexcitation qui lui donna des inquiétudes pour sa raison.

— Enlève-moi cette auréole ! criait-elle. Enlève-la tout de suite ! Je ne veux plus la voir !

Duperrier lui remontra qu'il n'était pas en son pouvoir de s'en débarrasser, à quoi répondit l'épouse vociférante :

— Si tu avais la moindre des choses d'égards et de sentiment pour moi, tu trouverais bien le moyen de l'ôter, mais tu n'es qu'un égoïste.

Ce propos, qu'il eut la prudence de ne pas relever,

lui donna beaucoup à penser. Un nouvel incident
devait, le lendemain même, en préciser le sens.
Duperrier ne manquait jamais la première messe et,
depuis qu'il était en odeur de sainteté, il allait
l'entendre à la basilique du Sacré-Cœur. Force lui était
d'ôter son chapeau, mais l'église est assez grande et, à
cette heure matinale, le troupeau des fidèles assez
clairsemé pour offrir la commodité de se dissimuler
derrière un pilier. Sans doute se montra-t-il moins
prudent ce matin-là. L'office terminé, comme il
gagnait la sortie, une vieille fille se jeta à ses pieds en
criant : « Saint Joseph ! Saint Joseph ! » et en baisant
le bas de son pardessus. Duperrier s'esquiva, flatté,
mais contrarié d'avoir reconnu en cette adoratrice une
vieille demoiselle habitant à deux pas de chez lui.
Quelques heures plus tard, la pieuse créature faisait
irruption dans l'appartement de Mme Duperrier aux
cris de « Saint Joseph ! Je veux voir saint Joseph ! »

Quoique dépourvu de brillant et de pittoresque,
saint Joseph est un excellent saint, mais ses vertus sans
éclat, au parfum d'artisanat et de passive bonté,
semblent lui avoir causé quelque tort. En fait, il y a
bien des personnes, voire des plus pieuses, qui, sans
même s'en rendre compte, attachent une idée de naïve
complaisance au rôle qu'il joua dans la nativité. Cette
impression de débonnaireté un peu simplette se trouve
encore aggravée par l'habitude de superposer à la
personne du saint celle de l'autre Joseph qui se déroba
aux avances de la femme de Putiphar. Mme Duperrier
n'avait pas une grande considération pour la sainteté
présumée de son mari, mais cette ferveur adorante qui
l'invoquait à grands cris sous le nom de saint Joseph
lui parut consommer sa honte et son ridicule. Prise
d'un accès de fureur presque démente, elle chassa la
vieille demoiselle à coups de parapluie et cassa plusieurs piles d'assiettes. La première chose qu'elle fit
au retour de son mari fut de piquer une crise de nerfs

et quand elle eut repris ses esprits, elle prononça d'une voix dure :

— Pour la dernière fois, je te demande de te débarrasser de cette auréole. Tu le peux. Et tu sais que tu le peux.

Il baissa la tête, n'osant lui demander comment elle pensait qu'il dût procéder, mais elle ajouta :

— C'est simple. Tu n'as qu'à pécher.

Duperrier n'éleva pas de protestation et se retira en oraison dans la chambre à coucher. « Mon Dieu, dit-il en substance, vous m'avez accordé la plus haute récompense que puisse espérer un homme sur cette terre, le martyre excepté. Merci, mon Dieu, mais je suis marié et je partage avec ma femme le pain des épreuves que vous daignez m'envoyer, comme aussi le miel de vos grâces. C'est à cette condition qu'un couple bénit peut trouver sa chance de marcher droit dans vos sillons. Ma femme, justement, ne peut pas supporter la vue ni même la pensée de mon auréole, non pas du tout parce qu'elle est une faveur du ciel, mais simplement parce qu'elle est une auréole. Vous connaissez les femmes. Quand un événement insolite ne les émeut pas au ventre, il fait boiter de petites harmonies qu'elles ont logées dans leurs petites têtes. Personne n'y peut rien et ma pauvre femme vivrait encore cent ans qu'il n'y aurait jamais, dans son univers, la moindre place pour mon auréole. Mon Dieu qui lisez dans mon cœur, vous savez combien m'est étranger le souci de ma tranquillité et des pantoufles du soir. Pour la joie de porter au front la marque de votre bienveillance, j'endurerais avec sérénité les scènes de ménage les plus violentes. Par malheur, il s'agit d'autre chose que de mon repos. Ma femme est en train de perdre le goût de vivre. Bien pire, je vois venir le jour qu'en haine de mon auréole, elle maudira le nom de Celui qui me l'a donnée. Laisserai-je, sans rien faire pour elle, mourir et se damner la compagne que vous m'avez choisie ? Je me trouve aujourd'hui au carrefour de deux voies et la plus sûre ne me paraît pas la plus miséricordieuse. Que l'esprit de votre justice infinie parle donc par la voix de ma conscience, c'est l'humble prière qu'en cette heure de perplexité, je dépose à vos pieds très radieux, mon Dieu. »

A peine eut-il achevé, que sa conscience se prononça pour la voie du péché dont elle lui fit un devoir de charité chrétienne. Il revint à la salle à manger où l'épouse l'attendait en grinçant des dents.

— Dieu est juste, dit-il en mettant ses pouces dans les entournures de son gilet. Il savait ce qu'il faisait en me donnant cette auréole. En vérité, je la mérite plus qu'homme au monde. Des gens comme moi, on n'en fait plus. Quand je pense à la bassesse du troupeau humain et, d'autre part, à toutes les perfections que je réunis en moi, j'ai envie de cracher à la figure des passants. Dieu m'a récompensé, c'est entendu, mais si l'église avait, elle aussi, le souci de la justice, est-ce que je ne devrais pas être au moins archevêque ?

Duperrier avait choisi le péché d'orgueil qui lui permettait, tout en exaltant son propre mérite, de louer Dieu qui l'avait distingué. Sa femme ne fut pas longue à comprendre qu'il péchait délibérément et entra dans le jeu aussitôt.

— Mon grand chéri, dit-elle, comme je suis fière de toi. Avec son auto et sa villa du Vésinet, mon cousin Léopold ne t'arrive pas à la cheville.

— C'est bien mon opinion. J'aurais pu faire fortune aussi bien qu'un autre et mieux que Léopold, si je m'en étais donné la peine. Mais j'ai choisi une autre voie et ma réussite est d'une autre qualité que celle de ton cousin. Son argent, je le méprise comme je le méprise lui-même, comme je méprise les innombrables imbéciles à jamais incapables de comprendre la grandeur de ma modeste existence. Car ils ont des yeux et il ne me voient pas.

Prononcées du bout des lèvres et le cœur déchiré de regret, ces paroles devinrent en quelques jours un exercice facile, une habitude qui ne coûtait plus d'effort à Duperrier. Et tel est le pouvoir des mots sur l'esprit qu'il en vint à prendre les siens pour argent comptant. Son orgueil, qui n'avait plus rien de feint, en faisait un homme insupportable aux gens qui l'approchaient. Cependant, sa femme surveillait anxieusement l'éclat de l'auréole et, voyant qu'il ne faiblissait pas, il lui sembla que le péché de son mari manquait de poids et de consistance. Duperrier en convint d'ailleurs sans difficulté.

— Rien de plus vrai, dit-il. J'ai cru être orgueilleux et je n'ai fait qu'exprimer la plus simple, la plus évidente réalité. Quand on arrive, comme moi, au plus haut degré de la perfection, le mot orgueil n'a plus aucun sens.

Il n'en continua pas moins à vanter ses mérites, mais reconnut la nécessité de tâter d'un autre péché. Il lui parut que dans la gamme des péchés capitaux, celui de gourmandise serait le plus propre à servir son dessein qui était de se débarrasser de l'auréole sans trop démériter de la confiance du ciel. Cette opinion sur la gourmandise se recommandait du souvenir de bénignes réprimandes qui, dans son enfance, avaient sanctionné des excès de confiture ou de chocolat. Pleine d'espoir, l'épouse se mit à lui préparer des mets délicats dont la variété relevait encore la saveur. Sur la table des Duperrier, ce n'étaient que poulardes, pâtés en croûte, truites au bleu, homards, entremets, sucreries et pièces montées, et bons vins aussi. Les repas duraient le double de temps qu'ils prenaient autrefois, quand pas le triple et même davantage. C'était une chose bien horrible à voir et dégoûtante que Duperrier, la serviette nouée sur la nuque, le teint rougeoyant, les yeux lourds de satisfaction, et mastiquant des nourritures, poussant l'aloyau et la mortadelle d'un grand coup de clairet, déglutissant, bavant les sauces, bavant les crèmes et rotant dans son auréole. Bientôt, il eut pris goût à la bonne cuisine et aux repas abondants. Il lui arrivait souvent de réprimander sa femme à propos d'un gigot trop cuit ou d'une mayonnaise mal venue. Un soir, agacée de l'entendre ainsi ronchonner, elle lui fit observer d'un ton très sec :

— Ton auréole se tient bien. A croire qu'elle aussi, ma cuisine la fait engraisser. En somme, si je vois clair, la gourmandise n'est pas un péché. Son seul inconvénient est qu'elle coûte cher, mais je ne vois pas pourquoi je ne te remettrais pas aux bouillons de légumes et aux pâtes.

— Commence par me ficher la paix ! rugit Duperrier. Me remettre aux bouillons de légumes et aux pâtes ? Je voudrais voir ça ! Je sais peut-être ce que j'ai à faire, oui ? Me remettre aux pâtes ! Non, mais ce toupet ! Roulez-vous donc dans le péché pour rendre service à des femmes, voilà tout le gré qu'elles vous en savent. Silence ! Je ne sais pas ce qui me retient de t'allonger une paire de claques.

Un péché pousse l'autre, et la gourmandise contrariée provoque la colère à laquelle dispose également l'orgueil. Duperrier se laissait aller à ce nouveau péché sans trop savoir s'il agissait pour le bien de sa femme ou s'il cédait à son penchant. Cet homme, qui, jusqu'alors, s'était fait connaître par sa douceur et son aménité, éclatait en hauts gueulements, fracassait facilement une porcelaine et, à l'occasion, ne se privait pas de battre sa femme. Il jurait même le nom de Dieu. Ces accès de colère, de plus en plus fréquents, ne l'empêchaient pas d'être aussi orgueilleux et gourmand. Il péchait maintenant sur trois tableaux, et

Mme Duperrier faisait d'assez sombres réflexions sur l'indulgence infinie de Dieu.

Les plus belles vertus peuvent continuer à fleurir dans une âme déjà souillée par la pratique du péché. Orgueilleux, gourmand, coléreux, Duperrier restait pétri de charité chrétienne et gardait un sentiment élevé de ses devoirs d'homme et d'époux. Voyant le ciel sans réaction en face de ses accès de colère, il prit la résolution d'être envieux. A vrai dire, sans qu'il s'en aperçût, l'envie s'était déjà insinuée dans son cœur. La bonne chère qui fatigue le foie, et l'orgueil qui exaspère le sentiment de l'injustice, disposent le meilleur des hommes à envier son prochain. Et la colère prêtait une voix haineuse à l'envie de Duperrier. Il se mit à jalouser ses parents, ses amis, son patron, les commerçants du quartier et même les vedettes du sport et du cinéma dont le portrait paraissait dans les journaux. Tout lui portait ombrage et il lui arrivait de trembler de basse rage en songeant que son voisin de palier possédait un service à découper en argent, alors que le sien n'était qu'en corne. Cependant, son auréole continuait à resplendir. Au lieu de s'en étonner, il en concluait que ses péchés n'avaient pas de réalité, et il ne manquait pas d'arguments pour expliquer que sa prétendue gourmandise ne dépassait pas les saines exigences de son appétit, tandis que sa colère et son envie témoignaient d'un esprit altéré de justice. Mais le plus sûr de ses arguments restait l'auréole.

— J'aurais quand même cru que le ciel était un peu plus chatouilleux, disait parfois sa femme. Si ta goinfrerie, tes fanfaronnades, tes brutalités et ta bassesse de cœur ne compromettent pas l'éclat de ton auréole, je n'ai pas à être inquiète pour ma part de paradis.

— Ta gueule ! ripostait le colérique. Quand tu auras fini de me cavaler ? Moi, j'en ai plein le dos.

Qu'un saint homme comme moi soit obligé de chercher sa voie dans le péché, et ça pour le repos de
Madame, tu trouves ça crevant, hein ? Ta gueule, tu
m'entends ?

Le ton de ces ripostes manquait évidemment de
cette suavité qu'on attendrait à bon droit d'un homme
auréolé de la gloire de Dieu. Depuis qu'il péchait,
Duperrier inclinait à la vulgarité. Son visage d'ascète
commençait à s'empâter sous l'effet d'une riche nourriture. Non seulement son vocabulaire s'alourdissait,
mais ses pensées prenaient également de la pesanteur.
Sa vision du paradis, par exemple, avait notablement
évolué. Au lieu de lui apparaître comme une sympho-
nie d'âmes en robes de cellophane, le séjour des justes
se précisait de plus en plus à son imagination sous
l'aspect d'une vaste salle à manger. Mme Duperrier
n'était pas sans s'apercevoir des changements surve-
nus dans la personne de son mari et en concevait
même quelques inquiétudes pour l'avenir. Toutefois,
la perspective de le voir descendre aux abîmes ne
balançait pas encore, dans son esprit, l'horreur de la
singularité. Plutôt que Duperrier auréolé, mieux
valait, pensait-elle, un mari athée, jouisseur et mal
embouché comme le cousin Léopold. Au moins
n'aurait-elle pas à en rougir devant la crémière.

Duperrier n'eut pas besoin d'en prendre le parti
pour sombrer dans la paresse. La conviction orgueilleuse qu'il accomplissait à son bureau une besogne très
au-dessous de son mérite, comme aussi certaines
somnolences d'après bien mangé et bien bu, le
disposaient à l'indolence. Comme il avait assez de
suffisance pour prétendre toujours exceller en toutes
choses, même dans les pires, il devint rapidement un
modèle de fainéantise. Le jour où son patron, excédé,
le mit à la porte, Duperrier accueillit la sentence
chapeau bas.

— Qu'est-ce que vous avez au front ? demanda le patron.

— Une auréole, monsieur.

— Ah ! oui ! Et c'est à ça que vous vous amusiez au lieu de travailler ?

Lorsqu'il apprit à sa femme la nouvelle de son congédiement, elle lui demanda ce qu'il comptait faire désormais.

— Le moment me paraît bien choisi pour tomber dans le péché d'avarice, répondit-il gaiement.

De tous les péchés capitaux, ce fut l'avarice qui devait exiger de lui le plus grand effort de volonté. Pour qui n'est pas né avare, c'est un vice qui offre beaucoup moins de pente que les autres, et quand il résulte d'un parti pris, rien ne le distingue, au moins à ses débuts, de cette vertu par excellence qu'est l'économie. Duperrier s'imposa de dures disciplines, comme de rester sur sa gourmandise, et parvint à se tailler, parmi ses voisins et connaissances, une solide réputation d'avarice. Il aima vraiment l'argent pour l'argent et sut, mieux que personne, jouir de cette angoisse méchante que ressentent les avares à la pensée qu'ils détiennent une force créatrice et l'empêchent de s'exercer. En comptant ses économies, fruit d'une existence jusqu'alors laborieuse, il arriva peu à peu à éprouver l'affreux plaisir de léser autrui en détournant un courant d'échange et de vie. Ce résultat, par là même qu'il était laborieusement acquis, donna un grand espoir à Mme Duperrier. Son mari avait cédé si facilement à l'attrait des autres péchés que Dieu n'aurait su lui tenir grande rigueur, pensait-elle, d'un entraînement animal et candide qui faisait de lui une assez pitoyable victime. Au contraire, les progrès appliqués et patients réalisés dans l'avarice résultaient nécessairement d'une volonté perverse qui semblait être un défi au ciel. Pourtant, lorsque Duperrier fut devenu avare au point de mettre des boutons de culotte dans le tronc des pauvres de la paroisse, l'éclat de l'auréole, son épaisseur, étaient restés intacts. Durant quelques jours, ce nouvel échec, dûment constaté, laissa les époux désemparés.

Orgueilleux, gourmand, coléreux, envieux, paresseux et avare, Duperrier se sentait une âme encore parfumée d'innocence. Pour être capitaux, les six péchés qu'il avait cultivés n'en étaient pas moins de ceux qu'un premier communiant peut confesser sans désespoir. Capital entre tous, le péché de luxure l'épouvantait. Les autres, lui semblait-il, se consommaient presque à l'abri des regards de Dieu. Selon le cas, péchés ou peccadilles, c'était une affaire de dosage. Mais la luxure, c'était le consentement plénier aux œuvres du démon. Les enchantements nuiteux préfiguraient les brûlantes ténèbres de l'enfer ; les langues dardées, celles des flammes éternelles ; et les plaintes de la volupté et les corps révulsés, c'étaient déjà les abominables grands hurlements des damnés et les viandes torturées du martyre sans fin. La luxure, Duperrier ne l'avait pas réservée pour la fin. Il s'était simplement refusé à l'envisager. Mme Duperrier elle-même n'y pensait pas sans un malaise. Depuis de longues années, les époux vivaient dans un délicieux état de chasteté et, jusqu'à l'auréole, chacune de leurs nuits était un rêve de mousseline blanche. A la réflexion le souvenir de ces années de continence inspira de la rancune à Mme Duperrier, car elle ne doutait pas que l'auréole en eût été la récompense. La luxure, seule, pouvait défaire le nimbe de clarté liliale.

Duperrier, non sans avoir longtemps résisté aux raisons de sa femme, finit par se laisser convaincre. Une fois de plus, le sentiment du devoir l'emporta chez lui sur la crainte. Sa décision prise, il se trouva embarrassé par son ignorance, mais sa femme, qui pensait à tout, lui avait acheté un livre révoltant où se trouvait exposé, sous forme d'un enseignement clair et direct, l'essentiel de la luxure. Le soir, à la veillée, c'était un spectacle poignant que celui de cet homme chaste, l'auréole au front, et récitant à l'épouse un chapitre de l'exécrable manuel. Souvent, sa voix trébuchait sur un mot infâme ou sur une évocation plus scabreuse que les autres. En possession de ce bagage théorique, il prit encore le temps de délibérer s'il consommerait le péché de luxure au foyer ou au dehors. Mme Duperrier était d'avis que tout se passât à la maison et alléguait des raisons d'économie qui ne le laissaient pas insensible, mais ayant pesé le pour et le contre, il jugea inutile de la commettre dans de vilaines pratiques préjudiciables à son salut. En loyal époux, il décida courageusement d'assumer à lui seul tous les risques.

Dès lors, Duperrier passa la plupart de ses nuits dans des hôtels borgnes où il poursuivait son initiation avec des professionnelles du quartier. L'auréole, qu'il ne pouvait guère dissimuler au regard de ces tristes compagnes, lui valut de se trouver dans des situations tantôt embarrassées, tantôt avantageuses. Les premiers temps, dans son souci de se conformer aux enseignements du manuel, il se livrait au péché sans beaucoup d'exaltation, mais avec l'application méthodique d'un danseur décomposant un pas ou une figure de danse. Ce souci de perfection que lui dictait son orgueil trouva bientôt sa déplorable récompense dans une certaine notoriété qu'il lui valut auprès des filles. Tout en prenant un goût très vif à ce genre d'ébats, Duperrier les trouvait dispendieux et souffrait cruellement dans son avarice. Un soir, place Pigalle, il connut une créature de vingt ans et déjà perdue, qui s'appelait Marie-Jannick. On croit que c'est pour elle ou à son propos que le poète Maurice Fombeure écrivit ces vers charmants :

> *C'est Marie-Jannick*
> *De Landivisiau*

Qui tue les moustiques
Avec son sabot.

Marie-Jannick était arrivée de sa Bretagne six mois
auparavant pour se placer, en qualité de bonne à tout
faire, chez un conseiller municipal socialiste et athée.
N'ayant pu supporter de servir des gens sans Dieu,
elle gagnait courageusement sa vie sur le boulevard de
Clichy. Sur cette petite âme religieuse, l'auréole ne
pouvait manquer de faire une très forte impression.
Duperrier semblait à Marie-Jannick l'égal de saint
Yves et de saint Ronan. De son côté, il ne tarda pas à
prendre conscience de l'ascendant qu'il exerçait sur
elle et ne résista pas à la tentation d'en tirer un parti
pratique.

Aujourd'hui, 22 février de l'an 1944, au noir de
l'hiver et de la guerre, Marie-Jannick, qui aura bientôt
vingt-cinq ans, poursuit ses déambulations sur le
boulevard de Clichy. Le soir, à l'heure du blaquaoute,
entre la place Pigalle et la rue des Martyrs, les passants
s'émeuvent d'apercevoir, flottant et oscillant dans la
nuit, un rond de lumière qui se présente sous l'aspect
d'une sorte d'anneau de Saturne. C'est Duperrier, le
front ceint de la glorieuse auréole qu'il ne se soucie
même plus de dissimuler à la curiosité des étrangers ;
Duperrier, chargé du poids des sept péchés capitaux,
et qui, toute honte bue, surveille le labeur de Marie-
Jannick, d'un coup de pied au cul ranimant son ardeur
défaillante ou l'attendant à la porte d'un hôtel pour
compter le prix d'une étreinte à la clarté de l'auréole.
Mais des profondeurs de sa déchéance et de son
abjection, à travers la nuit de sa conscience, un
murmure monte parfois jusqu'à ses lèvres pour remercier Dieu de l'absolue gratuité de ses dons.

Le vin de Paris

Il y avait, dans un village du pays d'Arbois, un vigneron nommé Félicien Guérillot qui n'aimait pas le vin. Il était pourtant d'une bonne famille. Son père et son grand-père, également vignerons, avaient été emportés vers la cinquantaine par une cirrhose du foie et, du côté de sa mère, personne n'avait jamais fait injure à une bouteille. Cette étrange disgrâce pesait lourdement sur la vie de Félicien. Il possédait les meilleures vignes de l'endroit comme aussi la meilleure cave. Léontine Guérillot, sa femme, avait un caractère doux et soumis et n'était ni plus jolie ni mieux tournée qu'il ne faut pour la tranquillité d'un honnête homme. Félicien aurait été le plus heureux des vignerons s'il n'avait eu pour le vin une aversion qui paraissait insurmontable. Vainement s'était-il appliqué de toute sa volonté et de toute sa ferveur à forcer une aussi funeste disposition. Vainement avait-il tâté de tous les crus dans l'espoir d'en découvrir un qui lui eût livré la clé du paradis inconnu. Ayant fait le tour des bourgognes, des bordeaux, des vins de Loire et du Rhône, des champagnes, des vins d'Alsace, des vins de paille, des rouges, des blancs, des rosés, des clairets, des algériens et des piquettes, il n'avait négligé ni les vins du Rhin, ni les tokays, ni les vins d'Espagne, d'Italie, de Chypre et du Portugal. Et chacune de ses tentatives lui avait apporté une nouvelle déception. Il en allait de tous les vins comme de l'arbois lui-même. Fût-ce à la saison de la plus grande soif, il n'en pouvait avaler seulement une gorgée qu'il ne lui semblât, chose horrible à penser, boire un trait d'huile de foie de morue.

Léontine était seule à connaître le terrible secret de son mari et lui aidait à le dissimuler. Félicien, en effet, n'aurait su avouer qu'il n'aimait pas le vin. C'eût été comme de dire qu'il n'aimait pas ses enfants et pire, car il arrive partout qu'un père en vienne à détester son fils, mais on n'a jamais vu au pays d'Arbois quelqu'un ne pas aimer le vin. C'est une malédiction du ciel et pour quels péchés, un égarement de la nature, une difformité monstrueuse qu'un homme sensé et bien buvant se refuse à imaginer. On peut ne pas aimer les carottes, les salsifis, le rutabaga, la peau du lait cuit. Mais le vin. Autant vaudrait détester l'air qu'on respire, puisque l'un et l'autre sont également indispensables. Ce n'était donc aucunement par un sot orgueil, mais par respect humain que Félicien Guérillot...

Voilà une histoire de vin qui partait, en somme, assez bien. Mais tout d'un coup, elle m'ennuie. Elle n'est pas du temps et je m'y sens comme dépaysé. Vraiment, elle m'ennuie, et une histoire qui m'ennuie me coûte autant à écrire qu'un verre de vin à boire à Félicien Guérillot. Outre quoi, j'ai passé l'âge de l'huile de foie de morue. J'abandonne donc mon histoire. Il aurait pu lui arriver pourtant bien des aventures à ce Félicien, d'amusantes, de cruelles, d'émouvantes, de pathétiques, avec un très joli dénouement où le vin d'Arbois aurait coulé à plein bord. Je vois par exemple Félicien simuler un léger tremblement alcoolique pour donner le change à ses concitoyens, lesquels tous, abusés et étonnés aussi, se seraient récriés d'estime, et l'un ou l'autre, parlant à eux et comme en leur nom, aurait pu dire :

— Regardez ce que c'est. Voilà Félicien qui se met
à sucrer les fraises à pas trente ans d'âge, et son père,
donc l'Achille Guérillot, un buveur aussi, ah! oui, un
buveur. Enfin, quoi, vous l'avez connu. Hein, dites
voir, l'Achille Guérillot, il ne suçait pas des pralines,
on est plus d'un d'ici à en pouvoir causer. Et jamais
saoul, toujours d'aplomb, pour ça vrai vigneron, vrai
homme, vrai buveur. Son père donc, l'Achille Guérillot, je vous le répète, un buveur, ce que moi j'appelle
un buveur ou si vous voulez, un homme. Eh bien,
n'est-ce pas, le père Guérillot, Achille, je parle
d'Achille, je ne vais pas bien sûr vous parler du vieux
Guérillot, Guérillot Auguste, alors, lui, le grand-père.
Bon buveur aussi, tiens. Non, c'est d'Achille que je
veux parler, Guérillot Achille, quoi, qui nous est mort
voilà quinze ans, pour bien dire, l'année qu'il a fait si
chaud, une année à puces qu'elles grouillaient sur les
gens comme pareil aussi sur les bêtes, mais si, voyons,
mais si, l'année que la Claudette a saoulé les gendarmes qui venaient pour l'affaire de la jument à
Panouillot. Hein, dites voir, ce Jules Panouillot,
encore un buveur et qui en aurait remontré à bien des
de maintenant sur la chose de boire. Mon Achille et
lui, justement, ils étaient comme les doigts de la main,
et des bons moments, ils s'en sont donné. Est-ce
qu'une fois, ils n'avaient pas imaginé de s'habiller en
diables pour faire peur à la bonne du curé? Mais je ne
veux pas vous le raconter. Je vous tiendrais à rire
jusqu'à court de souffle et vous en seriez d'une
bouteille chacun. Pour vous en revenir, le père
Guérillot (Achille), quand il a commencé de sucrer les
fraises, l'âge qu'il avait, c'est bien facile, puisqu'il
était né à pas deux jours de mon papa, que par le fait
ils étaient conscrits et qu'il nous disait un jour, mon
papa, un jour qu'on était de causer d'une chose et
d'une autre, comme vous diriez aujourd'hui, mais je
vous parle d'il y a dix ans, oh! oui, bien dix ans.

Tenez, mon grand-oncle Glod'Pierre était encore du
monde, il nous était venu d'Aiglepierre avec la voiture
à Tiantiet-la-Jambe, un solide aussi, celui-là, et un
rapide sur le jupon, mais je vous dis dix ans, c'est
peut-être onze, et dix ou onze, à un an près ; ce qui
compte, c'est la chose du fait. On était donc là tous les
trois, moi, mon papa et mon grand-oncle, avec une
bouteille sur la table, oh ! une bouteille sans façons, un
petit vin que mon papa, je me rappelle, il avait fait
avec un bas de vigne qui donne quand il donne, mais
un vin joli, coquet, bien glissant, qui sentait le caillou
de la montée Labbé. Enfin, vous voyez. On causait de
ceci, on causait de cela, comme ça nous venait,
dervint-derva[1]. Et tout par un coup, mon oncle
Glod'Pierre, je dis mon oncle, c'est mon grand-oncle.
Mon oncle Glod'Pierre, il nous dit : « Et qu'est-ce
qu'est devenu ton conscrit ? un nommé, il dit (n'est-ce
pas, mon oncle n'était pas d'ici. Je dis mon oncle...)
un nommé, il dit, un nommé... — L'Antoine Bonga-
let, lui fait mon papa. — Mais non, mais non. — Le
Clovis Rouillot ? — Mais non, un nommé... — Adrien
Bouchut ? — Non, non, non, non, non. Un nommé...
Ah ! je l'ai là... Achille ! Achille ! — Ah ! vous venez
me parler d'Achille Guérillot, mon papa lui fait. Pour
vous dire les choses, il ne va pas mal et en tout cas, il
ne se plaint pas. Il est qu'il est couché tranquille, à
côté de ses vieux, au cimetière. Ce pauvre Achille, il a
eu des maux pour mourir. Il s'en a été la veille de ses
cinquante-deux ans, par le fait le lendemain du jour
que moi je les ai eus, les cinquante-deux ans, puisque
moi, je m'étais déventré deux jours devant lui. Pauvre
Achille, je me rappelle, il s'était mis à sucrer les fraises
par là deux ans avant sa mort. Vous voyez, deux ans,
mon papa disait. Deux de cinquante-deux, reste

---

1. Expression jurassienne qui équivaut à : *de revient-de reva.*

cinquante. L'Achille, donc, il avait cinquante ans quand il a commencé de sucrer, et son garçon, voyez ce que c'est, il s'y met qu'il frise la trentaine bien juste. Mais moi je vais vous dire une chose qui est. Félicien, c'est l'homme qui sait boire. »

Sûr de sa réputation de buveur, Félicien aurait pu avoir des ambitions politiques et, pour les besoins de la campagne électorale, se trouver dans l'obligation de boire ouvertement. Il y a même là le sujet d'un roman vinassier, naturaliste en diable et psychologique aussi, mais je me fatigue d'y penser. Je suis trop enfoncé dans le présent. Il y a de certaines ondes traversières qui me déposent dans l'arrière-tête des scories d'époque. Je n'ai pas le cœur à parler de coteaux jolis, ni de vins gais. Conséquemment de quoi, je vais raconter une histoire de vin triste. Elle se passe à Paris. Le héros s'appelle Duvilé.

Il y avait donc à Paris, en janvier 1945, un certain Étienne Duvilé, trente-sept trente-huit ans, qui aimait énormément le vin. Par malheur, il n'en avait pas. Le vin coûtait deux cents francs la bouteille et Duvilé n'était pas riche. Employé dans une administration de l'État, il n'aurait pas demandé mieux que de se laisser corrompre, mais il occupait un poste ingrat, où il n'y avait rien dont il pût trafiquer. Cependant, il avait une femme, deux enfants et un beau-père de soixante-douze ans, hargneux, capricieux, abandonnant avec arrogance ses quinze cents francs de retraite mensuels à la communauté familiale, et qui aurait mangé comme plusieurs beaux-pères si on ne l'avait pas rationné. Et le cochon coûtait trois cents francs le kilo, les œufs vingt et un francs la pièce et le vin, je le répète, deux cents francs la bouteille. Supplémentairement, il faisait un froid de canard, quatre au-dessous dans l'appartement, et pas de bois, pas de charbon non plus. La seule ressource était de brancher le fer à repasser électrique qui circulait de main

pendant les heures de repas et de loisir. Lorsqu'il
l'avait en sa possession, le beau-père ne voulait plus
s'en dessaisir. Il fallait le lui reprendre de force, et il
en était du reste de même pour le pain, les nouilles, les
légumes et pour la viande quand d'occasion. Entre
Duvilé et lui s'élevaient des disputes aigres, violentes,
souvent sordides. Le beau-père se plaignait de n'avoir
pas la nourriture ni le confort auxquels lui donnaient
droit ses quinze cents francs par mois. Le gendre
l'invitait à aller vivre ailleurs et sa femme finissait par
le traiter de mufle. Autrefois, quand la vie était facile,
les deux hommes se supportaient déjà péniblement,
mais leur mutuelle antipathie trouvait dans la politique un aliment noble et généreux. L'un était républi-
cain-socialiste, l'autre socialiste-républicain, et
l'abîme que creusaient entre eux des opinions aussi
opposées était un inépuisable sujet de querelles qui
absorbaient toutes les autres. Mais depuis que le vin
manquait, il n'y avait plus de dispute possible sur ce
terrain-là. C'est qu'avant la guerre, le vin et la
politique se commandaient mutuellement, bourgeon-
nant et fleurissant l'un sur l'autre. Le vin poussait à la
politique et la politique au vin, généreusement, sym-
biosiquement, tonitrueusement. Aujourd'hui, ne se
soutenant plus sur les vapeurs du vin, la politique
restait enfouie dans les journaux. Les plaintes, les
invocations, les coups de gueule et les anathèmes se
tournaient bassement à la nourriture et au combusti-
ble. Comme tant d'autres, la famille Duvilé vivait
dans une perpétuelle nostalgie de mangeaille. Les
songeries des enfants, de leur mère et de leur grand-
père étaient lourdes de boudin, de pâté, de volaille, de
chocolat, de pâtisserie. Duvilé, lui, pensait au vin. Il y
pensait avec une ferveur sensuelle, parfois véhémente,
et sentait alors toute son âme se nouer dans sa gorge en
feu. D'humeur renfermée, il ne faisait part à personne
de cette soif de vin qui le ravageait, mais à ses

moments de solitude, il s'abîmait dans des visions de bouteilles, de tonneaux et de litres de rouge et, sans sortir de sa rêverie, prenant tout à coup une sorte de recul et considérant cette rouge abondance, il sentait lui monter aux lèvres la plainte furieuse du moribond qui voudrait retenir la vie.

Un samedi soir que cette envie de vin le tenaillait, il se coucha auprès de sa femme, dormit mal et fit tel rêve : Vers neuf heures du matin, dans une lumière de crépuscule, il sortait de chez lui pour prendre le métro. L'entrée de la station était déserte. A la barrière d'admission se tenait une employée dans laquelle il reconnut sa femme. Après lui avoir poinçonné son ticket de métro, elle dit avec indifférence : « Nos enfants sont morts. » Sa douleur fut telle qu'il faillit crier, mais il se ressaisit et pensa : Après tout, j'aurais pu ne l'apprendre que plus tard. Je vais quand même aller à la fête. Il s'engagea dans l'escalier de pierre en colimaçon qui descendait aux entrailles du métro et oublia ses enfants. Comme il arrivait au troisième palier, une tache d'obscurité se forma devant lui et l'égara dans une sorte de tunnel dont les parois étaient hérissées de rochers artificiels. Un garçon de café qu'il connaissait de vue se tenait auprès d'une petite porte et la lui ouvrit. L'ayant franchie, Duvilé se trouva dans une salle inégalement éclairée. Des traînées de pénombre noyaient en partie les murs dont l'un, en voie de démolition, laissait passer une flaque de jour douteux qui lui serra le cœur. Au milieu de la pièce était dressée une table chargée de sandwichs et de gâteaux. Deux fontaines de vin, l'une de blanc, l'autre de rouge, s'écoulaient dans des vasques à étages. Étonné, il ne perdit pourtant pas son sang-froid. Posément, il avala, pour apéritif, une gorgée de vin blanc qui n'avait pas de goût et se mit à manger des sandwichs, dont un au fromage, avec la pensée qu'il ferait valoir le vin rouge. Ni la consis-

tance, ni le goût des sandwichs ne répondaient à leur
apparence et, un peu déçu, Duvilé soupçonna qu'il
était le jouet d'un rêve. Afin de ne pas s'éveiller, il se
jeta sur le vin rouge et, penché sur la vasque, se mit à
boire comme une bête. Malgré ses efforts et ses
longues aspirations, il n'absorbait que fort peu de
liquide, à vrai dire si peu que le goût en restait
incertain. Angoissé, il se redressa et jeta un coup d'œil
en arrière. De l'autre côté de la table, établis dans
d'énormes fauteuils, trois hommes gras et ventrus, à
larges faces présidentielles, le contemplaient avec des
sourires malveillants. Duvilé aurait voulu fuir, mais il
s'aperçut qu'il n'avait pas de souliers. Il se mit à
sourire obséquieusement et n'en ressentit aucune
honte. L'un des trois hommes se leva et lui parla sans
ouvrir la bouche, chacune de ses pensées venant
s'inscrire dans l'esprit de Duvilé sans le truchement de
la parole. « Nous sommes riches et heureux, dit-il
muettement. Nous vivons profondément au-dessous
du monde qui souffre et qui risque. Pour être plus
heureux encore, nous pensons beaucoup à la souffrance des autres. Nous jouons souvent à être pauvres,
à avoir faim, à avoir froid, à avoir peur, et c'est
délicieux. Mais rien ne vaut la réalité. C'est pourquoi
je vous ai fait venir... » Ici, la parole ou, pour mieux
dire, la pensée de l'homme heureux se brouilla et
devint incompréhensible. Puis il reprit avec une voix
énorme, écrasante, pourtant silencieuse : « Impos-
teur ! Vous avez sur vous une alliance en or et une
montre en or de première communion ! Rendez-les-
moi ! » S'étant coiffé chacun d'un képi d'officier, les
hommes heureux quittèrent précipitamment leurs
places, et Duvilé, qui avait maintenant des chaussures
aux pieds, courut au fond de la salle. Sur le point
d'être coincé, il plongea la main dans la poche de son
pardessus et en retira sa femme derrière laquelle il
essaya de se cacher. Mais déjà il se trouvait séparé des

poursuivants par un brouillard quadrillé qu'il se mit à longer jusqu'à ce que le quadrillage se précisât sous la forme d'un guichet grillagé où il vit sa femme occupée à vendre des tickets de métro, des tickets de pain et des tampons de paille de fer. Sans s'arrêter auprès d'elle, il prit un couloir en pente en songeant avec une vive inquiétude que sa femme l'attendait sur le quai. Le couloir était long de plusieurs kilomètres, mais Duvilé arriva au bout sans avoir eu à le parcourir, simplement en arrangeant des nombres dans sa tête. Sur le quai, il soupçonna encore une fois qu'il était en train de rêver, car il y avait sous la voûte plusieurs zones de lumière d'intensités différentes, qui ne se raccordaient pas. Ce fut dans une des solutions de continuité qu'il découvrit sa femme. Décolorée et mal visible, elle portait un extravagant chapeau à plume qui lui causa une grande gêne. Il regarda plusieurs fois autour de lui avec la crainte de découvrir son chef de bureau parmi les voyageurs. « Tu te chargeras de papa, lui dit-elle. Il est dans son panier. » A quelques pas derrière sa femme, Duvilé aperçut alors son beau-père qui se tenait debout, les jambes engagées dans l'un des quatre casiers d'un panier à bouteilles. Très droit, les bras collés au corps, le vieillard était coiffé du bonnet de police rouge des chasseurs d'Afrique. Suivi de sa femme, Duvilé, sans effort appréciable, porta le panier et son chargement au bord du quai où il le déposa. La rame de métro qu'ils attendaient ainsi tous les trois était devenue pour lui une immense espérance qui l'inondait d'une joie anxieuse. Enfin, il entendit le grondement souterrain qui annonçait l'approche du métro, mais ce qui déboucha du tunnel n'était qu'un train minuscule, un de ces jouets d'enfant qui tiennent dans une boîte en carton. Une déception violente, à la mesure de son espérance, lui ravagea le cœur. Sa douleur fut si vive qu'il crut mourir et s'éveilla en gémissant.

Duvilé ne se rendormit pas et, jusqu'au lever, eut l'esprit occupé de son rêve. A mesure qu'il y pensait, des détails, enfouis dans l'ombre de sa conscience, surgissaient et se précisaient. Pour lui, l'épisode culminant était son entrée dans le souterrain de la vie heureuse. Il en fut obsédé durant toute cette matinée de dimanche. A sa femme ou à ses enfants, il répondait distraitement, cherchait la solitude et, au milieu de quelque besogne, s'immobilisait soudain pour écouter un bruit de fontaine et l'égouttement du vin de vasque en vasque. Vers onze heures, comme chaque dimanche matin, il descendit lui-même faire les provisions du ménage. Depuis trois jours, on annonçait une distribution de vin que l'épicier croyait imminente et Duvilé eut l'intuition qu'elle aurait lieu ce matin. Contre son attente, le vin n'était pas arrivé et sa désillusion fut aussi profonde que celle du quai du métro, à l'arrivée du train d'enfant. Au retour, sa femme lui demanda s'il ne sentait pas venir une mauvaise grippe, car il avait une mine défaite. Pendant le repas, il se montra nerveux et taciturne. Les fontaines de vin chantaient dans sa tête avec une chanson triste, lancinante. Il mangeait sans appétit et ne buvait pas. Sur la table, il y avait une carafe d'eau d'une limpidité révoltante.

On était au milieu du repas et Duvilé remâchait son rêve de la nuit. Tout à coup, le souvenir du panier à bouteilles lui fit lever les yeux sur son beau-père. Une lueur de curiosité, de surprise, s'éveilla dans son regard éteint. Brusquement, il découvrait que le vieillard avait une forme intéressante. Son torse mince, ses épaules étroites et fuyantes, son cou maigre surmonté d'une petite tête au crâne rubicon lui donnaient à penser. « Je ne rêve plus, se dit-il, on croirait une bouteille de bordeaux. » L'idée lui paraissait saugrenue, il essaya de porter son attention ailleurs, mais malgré lui et à chaque instant, il jetait

sur son beau-père un coup d'œil furtif. La ressemblance était de plus en plus saisissante. Avec sa calvitie
rougeoyante, on aurait juré une bouteille de vin
bouché.

Pour échapper à l'obsession, Duvilé s'absenta tout
l'après-midi, mais le soir, au dîner, en voyant son
beau-père, la ressemblance lui sauta aux yeux avec une
évidence qui lui fit battre le cœur. L'insistance de son
regard finit par frapper le vieillard qui s'en montra
piqué. — Je dois avoir une drôle de tête que vous ne
me quittez pas des yeux. Mais vous trouvez probablement que je mange trop. Vous trouvez que quinze
cents francs par mois, ce n'est pas assez payé pour des
trognons de choux, des vieilles pommes de terre et des
carottes gelées. Ha ! ha ! ha !

Le gendre rougit jusqu'aux oreilles et bafouilla
humblement une excuse. On était habitué à ce qu'il
relevât vertement de pareils propos, et ce changement
de ton surprit les convives. Après le repas, comme les
enfants jouaient auprès de leur grand-père et le
bousculaient un peu, Duvilé intervint avec une sollicitude qui ne manqua pas de surprendre non plus.

— Voyons, leur dit-il avec humeur, ne le secouez
pas comme ça. Il faut le laisser reposer.

Il passa une mauvaise nuit, son sommeil peuplé de
cauchemars où il n'y eut toutefois ni vin ni beau-père.
En se levant, il éprouva, pour la première fois de sa
vie, un sentiment d'ennui et de contrariété à l'idée de
se rendre à son bureau. D'habitude, il y allait
volontiers et, comme tant d'autres hommes qui rougi-
raient de se l'avouer, il préférait l'atmosphère de son
travail à celle de son foyer. Ce matin-là, il eût aimé
rester à la maison. La vie familiale lui semblait tout à
coup parée d'un charme inexplicable. Sur le point de
partir et déjà dans le vestibule, il entendit un gémisse-
ment. Avant même de s'être rendu compte d'où
partait l'appel, il courut à la chambre de son beau-père

qu'il trouva à plat ventre sur le plancher. Le bonhomme avait trébuché sur un obstacle et, dans sa
chute, sa tête avait porté contre un angle de la
commode. Son gendre le ramassa en tremblant et le
conduisit au cabinet de toilette. Le sang coulait d'une
petite plaie à l'arcade sourcilière. Duvilé resta un
moment immobile, les yeux agrandis, à regarder ce
beau liquide rouge qui coulait comme une fontaine
précieuse. Il fallut l'arrivée de sa femme pour le tirer
de sa contemplation et il murmura, tandis qu'elle
s'affairait à laver la plaie : — Heureusement que le
coup a porté près du bouchon. C'est tout de même
moins grave.

Depuis ce jour, Étienne Duvilé ne se rendait plus à
son travail qu'avec une extrême répugnance. Les
heures passées au bureau étaient lourdes d'angoisse et
lui paraissaient interminables, car il tremblait qu'en
son absence le beau-père ne se brisât. L'heure venue,
il courait prendre le métro et, rentrant chez lui hors
d'haleine, demandait : « Le grand-père va bien ? »
Rassuré, il se rendait auprès du vieillard qu'il accablait
de prévenances, lui proposant un fauteuil, un coussin,
surveillant ses moindres pas, l'avertissant qu'il eût à
prendre garde à tel battant de porte et s'ingéniant à lui
faire une existence douillette. Sensible à ce changement d'humeur, le bonhomme y répondait par de
menues attentions, en sorte qu'une atmosphère d'har-
monieuse concorde régnait maintenant dans la maison. Toutefois, il lui arrivait d'éprouver un vague
sentiment de méfiance lorsqu'il surprenait son gendre
rôdant autour de lui avec un tire-bouchon à la main.

— Enfin, Étienne, finit-il par lui demander, pourquoi diable avez-vous toujours ce tire-bouchon à la
main ? Il ne peut vous servir à rien.

— Vous avez raison, convint Duvilé. Il est bien
trop petit.

Et, le cœur pincé d'un regret, il alla ranger l'ustensile dans un tiroir de la cuisine.

Un jour, à midi, qu'il revenait de son bureau, Duvilé rencontra dans le métro un ancien camarade de régiment avec lequel il avait fait la retraite de 1940. Dans la vie d'un soldat, il y a toujours quelques bouteilles remarquables. Au hasard des souvenirs, le camarade évoqua un séjour qu'ils avaient fait ensemble dans une cave abandonnée : « Tu te rappelles, le sergent Moreau, comment il débouchait les bouteilles ? Un coup de tisonnier, toc, il leur cassait le col au ras des épaules. » Tout plein de ces réminiscences, Duvilé rentra parmi les siens. Une joie discrète animait les traits de son visage. Les yeux lui sortaient légèrement de la tête.

— Le grand-père va bien ?

— Coucou, répondit l'aïeul lui-même en passant la tête dans l'entrebâillement de la porte.

Chacun se mit à rire de bon cœur et on passa à table. Lorsque son beau-père fut assis, Duvilé vint à lui avec un tisonnier dans la main droite.

— Ne bougez pas, dit-il en lui plaçant un doigt sous le menton.

Le vieillard souriait bonnement. Reculant d'un pas pour prendre le champ convenable, Duvilé leva le bras et lui déchargea sur le col un bon coup de tisonnier. Le choc était rude, non mortel. Le malheureux poussa un hurlement. Mme Duvilé et les deux enfants, avec des cris et des supplications, essayèrent de s'interposer. Mais Duvilé voyait vin rouge. Heureusement, un voisin alerté par le bruit fit irruption dans la salle à manger. Croyant voir entrer une bouteille de bourgogne, le forcené se tourna contre lui, car il avait une estime particulière pour les bourgognes. De ce côté, il se heurta à une très vive résistance qui l'eut bientôt découragé. S'échappant alors de l'appartement, il dévala les étages au galop, ayant toujours son ringard solidement en main. Dans la rue l'attendait un spectacle merveilleux. Des dizaines et des dizaines de bouteilles, des crus les plus divers, déambulaient sur le trottoir, les unes solitaires, les autres par rangées. Un moment, il suivit des yeux avec amitié le couple charmant que formaient un bourgogne râblé et une fine bouteille d'Alsace au col élancé. Puis, avisant un clochard qui se recommandait à lui par son aspect poussiéreux, il s'en approcha et l'étourdit d'un seul coup de ringard. Des soldats américains qui passaient par là réussirent à le maîtriser. Emmené au poste de police, il y manifesta le désir de boire le commissaire.

Aux dernières nouvelles, Duvilé est dans un asile d'aliénés et il semble qu'il ne soit pas près d'en sortir, car les médecins l'ont mis à l'eau de Vittel. Heureusement pour lui, je connais très bien sa femme et son beau-père et j'espère les avoir bientôt persuadés d'expédier le malade au pays d'Arbois, chez un vigneron nommé Félicien Guérillot, lequel, après bien des aventures qui mériteraient d'être contées, a fini par si bien prendre goût au vin qu'il sucre authentiquement les fraises.

Dermuche

Il avait assassiné une famille de trois personnes pour s'emparer d'un plat à musique qui lui faisait envie depuis plusieurs années. L'éloquence rageuse de M. Lebœuf, le procureur, était superflue, celle de Mᵉ Bridon, le défenseur, inutile. L'accusé fut condamné à l'unanimité à avoir la tête tranchée. Il n'y eut pas une voix pour le plaindre, ni dans la salle, ni ailleurs. Les épaules massives, une encolure de taureau, il avait une énorme face plate, sans front, toute en mâchoires, et de petits yeux minces au regard terne. S'il avait pu subsister un doute quant à sa culpabilité, un jury sensible l'aurait condamné sur sa tête de brute. Durant tout le temps des débats, il demeura immobile à son banc, l'air indifférent et incompréhensif.

— Dermuche, lui demanda le président, regrettez-vous votre crime ?

— Comme ci comme ça, monsieur le Président, répondit Dermuche, je regrette sans regretter.

— Expliquez-vous plus éloquemment. Avez-vous un remords ?

— Plaît-il, monsieur le Président ?

— Un remords, vous ne savez pas ce qu'est le remords ? Voyons, vous arrive-t-il de souffrir en pensant à vos victimes ?

— Je me porte bien, monsieur le Président, je vous remercie.

Le seul instant du procès pendant lequel Dermuche manifesta un intérêt certain fut celui où l'accusation produisit le plat à musique. Penché au bord de son box, il ne le quitta pas du regard, et, lorsque la mécanique, remontée par les soins du greffier, égrena sa ritournelle, un sourire d'une très grande douceur passa sur son visage abruti.

En attendant que la sentence fût exécutée, il occupa une cellule du quartier des condamnés et y attendit tranquillement le jour de la fin. L'échéance ne semblait d'ailleurs pas le préoccuper. Il n'en ouvrit jamais la bouche aux gardiens qui entraient dans sa cellule. Il n'éprouvait pas non plus le besoin de leur adresser la parole et se contentait de répondre poliment aux questions qui lui étaient faites. Sa seule occupation était de fredonner la ritournelle délictueuse qui l'avait poussé au crime, et il la connaissait mal. Affligé d'une mémoire très lente, c'était peut-être l'agacement de ne pouvoir y retrouver l'air du plat à musique qui l'avait conduit, un soir de septembre, dans la villa des petits rentiers de Nogent-sur-Marne. Ils étaient là deux vieilles filles et un oncle frileux, décoré de la Légion d'honneur. Une fois par semaine, le dimanche, au dessert du repas de midi, l'aînée des deux sœurs remontait le plat à musique. A la belle saison, la fenêtre de leur salle à manger restait ouverte et, pendant trois ans, Dermuche avait connu des étés enchantés. Blotti au pied du mur de la villa, il écoutait la mélodie dominicale qu'il essayait, pendant toute la semaine, de ressaisir dans son intégrité, sans jamais y parvenir complètement. Dès les premières heures de l'automne, l'oncle frileux faisait fermer la fenêtre de la salle à manger, et le plat à musique ne jouait plus que pour les petits rentiers. Trois années de suite, Dermuche avait connu ces longs mois de veuvage sans musique et sans joie. Peu à peu, la ritournelle lui échappait, se dérobait jour après jour et, la fin de l'hiver venue, il ne lui en restait plus que le regret. La quatrième année, il ne put se faire à l'idée d'une nouvelle attente et s'introduisit un soir chez les vieux. Le lendemain matin, la police le trouvait occupé, auprès des trois cadavres, à écouter la chanson du plat à musique.

Pendant un mois, il la sut par cœur, mais à la veille du procès, il l'avait oubliée. Maintenant, dans sa cellule de condamné, il ressassait les bribes que le tribunal venait de lui remettre en mémoire et qui devenaient chaque jour un peu plus incertaines. *Ding, ding, ding,* chantonnait du matin au soir le condamné à mort.

L'aumônier de la prison venait visiter Dermuche et le trouvait plein de bonne volonté. Il aurait pourtant souhaité que le misérable eût l'esprit un peu plus ouvert, que la bonne parole pénétrât jusqu'à son cœur. Dermuche écoutait avec la docilité d'un arbre, mais ses brèves réponses, pas plus que son visage fermé, ne témoignaient qu'il s'intéressât au salut de son âme, ni même qu'il en eût une. Pourtant, un jour de décembre qu'il lui parlait de la Vierge et des anges, le curé crut voir passer une lueur dans ses petits yeux ternes, mais si fugitive qu'il douta d'avoir bien vu. A la fin de l'entretien, Dermuche interrogea brusquement : « Et le petit Jésus, est-ce qu'il existe toujours ? » L'aumônier n'hésita pas une seconde. Certes, il aurait fallu dire que le petit Jésus avait existé, et qu'étant mort sur la croix à l'âge de trente-trois ans, il n'était pas possible de parler de lui au présent. Mais Dermuche avait l'écorce du crâne si dure qu'il était difficile de le lui faire comprendre. La fable du petit Jésus lui était plus accessible et pouvait ouvrir son âme à la lumière des saintes vérités. Le curé conta à Dermuche

comment le fils de Dieu avait choisi de naître dans une
étable, entre le bœuf et l'âne.

— Vous comprenez, Dermuche, c'était pour montrer qu'il était avec les pauvres, qu'il venait pour eux.
Il aurait aussi bien choisi de naître dans une prison,
chez le plus malheureux des hommes.

— Je comprends, monsieur le curé. En somme, le
petit Jésus aurait pu naître dans ma cellule, mais il
n'aurait pas accepté de venir au monde dans une
maison de rentiers.

L'aumônier se contenta de hocher la tête. La
logique de Dermuche était inattaquable, mais elle
s'ajustait d'un peu trop près à son cas particulier et
semblait peu propre à le disposer au repentir. Ayant
donc hoché entre oui et non, il enchaîna sur les rois
mages, le massacre des Innocents, la fuite, et conta
comment le petit Jésus, quand la barbe lui eut poussé,
mourut crucifié entre deux larrons, pour ouvrir aux
hommes les portes du ciel.

— Pensez-y, Dermuche, l'âme du bon larron aura
sans doute été la première de toutes les âmes du
monde à entrer au paradis, et ce n'est pas l'effet d'un
hasard, mais parce que Dieu a voulu nous montrer ce
que tout pécheur peut attendre de sa miséricorde.
Pour lui, les plus grands crimes ne sont que les
accidents de la vie...

Mais, depuis longtemps, Dermuche ne suivait plus
l'aumônier, et l'histoire du bon larron lui semblait
aussi obscure que celles de la pêche miraculeuse et de
la multiplication des pains.

— Alors, comme ça, le petit Jésus était retourné
dans son étable ?

Il n'en avait que pour le petit Jésus. En sortant de la
cellule, l'aumônier réfléchissait que cet assassin
n'avait pas plus de compréhension qu'un enfant. Il en
vint même à douter que Dermuche fût responsable de
son crime et pria Dieu de le prendre en pitié.

« C'est une âme d'enfant dans un corps de déména-
geur, il a tué les trois petits vieux sans y mettre de
malice, comme un enfant ouvre le ventre de sa poupée
ou lui arrache les membres. C'est un enfant qui ne
connaît pas sa force, un enfant, un pauvre enfant, et
rien qu'un enfant, et la preuve, c'est qu'il croit au
petit Jésus. »

Quelques jours plus tard, le prêtre faisait une visite
au condamné. Il demanda au gardien qui l'accompagnait pour lui ouvrir la porte :

— C'est lui qui chante ?

On entendait, comme un son de basse cloche, la
voix mâle de Dermuche scander sans repos : *Ding,
ding, ding*.

— Il n'arrête pas de toute la journée avec son *ding,
ding, ding, ding*. Si encore ça ressemblait à quelque
chose, mais ce n'est même pas un air.

Cette insouciance d'un condamné à mort qui n'était
pas encore en règle avec le ciel ne manqua pas
d'inquiéter l'aumônier. Il trouva Dermuche plus
animé qu'à l'ordinaire. Sa face de brute avait une
expression d'alerte douceur et, dans la fente de ses
paupières, brillait une lueur rieuse. Enfin, il était
presque bavard.

— Quel temps qu'il fait dehors, monsieur le curé ?

— Il neige, mon enfant.

— Ça ne fait rien, allez, ce n'est pas la neige qui va
l'arrêter. Il s'en fout de la neige.

Une fois de plus, l'aumônier lui parla de la miséricorde de Dieu et de la lumière du repentir, mais le
condamné l'interrompait à chaque phrase pour l'entretenir du petit Jésus, en sorte que les recommanda-
tions n'étaient d'aucun effet.

— Est-ce que le petit Jésus connaît tout le monde ?
Vous croyez qu'au paradis le petit Jésus a la loi ? A
votre idée, monsieur le curé, est-ce que le petit Jésus
est pour la musique ?

A la fin, l'aumônier n'arrivait plus à placer un mot. Comme il se dirigeait vers la porte, le condamné lui glissa dans la main une feuille de papier pliée en quatre.

— C'est ma lettre au petit Jésus, dit-il en souriant.

L'aumônier accepta le message et en prit connaissance quelques instants plus tard.

« Cher petit Jésus, disait la lettre. La présente est pour vous demander un service. Je m'appelle Dermuche. Voilà la Noël qui vient. Je sais que vous ne m'en voudrez pas d'avoir descendu les trois petits vieuzoques de Nogent. Ces salauds-là, vous n'auriez pas pu venir au monde chez eux. Je ne vous demande rien pour ici, vu que je ne vais pas tarder à éternuer dans le sac. Ce que je voudrais, c'est qu'une fois en paradis, vous me donniez mon plat à musique. Je vous remercie par avance, et je vous souhaite bonne santé. — Dermuche. »

Le prêtre fut épouvanté par le contenu de ce message qui témoignait trop clairement à quel point le meurtrier était imperméable au repentir :

« Bien sûr, songeait-il, c'est un innocent qui n'a pas plus de discernement qu'un nouveau-né, et cette confiance qu'il a mise dans le petit Jésus prouve assez sa candeur d'enfant, mais quand il se présentera au tribunal avec trois meurtres sur la conscience et sans l'ombre d'un repentir, Dieu lui-même ne pourra rien pour lui. Et pourtant, il a une petite âme claire comme une eau de source. »

Le soir, il se rendit à la chapelle de la prison et, après avoir prié pour Dermuche, déposa sa lettre dans le berceau d'un enfant Jésus en plâtre.

A l'aube du 24 décembre, veille de Noël, un paquet de messieurs bien vêtus pénétrait avec les gardiens dans la cellule du condamné à mort. Les yeux lourds encore de sommeil, l'estomac mal assuré et la bouche bâilleuse, ils s'arrêtèrent à quelques pas du lit. Dans la lumière du jour naissant, ils cherchaient à distinguer la forme d'un corps allongé sous la couverture. Le drap du lit remua faiblement et une plainte légère s'exhala de la couche. Le procureur, M. Lebœuf, sentit un frisson lui passer dans le dos. Le directeur de la prison pinça sa cravate noire et se détacha du groupe. Il tira sur ses manchettes, chercha le port de tête convenable et, le buste en arrière, les mains jointes à hauteur de la braguette, prononça d'une voix de théâtre :

— Dermuche, ayez du courage, votre recours en grâce est rejeté.

Une plainte lui répondit, plus forte et plus insistante que la première, mais Dermuche ne bougea pas. Il semblait être enfoui jusqu'aux cheveux et rien n'émergeait de la couverture.

— Voyons, Dermuche, ne nous mettons pas en retard, dit le directeur. Pour une fois, montrez un peu de bonne volonté.

Un gardien s'approcha pour secouer le condamné et se pencha sur le lit. Il se redressa et se tourna vers le directeur avec un air étonné.

— Qu'est-ce qui se passe ?

— Mais je ne sais pas, monsieur le directeur, ça bouge, et pourtant...

Un long vagissement d'une tendresse bouleversante s'échappa des couvertures. Le gardien, d'un mouvement brusque, découvrit largement le lit et poussa un cri. Les assistants, qui s'étaient portés en avant, poussaient à leur tour un cri de stupeur. A la place de Dermuche, sur la couche ainsi découverte, reposait un enfant nouveau-né ou âgé de quelques mois. Il paraissait heureux de se trouver à la lumière et, souriant, promenait sur les visiteurs un regard placide.

— Qu'est-ce que ça veut dire ? hurla le directeur de la prison en se tournant vers le gardien-chef. Vous avez laissé évader le prisonnier ?

— Impossible, monsieur le directeur, il n'y a pas trois quarts d'heure que j'ai fait ma dernière ronde et je suis sûr d'avoir vu Dermuche dans son lit.

Cramoisi, le directeur injuriait ses subordonnés et les menaçait des sanctions les plus sévères. Cependant, l'aumônier était tombé à genoux et remerciait Dieu, la Vierge, saint Joseph, la Providence et le petit Jésus. Mais personne ne prenait garde à lui.

— Nom de Dieu ! s'écria le directeur qui s'était penché sur l'enfant. Regardez donc, là, sur la poitrine, il a les mêmes tatouages que Dermuche.

Les assistants se penchèrent à leur tour. L'enfant portait sur la poitrine deux tatouages symétriques, figurant, l'un, une tête de femme, l'autre, une tête de chien. Aucun doute, Dermuche avait exactement les mêmes, aux dimensions près. Les gardiens s'en portaient garants. Il y eut un silence d'assimilation prolongé.

— Je m'abuse peut-être, dit M. Lebœuf, mais je trouve que le nourrisson ressemble à Dermuche autant qu'un enfant de cet âge puisse ressembler à un homme de trente-trois ans. Voyez cette grosse tête, cette face aplatie, ce front bas, ces petits yeux minces et même la forme du nez. Vous ne trouvez pas ? demanda-t-il en se tournant vers l'avocat du condamné.

— Évidemment, il y a quelque chose, convint Me Bridon.

— Dermuche avait une tache de café au lait derrière la cuisse, déclara le gardien-chef.

On examina la cuisse du nourrisson sur laquelle on découvrit le signe.

— Allez me chercher la fiche anthropométrique du condamné, commanda le directeur. Nous allons comparer les empreintes digitales.

Le gardien-chef partit au galop. En attendant son retour, chacun se mit à chercher une explication rationnelle de la métamorphose de Dermuche, qui ne faisait déjà plus de doute pour personne. Le directeur de la prison ne se mêlait pas aux conversations et arpentait nerveusement la cellule. Comme le nourrisson, apeuré par le bruit des voix, se mettait à pleurer, il s'approcha du lit et proféra d'un ton menaçant :

— Attends un peu, mon gaillard, je vais te faire pleurer pour quelque chose.

Le procureur Lebœuf, qui s'était assis à côté de l'enfant, regarda le directeur d'un air intrigué.

— Croyez-vous vraiment que ce soit votre assassin ? demanda-t-il.

— Je l'espère. En tout cas, nous allons bientôt le savoir.

En présence de ce miracle délicat, l'aumônier ne cessait de rendre grâces à Dieu, et ses yeux se mouillèrent de tendresse tandis qu'il regardait cet enfant quasi divin qui reposait entre Lebœuf et le directeur. Il se demandait avec un peu d'anxiété ce qui allait arriver et concluait avec confiance :

« Il en sera ce que le petit Jésus aura décidé. »

Lorsque l'examen comparé des empreintes digitales eut confirmé l'extraordinaire métamorphose, le directeur de la prison eut un soupir de soulagement et se frotta les mains.

— Et, maintenant, pressons-nous, dit-il, nous n'avons déjà que trop perdu de temps. Allons, Dermuche, allons...

Un murmure de protestation s'éleva dans la cellule, et l'avocat du condamné s'écria avec indignation :

— Vous ne prétendez tout de même pas faire exécuter un nourrisson ! Ce serait une action horrible,

monstrueuse. En admettant que Dermuche soit cou-
pable et qu'il ait mérité la mort, l'innocence d'un
nouveau-né est-elle à démontrer ?

— Je n'entre pas dans ces détails-là, répliqua le
directeur. Oui ou non, cet individu est-il notre
Dermuche ? A-t-il assassiné les trois rentiers de
Nogent-sur-Marne ? A-t-il été condamné à mort ? La
loi est faite pour tout le monde, et moi, je ne veux pas
d'histoires. Les bois sont là et il y a plus d'une heure
que la guillotine est montée. Vous me la baillez belle
avec votre innocence de nouveau-né. Alors il suffirait
de se changer en nourrisson pour échapper à la
Justice ? Ce serait vraiment trop commode.

Me Bridon, d'un mouvement maternel, avait
rabattu la couverture sur le petit corps potelé de son
client. Heureux de sentir la chaleur, l'enfant se mit à
rire et à gazouiller. Le directeur le regardait de
travers, jugeant cet accès de gaieté tout à fait déplacé.

— Voyez donc, dit-il, ce cynisme, il entend crâner
jusqu'au bout.

— Monsieur le directeur, intervint l'aumônier, est-
ce que, dans cette aventure, vous n'apercevez pas le
doigt de Dieu ?

— Possible, mais ça ne change rien. En tout cas, je
n'ai pas à m'en occuper. Ce n'est pas Dieu qui me
donne mes consignes, ni qui s'occupe de mon avancement. J'ai reçu des ordres, je les exécute. Voyons,
monsieur le Procureur, est-ce que je n'ai pas entièrement raison ?

Le procureur Lebœuf hésitait à se prononcer et ne
s'y résolut qu'après réflexion.

— Évidemment, vous avez la logique pour vous. Il
serait profondément injuste qu'au lieu de recevoir une
mort méritée, l'assassin eût le privilège de recommencer sa vie. Ce serait d'un exemple déplorable. D'autre
part, l'exécution d'un enfant est une chose assez

délicate, il me semble que vous feriez sagement d'en référer à vos supérieurs.

— Je les connais, ils m'en voudront de les avoir mis dans l'embarras. Enfin, je vais tout de même leur téléphoner.

Les hauts fonctionnaires n'étaient pas arrivés au ministère. Le directeur dut les appeler à leur domicile particulier. A moitié réveillés, ils étaient de très mauvais poil. La métamorphose de Dermuche leur fit l'effet d'une ruse déloyale qui les visait personnellement, et ils se sentaient très montés contre lui. Restait que le condamné était un nourrisson. Mais l'époque n'étant pas à la tendresse, ils tremblaient pour leur avancement qu'on ne vînt à les suspecter d'être bons. S'étant concertés, ils décidèrent que... « le fait que le meurtrier se fût un peu tassé sous le poids du remords ou pour toute autre cause ne pouvait en rien contrarier les dispositions de la Justice ».

On procéda à la toilette du condamné, c'est-à-dire qu'on l'enveloppa dans le drap du lit et qu'on lui coupa un léger duvet blond qui poussait sur la nuque. L'aumônier prit ensuite la précaution de le baptiser. Ce fut lui qui l'emporta dans ses bras jusqu'à la machine dressée dans la cour de la prison.

Au retour de l'exécution, il conta à Mᵉ Bridon la démarche qu'avait faite Dermuche auprès du petit Jésus.

— Dieu ne pouvait pas accueillir au paradis un assassin que le remords n'avait même pas effleuré. Mais Dermuche avait pour lui l'espérance et son amour du petit Jésus. Dieu a effacé sa vie de pécheur et lui a rendu l'âge de l'innocence.

— Mais si sa vie de pécheur a été effacée, Dermuche n'a commis aucun crime et les petits rentiers de Nogent n'ont pas été assassinés.

L'avocat voulut en avoir le cœur net et se rendit aussitôt à Nogent-sur-Marne. En arrivant, il demanda à une épicière de la rue où se trouvait la maison du crime, mais personne n'avait entendu parler d'un crime. On lui indiqua sans difficulté la demeure des vieilles demoiselles Bridaine et de l'oncle frileux. Les trois rentiers l'accueillirent avec un peu de méfiance et bientôt, rassurés, se plaignirent que, dans la nuit même, on leur eût volé un plat à musique posé sur la table de la salle à manger.

La fosse aux péchés

Notre cher professeur de pureté, Ludovic Martin, fut tenté par le diable sur une petite plage bretonne où nous étions une douzaine de disciples à profiter de ses enseignements. Dans son fameux *Traité de Prophylaxie de l'Âme*, il recommandait trente-deux moyens sûrs de repousser la tentation. Entre neuf heures du soir et minuit, le diable ne lui proposa que du clinquant : visions d'art, pouvoirs ministériels, succès mondains, beautés officielles, croupes princières, voitures américaines, championnat des lettres, de la philosophie, du cornet à pistons, du tour de France cycliste, du calcul intégral, de la pêche à la ligne.

Le professeur en triompha sans trop de peine, quoique avec application, mais y eut bientôt épuisé les ressources de sa méthode prophylactique. C'est le danger des manuels, des traités et des guides d'avoir réponse à tout entre des limites données et de ne pas ménager à l'âme ou à l'esprit les tremplins d'échappée, les trous de souris et les pentes inspirées. A partir de minuit, notre cher grand Ludovic commença à faiblir et aux approches de l'aube, il avait le coude sur le bras de son fauteuil, la joue précieusement appuyée sur l'index et le sourire fin et rengorgé d'un homme qui comprend les mystères de la création.

— La vie n'est qu'un test, disait le sulfureux, l'occasion offerte à tout être de donner la mesure de ses aptitudes à l'éternité. Qu'avons-nous à faire, dans l'au-delà, des incapables, des ratés et des impuissants ? Qu'ils retournent au néant.

— C'est évident, approuvait Martin.

— Mais ceux qui sortiront victorieux de l'épreuve de la vie, qui auront su fonder une fortune avec la sueur du troupeau, qui pourront dire le jour de leur mort : « Seigneur, voilà ce que j'ai fait avec les abrutis, les rêveurs et autres matériaux que vous avez mis à ma disposition », ces hommes-là, nous en aurons besoin dans le ciel pour bâtir la cité du bonheur éternel, qui sera la leur pour l'éternité.

— C'est évident.

— Mais attention. Pour les sujets brillants tels que vous, la difficulté du test se trouve corsée par la présence d'un faux-double qui s'interpose constamment entre l'homme et ses œuvres. Ce faux-double, cet ennemi de vous-même, mon cher Ludovic, vous l'avez deviné, c'est l'âme. Le problème est donc de neutraliser le pouvoir de l'âme ou, mieux encore, de s'en débarrasser.

Le professeur vendit son âme pour un veau d'or, de la grosseur d'un caniche, mais qui pesait deux cents kilos. Comme j'étais son meilleur élève, il prit sur lui de vendre aussi la mienne. Le diable ne lui en donna que dix-huit kilos d'or pour lesquels il allongea la queue du veau et lui planta sur la tête une paire de cornes qui étaient au-dessus de son âge. Lorsque j'en fus informé quelques heures plus tard, j'aurais pu encore résilier le marché, mais déjà j'entrevoyais avec plaisir des abîmes de turpitudes.

— Je suis riche, me dit mon professeur de pureté, et vous l'êtes un peu. Allons en Chine. Il y a là-bas la guerre et la famine. Rien n'est délicieux comme de se sentir riche au milieu du malheur et de la misère des autres.

Le surlendemain, nous embarquions avec le veau

sur un cargo en partance pour la Chine. Voyageaient avec nous un adjudant retraité, un pasteur anglais, sa femme et leurs trois filles, jeunes, belles, modestes. Ce nous fut un jeu d'enfant de convertir au culte du veau d'or l'équipage et les passagers. Par un raffinement d'ignominie, nous fîmes en sorte que le pasteur, seul, échappât à la contagion et nous donnât le spectacle de sa douleur et de sa colère en voyant sa femme et ses filles vautrées dans l'abjection. Pendant quatre jours et quatre nuits, le bateau retentit de beuglements hystériques, de halètements luxurieux, du tumulte des bagarres, des vols, des assassinats, et d'une haute et interminable rumeur blasphématoire. Les scènes d'orgie démentielle se déroulaient à bord presque sans interruption. Les péchés les plus révoltants y furent consommés avec fureur, mais aussi avec une recherche attentive et savante dans la perversité.

A l'aube du cinquième jour, l'équipage et les passagers étaient rassemblés sur le pont, tous entièrement nus, prosternés autour du veau d'or. Assisté des trois filles du pasteur, l'adjudant retraité faisait l'office du prêtre et, avec un accent corse très appuyé, psalmodiait des invocations obscènes à la divinité. Il tenait un crucifix à la main et, de temps à autre, nous le présentait les jambes en l'air en interrogeant : « Reconnaissez-vous le fils de Dieu ? » A quoi nous répondions en chœur : « Oui, c'est lui le fils du veau d'or. » Et l'épouse du pasteur, les cheveux et les seins flottant jusque sur les fesses, chevauchait un balai en vociférant : « Fils unique du grand veau, soyez avec nous dans le vol, dans le meurtre et dans la fornication. » Au premier rang des adorateurs, un marin barbu, couronné de fleurs blanches et lié des quatre membres, attendait que le capitaine l'égorgeât au pied du dieu. Soudain, le pasteur surgit d'une écoutille et, brandissant un fouet, se rua sur ses filles. Il les frappait de toutes ses forces et les injuriait, les appelait

filles de truie, chair de scandale. Sous les coups de
lanière qui leur marquaient la peau, elles se tordaient
voluptueusement, se bousculaient pour s'offrir à la
colère paternelle et poussaient des gémissements las-
cifs. « Plus fort, disaient-elles, plus fort, papa. »
Comprenant qu'il servait ainsi les puissances des
ténèbres, le pasteur poussa un cri d'effroi et, lâchant
son fouet, s'enfuit à l'avant du bateau où il tomba à
genoux. De grands sanglots secouaient son maigre
corps serré dans une redingote noire, tandis qu'il
s'écriait, les mains jointes et les yeux au ciel : « Seigneur, confondez l'imposture ! » Au même instant, sa
femme proposait de le substituer au marin barbu pour
le sacrifice et ses filles réclamaient la faveur de lui
couper la gorge. L'idée nous parut intéressante. Rien
ne s'opposait à sa réalisation, mais le pasteur ayant
clamé pour la troisième fois : « Seigneur, confondez
l'imposture », sa prière fut exaucée et une énorme
vague balaya le pont.

A l'exception du pasteur, nous nous retrouvâmes
tous ensemble au fond de la mer et parfaitement
morts. Nous avions des têtes de morts, des yeux de
poissons morts et un rictus inscrit dans la rigidité des
chairs. Quoique capables de mouvement, une énorme
pesanteur nous clouait sur place ou peu s'en fallait.
Pour ma part, je mis très longtemps à exécuter le tête à
droite et le tête à gauche nécessaires à l'examen des
lieux. Nous étions enfermés dans une espèce de cirque
rocheux dont les murailles n'étaient pas très abruptes,
mais ne comportaient aucune issue de plain-pied. Au-
dessus de nous, très haut dans le ciel aqueux, passaient des poissons de toutes tailles et de toutes
espèces, parfois en bancs serrés. Il arrivait rarement
que l'un d'eux descendît jusqu'au fond de notre prison
et c'était le plus souvent pour y mourir aussitôt. Le sol
était jonché des squelettes de poissons les plus divers
qui en étaient les seuls ornements. De loin en loin, les

parois de notre enfer étaient percées d'ouvertures
sombres pareilles à des cavernes et où le regard ne
distinguait rien.

— Je voudrais bien savoir où nous sommes et pour
combien de temps, dit l'adjudant retraité avec son
accent corse. Je commence à en avoir plein le dos.

— Quand on est en enfer, ce qui paraît être notre
cas, répondit la femme du pasteur, c'est généralement
pour l'éternité. Le mieux est de s'y résigner.

Ces propos qui exprimaient apparemment des réac-
tions personnelles en face d'une situation inattendue,
n'étaient en réalité qu'une conversation machinale, un
retour d'habitude. On se serait même trompé en
croyant y reconnaître un mouvement de sociabilité.
Indifférents à notre sort et à tout ce qui nous
entourait, nous étions incapables de nous intéresser les
uns aux autres. Je crois me rappeler aujourd'hui que je
n'attendais, ne souhaitais, ne regrettais rien, mais mes
souvenirs, quant à cet état de vacuité, contiennent
encore plus que de vrai. C'est sans y penser qu'il
m'arrive parfois de ressaisir la sensation de ce grand
vide, lorsque le goût de nausée qui l'accompagnait me
revient tout à coup et fugitivement. Pourtant, nous
n'avions jamais été aussi intelligents et en chacun de
nous, les pensées s'enchaînaient, se développaient, se
multipliaient avec la précision et la rapidité d'une
machine à calculer. Cette extraordinaire lucidité nous
poussait même à certaines recherches qui auraient pu
passer pour un témoignage de curiosité et n'étaient
que les exigences d'un mécanisme et d'un résultat. En
dehors de ce fonctionnement organique de la pensée,
le seul objet d'intérêt réel était pour nous l'écoulement
du temps, dont l'incertitude entretenait en nous une
trace d'anxiété, fine et vacillante comme la flamme
d'une veilleuse sans fin. Chacun avait découvert pour
son compte une mesure du temps. La mienne n'était
pas moins approximative que les autres. Le veau d'or,

qui nous avait suivis au fond de la mer, était tombé les
quatre fers en l'air sur le sol où son propre poids
l'enfonçait lentement et, en partant de certains postu-
lats, je mesurais le temps écoulé aux progrès de
l'enlisement. Lorsque l'idée nous vint de comparer
nos évaluations, nous trouvâmes qu'elles s'échelon-
naient entre quarante-huit heures et soixante-dix ans,
mais chacun conserva le système qu'il avait choisi
pour grignoter le calendrier de l'éternité.

Une année veau d'or s'était écoulée et rien ne s'était
passé dans notre enfer, sauf que nous nous étions
déplacés de quelques pas. Tout à coup, une silhouette
se détacha de la muraille de rochers qui nous entourait
de toutes parts. C'était un homme de taille moyenne,
vêtu d'un pantalon rayé, d'un veston gris foncé, et
coiffé d'un chapeau melon. Il avait un visage rasé,
assez insignifiant, et l'allure d'un employé de bureau
vaquant à ses occupations avec indifférence.

— C'est le diable, dit la plus jeune des filles du
pasteur. Je le reconnais. Je l'ai vu à Londres dans un
film américain.

Le diable, car c'était lui, s'arrêta devant nous et
considéra un moment nos nudités verdâtres. Il nous
regardait avec l'attention machinale, presque distraite,
d'un employé qui se livre à un inventaire facile et ne
s'intéressait à aucun de nous en particulier. De notre
côté, nous n'éprouvions pas la moindre gêne en face
de lui et sa présence ne nous était même pas impor-
tune. Il se mit à marcher devant nous et ce fut grâce à
ses allées et venues qu'il réussit à éveiller notre intérêt,
car ses pas égaux et son allure régulière nous propo-
saient une mesure du temps qui nous rendit tous
attentifs. Toujours déambulant, il nous parla d'une
voix neutre aussi dépourvue d'hostilité que de sympathie.

— Vous êtes en enfer. Pour l'éternité, ça va de soi.
Il est nécessaire que je vous explique en quoi consiste

votre supplice, car il ne peut être tel que si vous en
avez pleinement conscience. Sachez d'abord que le
péché est tout autre chose qu'une infraction à la loi.
Le péché est la substance essentielle de la vie. Comme
le courant électrique donne la lumière, le péché
entretient la vie. Selon son intensité, il s'appelle fierté
ou orgueil, appétit ou gourmandise, amour ou luxure,
pour ne citer que ceux-là. La vie n'est jamais immobile et répond sans cesse à l'appel de l'instant qui suit.
Les péchés sont les courants qui alimentent la vie, et,
continuellement, la transportent vers ses renouveaux.
Ayant le contrôle de tous ces courants, la liberté de les
régler selon vos besoins, vous en avez fait un usage
déraisonnable, abusif, et vous avez grillé les lampes. Il
n'y a plus de péché en vous...

Le diable suspendit son propos et son va-et-vient et
se planta devant nous, les mains dans les poches. Je
sentais se lever en moi une angoisse inconnue, encore
vague. Il reprit de sa même voix neutre et indifférente :

— Il n'y a plus de péché en vous. Les courants se
sont détournés de vous et la substance qu'ils transpor-
taient a pris forme ailleurs. Chacun d'eux a revêtu
l'apparence que vos imaginations déréglées avaient
fini par leur prêter. Vous les verrez tout à l'heure,
vous les nommerez par leurs noms : l'orgueil, la
colère, l'envie, la gourmandise, l'avarice, la paresse, la
luxure. Vous connaîtrez la souffrance de l'eunuque
hanté par l'image d'un bonheur qu'il comprend et
qu'il ne sent plus, celle du vieillard qui pense avec
lucidité à l'heureux appétit d'autrefois et ne l'éprouve
plus, celle du déchu qui se souvient de sa fierté sans
pouvoir en retrouver le chemin perdu, et tant d'autres
qui s'ajouteront et se multiplieront. Comprendre et ne
plus sentir. Entendre l'appel de soi-même et ne
pouvoir y répondre. Courir à sa rencontre pendant
l'éternité sans espoir de se joindre...

La femme du pasteur se mit à gémir et mon professeur de pureté poussa une espèce de beuglement. Le diable eut l'air d'en être touché.

— Je ne peux rien pour vous, dit-il. Je suis comme vous. Mais moi, mes péchés sont des mondes et je les comprends et je ne sais plus les aimer. N'en parlons plus et revenons à vos péchés. Ils sont là, près de vous, dans ces cavernes qui ouvrent sur votre prison. Je vais vous les montrer...

Tout en parlant, le diable avait levé la tête. Soudain, il se tut, attentif à une forme noire qui venait d'apparaître à l'horizon liquide. C'était une espèce de poisson noir nageant dans notre direction. La silhouette se fut bientôt précisée et me parut être celle d'un requin de modestes dimensions.

— On dirait le pasteur, prononça l'un des matelots.

— Oui, c'est mon père, confirmait l'une des jeunes filles.

Le pasteur, qui piquait droit vers le fond de notre cuvette, prit pied en face de ses filles et les regarda tendrement.

— Qu'est-ce que vous venez foutre ? lui demanda le diable.

— Je suis envoyé par Dieu.

— Qu'est-ce qui me le prouve ?

Le pasteur ne répondit pas, mais traça dans l'espace marin le signe de la croix. Instantanément déshabillé, le diable se trouva nu comme un ver. Il était très bien fait. J'observai qu'il n'avait pas de sexe, du moins rien qui fût une indication sérieuse. Cette mésaventure ne sembla ni le surprendre ni le contrarier. Lorsqu'il eut fini de se rhabiller, il demanda au pasteur quelles étaient ses intentions.

— Je veux, dit le pasteur, combattre pour le rachat de ces âmes.

Le diable se tourna vers l'une des sept cavernes creusées dans le roc et frappa dans ses mains.

Un monstre replet, cambré et rutilant, qui n'était autre que l'Orgueil, déboucha dans l'arène. Son corps avait la forme d'une commode Louis XV. Sa tête, qu'il portait très en arrière, se rattachait à son buste par une pompeuse encolure de cheval. C'était une tête boursouflée, apoplectique, au profil busqué, au front court surmonté d'une paire de cornes tortillées comme celles d'un mouflon et pointant vers le ciel. Sa lèvre inférieure, proéminente, précédait l'autre d'un demi-pied, et l'un de ses yeux, gonflé et gélatineux, avait l'apparence d'un énorme monocle. Bipède, le monstre avait des cuisses osseuses, d'une remarquable maigreur, et les jambes, pareillement minces, étaient cachées par des coquillages en forme de leggings, aux mollets avantageux. Mais son anatomie était peut-être moins surprenante que la richesse et la variété des couleurs qui le paraient des pieds à la tête. Il avait le derrière empanaché d'un flot de tentacules multicolores où dominaient l'or et la pourpre. Ses jambes de pierre étaient d'un blanc laiteux, ses pieds et ses cuisses couleur merde d'oie. Il portait en sautoir, imprimé sur la peau, un grand cordon violet fileté de blanc et, sur son torse Louis XV, deux rangées de décorations qui étaient des excroissances naturelles aux coloris les plus chatoyants. Ses cornes étaient dorées, ses oreilles de veau d'un rouge éclatant. J'allais oublier de signaler que la nature l'avait doté d'une paire d'éperons à l'espagnole, qui flambaient derrière ses talons. Le poing sur la hanche, l'Orgueil allait d'un pas lourd et important. Il tenait de la main droite une canne de tambour-major, si haute qu'elle l'obligeait à se hausser sur les pointes pour en atteindre la pomme. Nous le regardions avec un sentiment de dégoût et de nostalgie se pavaner devant nous. De son côté, il nous lorgnait à travers son monocle et, de mépris, sa lippe s'allongeait.

— Quel est le fils de croquant qui prétend se battre

avec moi ? interrogea-t-il d'une voix grasse, enrhumée
de suffisance. Où est-il, ce truand, ce morpignolard,
que je lui casse les reins, que je lui mélange les boyaux
avec la cervelle ?

— Je suis l'homme que vous cherchez, déclara le
pasteur.

L'Orgueil accorda un regard à la maigre silhouette
du pasteur et partit d'un énorme éclat de rire.

— Allons, dit-il après cet accès de gaieté, je veux
être bon prince. Baisez seulement mes fesses et je vous
fais grâce de la vie.

Le pasteur ayant décliné la proposition, le diable
remit une épée à chacun des adversaires, mais l'Orgueil jeta la sienne et s'écria :

— Foin d'une épée ! Pour abattre si pauvre gibier,
je n'ai besoin que d'un bâton.

Brandissant sa canne de tambour-major, il s'avança
à la rencontre du pasteur qui prit ses dispositions de
combat. On voyait bien que le pauvre saint homme
n'avait jamais touché à une épée. L'avant-bras replié
et le poing à l'épaule, il tenait son arme comme un
poignard, sans souci de se garder à gauche, et il avait si
piteuse allure que l'Orgueil eut un sourire de dédain.

— C'est trop d'un bâton, dit le monstre en lâchant
sa canne. Il me suffira de souffler sur ce pantin pour
l'anéantir.

Quatre pas le séparaient alors de son adversaire. Il
enfla d'abord sa poitrine, puis, la tête renversée en
arrière, gonfla ses joues. Le pasteur, avec une candide
assurance, porta un coup d'épée. Visant au ventre, il
frappa à la gorge et l'Orgueil tomba à la renverse. Le
pasteur jugea prudent de lui couper la tête. Par
l'ouverture béante, une colonne de sang s'éleva dans la
mer et s'épanouit en parasol. A mesure que le sang
s'écoulait, l'Orgueil perdait ses brillantes couleurs ;
son panache, ses décorations s'effaçaient. Bientôt, il
n'y eut plus qu'un tas de chairs grises et flasques. La

victoire du pasteur faisait renaître en chacun de nous
un sentiment oublié, de fierté et aussi d'humilité, car
le souvenir de notre conduite passée n'était plus
seulement présent à notre esprit, mais s'inscrivait déjà
dans notre chair. Les filles du pasteur tendaient les
bras vers lui avec des paroles de gratitude, tandis que
l'épouse, dominée par un sentiment de honte, baissait
la tête en silence.

— Au suivant ! s'écria le diable en se tournant vers
la deuxième des sept cavernes.

L'Envie sortit lentement de son antre obscur. Tout
d'abord, on ne vit d'elle qu'une énorme tête en forme
de casque, faite d'une substance dure et cornée. Entre
la visière du casque et la mentonnière, béait un trou
noir au fond duquel brillaient deux yeux d'or vert.
Dardé de ces secrètes profondeurs, le regard de
l'Envie semblait adhérer à l'objet auquel il s'arrêtait.
Parfois, la visière du casque se rabattait silencieusement et éteignait l'éclat des phosphorescences jumel-
les. La bête avançait prudemment, la gueule au ras du
sol, entre ses grosses mains écailleuses sur lesquelles
s'appuyait l'avant-train. Ayant ainsi fait une dizaine
de pas, elle se redressa d'un mouvement souple. Son
corps était articulé au-dessous des épaules, de sorte
que le buste maintenait sans effort apparent la
position debout. Ce buste, qui avait forme humaine,
était en partie protégé par des plaques de corne et,
partout où elle apparaissait, la peau était couverte de
pustules qui sécrétaient des humeurs jaunâtres. Le
reste du corps, sur lequel la bête prenait son assiette,
était d'un gros crocodile noir et ventru se mouvant
avec agilité sur six paires de pattes.

Fiers de notre champion, nous faisions des vœux
pour sa victoire, mais à voir les proportions de

l'animal, la puissance de son poitrail et de ses bras, son
aisance à se déplacer, il semblait impossible que le
pasteur triomphât. Le début du combat ne fit que
vérifier nos craintes. Évoluant autour du pasteur avec
une rapidité qui le déconcertait, l'Envie se trouva
plusieurs fois en situation de lui porter un coup
mortel. Il ne dut son salut qu'à sa maladresse même, si
invraisemblable que l'adversaire y flaira un piège et se
réserva pour une occasion plus sûre. Cette occasion ne
tarda guère à se présenter et l'Envie était en bonne
position de frapper par derrière lorsque la plus jeune
des filles du pasteur, qui avait l'esprit aussi bien fait
que la poitrine, s'écria :

— C'est moi la plus belle créature du monde !

Aussitôt, l'Envie se tourna vers nous, et ses yeux
d'or vert flambèrent au fond du casque.

— Il n'y a pas de créature plus belle que moi !
insista l'orgueilleuse.

Dardant sur elle un regard chargé d'anxieuse envie,
la bête oublia le combat et laissa le pasteur lui couper
le cou tranquillement. Un liquide jaune et visqueux
s'échappa de la blessure. Tandis que nous applaudis-
sions à la victoire du pasteur, un sentiment d'émula-
tion se glissait dans nos cœurs. Chacun de nous aurait
voulu combattre à la place du ministre de Dieu. Le
règlement s'y opposait.

— Au suivant !

L'Avarice était une énorme marmite surmontée
d'une tête d'oiseau de proie aux yeux vifs et méchants,
aux oreilles mobiles, vastes comme des plats à gigot.
Ses trois paires de bras se terminaient par des mains
longues et fines, aux doigts nerveux, sans cesse en
mouvement. Ses courtes pattes, au nombre de quatre,
étaient munies de pieds préhensifs. Tout en elle

révélait la cruauté, la méfiance qui vont de pair chez les avares. Son regard haineux, implacable, les contractions fébriles de ses mains et de ses doigts de pied griffus trahissaient une impatience méchante. A la vue du monstre, je me rappelai certaines paroles du professeur Ludovic Martin. Selon lui, l'avarice ne procède pas d'un sentiment d'égoïsme, mais du souci pervers de détourner de la vie les objets propres à la consommation. « L'avare est l'ennemi de la vie, disait-il. La haine de la vie le pousse à accaparer et la crainte de voir retourner à la vie ce qu'il thésaurise entretient en lui un perpétuel sentiment de méfiance. » Au premier coup d'œil, il paraissait quelque chose de cette méfiance. Outre les oreilles démesurées dont il a déjà été parlé, l'Avarice en possédait une autre paire d'un format plus réduit, disposées de chaque côté de la marmite à la place des anses. Enfin, elle était dotée d'un œil au bas du ventre et d'un autre dans le dos.

Le combat venait à peine de commencer lorsque l'Avarice tourna bride subitement. Son œil lombaire avait aperçu le veau d'or gisant sur le sol. Elle y courut au galop de ses quatre pieds de marmite et, s'asseyant sur le ventre de l'idole qu'elle étreignait de ses trois paires de bras, se mit à la couver avec des vagissements de bonheur. L'ivresse de l'or la rendait aveugle au danger. Le pasteur la rejoignit sans qu'elle eût seulement conscience de son approche et, d'un coup de pointe, lui creva la marmite. Comme l'Aululaire, elle était pleine de pièces d'or qui s'écoulèrent sur le veau. Ce nouvel exploit du pasteur suscita en chacun de nous ce généreux désir d'entreprendre dont l'appétit de conquête et l'avarice sont, à des degrés différents, des poussées perverses. Le combat nous tentait de plus en plus et le diable dut nous rappeler, pour apaiser notre impatience, que nous appartenions encore au royaume des morts. — Au suivant.

L'apparition de la Gourmandise ne manqua pas de
nous surprendre beaucoup. Nous attendions un monstre difforme et nous vîmes un bourgeois cossu, très
bien mis et presque élégant malgré l'ampleur de son
ventre, ses membres un peu courts et son cou
d'apoplectique. Vêtu d'un habit bien coupé, la fleur à
la boutonnière et le haut de forme légèrement rejeté
sur la nuque, il avait dans sa démarche pesante, dans
les gestes de ses petites mains potelées et jusque dans
le port de tête, une certaine préciosité qui restait
décente. Quoique noyés dans la graisse qui lui mangeait les yeux et débordait par la cassure du col, les
traits de son visage enluminé gardaient une surprenante finesse, particulièrement son nez court, d'un
dessin délicat, et sa bouche puérile en forme de cœur.
A mesure qu'elle se rapprochait de notre groupe, je
saisissais mieux sa véritable physionomie. Sous son
apparence de souriante bienveillance et malgré la
délicatesse des traits, l'expression du visage était dure
et rusée. Les petits yeux bridés par la graisse avaient
un regard froid, étrangement lucide. A l'examen, la
Gourmandise ne semblait pas moins redoutable que
les autres monstres. Lorsque s'engagea le duel, nous
étions tous consumés du regret de ne pouvoir combattre et les plus emportés participaient à l'action en
encourageant le pasteur de la voix et du geste.

— Vas-y, toto, au buffet ! s'écria un matelot. Au
buffet !

A ces mots, la Gourmandise parut troublée et jeta
un coup d'œil par-dessus l'épaule, tandis que les
spectateurs reprenaient en chœur :

— Au buffet, toto ! Au buffet !

— De quel buffet parlez-vous ? demanda la Gourmandise qui se tourna de notre côté en négligeant de
se garder. Il y a donc un buffet ?

La réponse lui fut donnée par l'épée du pasteur, qui lui perça le flanc et sortit par le ventre. Lorsque son corps se fut vidé de sang, il apparut que son habit noir, son haut de forme et ses escarpins avaient pris une teinte gris clair et que toute cette garde-robe était façonnée par la nature avec la substance même de la bête. C'est un phénomène curieux qui pourra intéresser les savants et amuser la jeunesse.

— J'ai une faim de tonnerre ! s'écria le capitaine du cargo.

— Au suivant !

La Colère nous surprit d'abord par le calme de son attitude et de sa démarche. Elle offrait à peu près l'aspect d'un homme des cavernes puissant et ramassé, aux bras et aux mollets énormes. Son corps était couvert d'une toison aux poils plus rudes que les crins d'un balai. Pour la tête, d'un volume considérable, elle tenait du bouledogue par le faciès et de l'homme par l'ampleur du front et la carnation. La Colère marchait à pas lents, la tête basse et l'air absent. Je crois qu'elle était toute à la pensée des injustices et des offenses, qui devait bouillonner derrière son grand front méditatif. Son pas devenait de plus en plus lent. Soudain, elle s'immobilisa, comme frappée d'une évidence aveuglante. Ses poils se dressaient sur son corps et sur sa tête comme les piquants d'un hérisson. Son visage devint bleu, ses babines se relevèrent, et ses yeux, exorbités, s'injectèrent de sang. Trépignant et levant les poings vers le ciel, elle explosa d'une voix rauque au débit précipité :

— Nom de Dieu de nom de Dieu de bordel de Dieu ! Je veux savoir ! Je veux savoir ! Mais enfin, pourquoi ? Je veux savoir pourquoi, nom de Dieu ! Je n'admets pas que... j'ai le droit de...

Sa face bleue virait au noir. La fureur l'étranglait littéralement. Elle porta la main à son cou et resta un moment, haletante, à reprendre vie et conscience. Sa toison de porc-épic s'affaissa peu à peu, sa gueule crispée se détendit. La voyant calmée, le diable lui mit l'épée à la main et lui expliqua qu'elle devait se mesurer avec l'envoyé de Dieu. La Colère regarda vaguement les quatre cadavres gisant au sol et n'objecta rien. Elle engagea le combat distraitement, se contentant de parer les coups peu dangereux que s'efforçait de lui porter le pasteur, mais son front se plissait sous l'effort de la réflexion. Et tout aussi soudainement que la première fois, elle se hérissa, devint bleue, roula des yeux sanglants et se prit à gueuler :

— Nom de Dieu de nom de Dieu ! Je veux savoir ! Pourquoi moi ? Pourquoi ma vie devrait-elle racheter ces âmes ! Ce n'est pas juste ! Je veux savoir, nom de Dieu ! Je saurai ! Je saurai...

De nouveau, la Colère s'étrangla et porta les mains à son cou. Quoiqu'elle fût hors d'état de se défendre, le pasteur ne se fit pas scrupule de lui pousser son épée dans les tripes, car il combattait pour la bonne cause. On lui fit une très belle ovation. Cependant, je sentais frémir en moi une inquiétude oubliée, inquiétude encore animale, mais déjà nourrie d'incertitudes et de questions inexprimées, forme élémentaire de ce sentiment de la justice dont les exigences, bien ou mal entendues, égarent facilement les hommes et les bêtes.

— Au suivant !

Tous les regards étaient braqués sur le repaire de la Paresse, mais ce ne fut qu'après une très longue attente que notre impatience eut satisfaction. Un murmure admiratif accueillit son apparition. Devant nous s'étalait une immense étoile de mer dont les sept branches, d'un rose délicat, ne mesuraient pas moins d'un mètre chacune. L'une d'elles se terminait par une main fine et potelée, à demi ouverte et qui semblait s'abandonner à la caresse de l'eau. Le cœur de l'étoile était une tête de femme jeune et fraîche, qu'encadraient de longs cheveux flottants, d'un blond doré. La bouche à peine entr'ouverte, les paupières presque closes sur ses longs yeux noirs, elle était renversée en arrière et semblait goûter l'approche du sommeil. Jamais péché ne se présenta sous un jour plus aimable. Après un moment de repos, les branches de l'étoile ondulèrent avec une souplesse languissante et la Paresse s'avança lentement vers le milieu de l'arène. Et notre murmure d'admiration devint un murmure d'horreur. Autour de ce frais visage de femme et dans les remous de sa chevelure blonde, nous pouvions maintenant distinguer un grouillement de bêtes immondes, serpents, araignées, scorpions, asticots, nécrophores et autre vermine. Parfois, une tête de vipère s'échappait d'entre les boucles blondes et coulait sur la joue de la jeune femme. Nous n'avions rien vu jusqu'alors d'aussi repoussant. Le pasteur, que l'apparente séduction de la Paresse avait d'abord alarmé, se tourna vers nous, triomphant.

— Regardez-la ! s'écria-t-il. Ne vous lassez pas de la regarder ! Et n'oubliez jamais que vous avez vu les vices les plus dégoûtants grouiller sur le mol oreiller de la Paresse !

— Que de bruit, soupira la Paresse, que d'agitation ! Finissons-en.

Dès le départ, le combat s'avéra inégal. Pour atteindre son ennemie, le pasteur était obligé de se tenir constamment plié en deux. Le seul endroit où elle fût vraiment vulnérable était la tête, qui offrait peu de surface aux coups de l'adversaire. La Paresse se couvrait avec une habileté nonchalante et, sans faire l'effort d'attaquer, taquinait l'adversaire de la pointe de son épée, attendant qu'il vînt lui-même s'enferrer, ce qui ne pouvait manquer de se produire. Consciente

du danger qui le menaçait, la plus jeune fille du
pasteur eut l'idée de chanter une berceuse : « Dodo,
l'enfant do, l'enfant dormira tantôt. » Aux premières
mesures, la Paresse se mit à dodeliner du chef, ce qui
causa de l'effervescence parmi la vermine ; puis ses
paupières s'alourdirent, tandis que les branches de
l'étoile se relevaient en forme de corolle et se fermaient
sur la belle tête endormie. Le pasteur trancha les
branches de l'étoile et, après avoir décapité la dor-
meuse, extermina la vermine qui grouillait dans le
sang. Pour la première fois depuis notre arrivée en
enfer, nous nous mîmes à bâiller, à penser au sommeil, au repos et à de fécondes méditations.

— Au suivant ! appela le diable, d'une voix maussade et avec une moue de mépris, car dans cette
cascade de victoires, il croyait apercevoir la main de la
Providence et c'était pour lui comme si la partie eût
été honteusement truquée.

La Luxure nous apparut sous l'aspect d'un vieillard
nu, décharné et coiffé d'un melon beige. Les yeux
noirs, luisant au fond de leurs orbites, avaient un
regard intérieur, et son visage maigre semblait tendu
par l'anxiété. Emmanchée dans l'oreille droite, le
vieillard portait une espèce de manivelle dont la raison
d'être nous sembla d'abord un mystère. La région du
bas-ventre était protégée par une cage osseuse faite
d'épais barreaux noirs entrecroisés. Des attributs qui
s'y trouvaient enfermés, il n'était pas possible de
distinguer s'ils étaient mâles ou femelles, ni même s'ils
existaient réellement. Le haut de la cage était relié au
bord du chapeau melon par des espèces de filins, au
nombre de trois, que leur couleur rouge signala à
notre attention. Après avoir fait quelques pas hors de
son antre, le vieillard s'arrêta et, portant la main à la
manivelle plantée dans son oreille, s'employa, non
sans effort, à la mettre en mouvement. Elle tournait
avec un grincement de mécanique rouillée. Dès le

premier tour, de petites figurines vivantes, de la
grandeur d'une main, se pressèrent au bord du
chapeau melon. Il y en eut d'abord trois, une femme
nue, une autre en tenue de ville et la troisième en
pyjama. Se laissant glisser le long des filins, elles
descendirent jusqu'à la cage aux attributs, où elles
disparurent à nos regards. D'autres figurines les
suivirent, créatures de tous âges, en toutes tenues et,
en pièces détachées, des cuisses, des croupes, des
poitrines et des sexes de l'un et l'autre signes. Le
défilé dura un très long temps après lequel, abandonnant sa manivelle, la Luxure, épuisée, se recueillit un
moment. Enfin, elle releva la tête, parcourut des yeux
notre groupe et parut s'intéresser à la nudité des trois
filles et de l'épouse du pasteur. Comme elle recommençait à actionner sa manivelle, nous eûmes l'étonnement de voir apparaître au bord du chapeau melon,
puis glisser le long des filins, les réductions parfaitement ressemblantes de la mère et de ses trois filles. Le
pasteur ne put le supporter. Son indignation se
manifesta par des cris et des gestes furieux, qui ne
pouvaient manquer d'attirer sur lui l'attention. La
Luxure le considéra un instant avec curiosité et,
comme elle donnait encore un tour de manivelle, le
pauvre pasteur eut la douleur de se voir lui-même
descendre la tête en bas le long du filin et, rattrapant
sa propre épouse, lui mordre les fesses à l'instant où
elle entrait dans la cage à sexe. Aussi fut-ce avec un
furieux emportement qu'il entama le combat, sans
toutefois y faire preuve de plus d'adresse qu'au cours
des précédents. La partialité divine avait beau nous
paraître évidente, nous avions des craintes. Toute
sénile et maigrelette qu'elle parût, la Luxure menait la
danse avec beaucoup d'entrain et de sang-froid.
Contraint à faire un saut de côté assez ridicule, le
pasteur découvrit le cadavre de la Paresse qui se
trouvait derrière lui. En apercevant la tête de jeune

femme fraîchement coupée, la Luxure fit entendre une sorte d'aboiement et lâcha l'épée pour la manivelle. Une effigie de la tête coupée, réduite aux proportions d'une orange, glissa le long du filin, mais n'eut pas le temps d'arriver jusqu'à la cage. Le pasteur venait d'exterminer son dernier adversaire. Aussitôt, sa femme et ses trois filles, comme au jour du premier péché, découvraient qu'elles étaient nues et rougissaient jusqu'aux oreilles. L'adjudant, qui les regardait à la dérobée, se trouva si ému que tout le monde s'en aperçut.

L'enfer ayant vomi sa proie, chacun de nous fut rendu à une activité normale. Le professeur Ludovic Martin se retrouva parmi ses élèves sur la plage bretonne que nous avions quittée une semaine plus tôt. Un jour, il leur raconta ce que je viens de raconter.

— Déchirez mon traité de prophylaxie de l'âme, conclut-il. Si vous voulez vous garder des mauvaises tentations, ne haïssez pas le péché, mais familiarisez-vous avec le péril. Ne soyez pas bêtement modestes, ne méprisez pas les bonnes nourritures, ne fuyez pas les femmes, etc.

Le faux policier

Marié, père de trois enfants, Martin gagnait trois mille cinq cents francs par mois à faire des additions dans une maison de commerce de la rue Réaumur et, comme il faut bien vivre, il était également faux policier à ses moments perdus. C'est une profession qui réclame des dons d'observation, un jugement prompt avec du sang-froid et du doigté. Le vrai policier n'a pas besoin de choisir ses clients. Ils lui sont fournis par le commissariat, par la préfecture ou par des indicateurs, et c'est une économie de temps, de risques et de soucis. En outre, il a le droit de se tromper. Il peut prendre une dame patronnesse pour une procureuse de maison close ou, dans une minute d'exaltation, pocher l'œil d'un homme pur sans avoir à redouter les suites de son erreur. Surtout, il n'a pas à se soucier de paraître naturel. L'opinion que peut avoir de lui son patient ne l'intéresse qu'accessoirement, dans la mesure où il est curieux de psychologie.

Le faux policier, lui, doit être un homme de flair. Sous peine de sanctions graves, prévues par la loi, il ne lui est pas possible de prendre un chevalier d'industrie pour un ancien capitaine d'habillement, un pauvre pour un riche, un dur pour un mou. Pour évaluer une situation de fortune, il ne dispose la plupart du temps que de renseignements incertains et lorsqu'il frappe à la porte d'un client, c'est au premier coup d'œil qu'il lui faut jauger un homme, un caractère, et choisir une ligne de conduite. Non seulement il est tenu de posséder toutes les qualités du policier idéal, mais il doit encore en avoir l'apparence, le vêtement, la physionomie, le langage, tels que le public les imagine le plus ordinairement. Martin s'était composé une silhouette qui répondait en tous points à l'image conventionnelle de l'inspecteur de police, ce qui ne le dispensait pas de nuancer son personnage selon le client auquel il avait affaire. Les épaules lourdes, le visage un peu gras, il portait classiquement le chapeau de feutre noir à bord roulé, l'imperméable vert, les chaussures noires montantes à forte semelle, la chaîne de montre en argent barrant ostensiblement le gilet noir et, sur la lèvre, un fort trait de moustache noire.

Martin était un peu desservi par un grand fond d'honnêteté qui paraissait à son air sérieux et appliqué. Cette vocation de brave homme, qui transpirait trop évidemment par tous les pores de son visage, intimidait ses victimes et les détournait assez souvent de lui proposer une transaction infâme. Il leur semblait improbable qu'un inspecteur d'une figure aussi loyale pût se laisser corrompre. De son côté, Martin répugnait à faire le premier pas et, la pudeur l'empêchant, il lui arrivait de quitter la place sans avoir prononcé les paroles révoltantes. En ces occasions et pour arranger les choses, il manœuvrait à enfermer son hôte dans un placard et faisait ensuite main basse sur l'argent et sur les bijoux. Une fois même qu'il opérait dans un immeuble du quartier de la Chapelle, il eut un geste si malencontreux que son client lui mourut dans les mains. Sa conscience le tourmenta. Heureusement, quelques jours plus tard, c'était en avril 1944, un bombardement aérien anéantit la maison du crime avec tous ses occupants et il retrouva la paix du cœur en pensant qu'il avait souscrit aux volontés de la Providence. On peut croire qu'avec des sentiments aussi délicats, il ne s'était pas résolu sans de grands débats intérieurs à embrasser la carrière de faux policier. En fait, pendant toute l'année 1941, il avait comparé la course des valeurs morales et celle des valeurs alimentaires. Loyalement, il s'était obstiné à nourrir ses trois enfants des valeurs morales les plus solides, les plus éprouvées, et devant les petits visages blêmes, les pauvres poitrines étroites et toussoteuses, il avait fini par pressentir qu'un régime de viandes rouges les mettrait à même d'assimiler plus complètement ses robustes enseignements. La grande difficulté fut pour lui d'amener sa femme à ses vues. Toutefois, lorsqu'il eut réussi à la convaincre et que l'aisance fut entrée dans la maison, elle ne cessa de lui prodiguer ses exhortations, allant parfois jusqu'à lui reprocher son indolence et sa pusillanimité.

— Au prix où sont les manteaux de vison, ce n'est pas le moment de s'endormir, faisait-elle observer.

Pour les enfants, il va de soi qu'aucun d'eux ne soupçonnait le genre d'activité auquel se livrait leur père. Les chers petits anges mangeaient en toute innocence de la côtelette à trois cents francs le kilo et des tartines de beurre à deux cents francs la livre et, il faut bien le dire, leurs joues devenaient roses et rebondies. Lorsqu'il était assailli par quelque scrupule touchant son second métier, Martin n'avait qu'à considérer leurs bonnes figures réjouies et leurs petits corps vigoureux. Il se disait que la morale ne peut pas vouloir que les enfants souffrent de la faim et de la tuberculose. Mieux que ne savaient le faire les exhortations de sa femme, ces réflexions l'aidaient à surmonter ses doutes et ses défaillances et il se remettait à la besogne avec une ardeur nouvelle. Il choisissait ses victimes parmi les trafiquants du marché noir, les détenteurs de stocks clandestins, les Juifs en difficulté, certaines catégories d'intermédiaires et d'hommes de paille. L'administration de la Ville de

Paris et celle de l'État, où les trafics de fonctions et
d'influences n'étaient pas très rares, lui offraient aussi
d'appréciables débouchés. L'orgueil de sa carrière
était d'avoir extorqué cinquante mille francs à une
bande de faux policiers. Ses premiers pas dans la
profession avaient d'ailleurs été périlleux et son
inexpérience avait failli lui coûter cher. L'idée lui était
venue tout naturellement de rançonner les commerçants patentés qui écoulaient leurs marchandises à des
prix illicites et il s'était trouvé plusieurs fois à deux
doigts d'être appréhendé par d'authentiques inspecteurs auxquels les boutiquiers payaient régulièrement
tribut. Par la suite, il devait constater fréquemment
cette collusion du marché noir, comme de toute espèce
de trafic frauduleux, avec les services constitués pour
leur répression. Tant d'immoralité l'avait d'abord
blessé dans son sentiment de l'honneur et de la
probité, lequel demeurait intact en dépit d'une mal-
honnêteté de circonstance et tout à fait superficielle. A
la réflexion, son cœur s'était ouvert à l'indulgence et il
avait excusé la vénalité des vrais inspecteurs qui
manquaient à leur devoir professionnel. « Eux aussi,
pensait-il, ont des enfants à nourrir et ce n'est pas avec
les traitements que leur alloue le gouvernement qu'ils
peuvent leur assurer des santés convenables. Voilà de
braves gens, bons époux, bons pères de famille et bons
fonctionnaires qui n'auraient pas demandé mieux que
de continuer à faire honnêtement leur métier, mais la
guerre est arrivée, la défaite a suivi, l'invasion,
l'occupation. Plus de locomotives, plus de wagons,
plus de voitures, partant, moins à manger. Pour faire
vivre leurs familles, ils se sont vendus comme ils ont
pu. Ils ont voulu gagner un peu plus, mais au fond, ce
sont toujours de braves gens. Je ne veux pas croire que
la vertu soit à la merci d'une crise des transports, ce
serait trop affreux. La vérité, c'est qu'il en va d'elle
comme de Dieu lui-même. La guerre peut bien

détruire les églises comme elle détruit les conditions
de vie nécessaires à l'exercice de la vertu. Dieu n'en
est pas moins immortel et toujours présent parmi les
ruines du temple. Aussi bien, je n'ai qu'à regarder en
moi-même pour y découvrir aussitôt la présence
rafraîchissante de la vertu, et, ma foi, c'est bien
l'essentiel. Il n'y a pas besoin d'être grand clerc pour
comprendre que le principe importe beaucoup plus
que les œuvres. L'eau du ruisseau n'est jamais troublée que pour un moment si la source est restée
pure. »

Il y avait si peu d'hypocrisie dans ces méditations et
l'espérance qu'il nourrissait au fond de son cœur était
si généreuse qu'il vit poindre l'heure de la libération
avec une joie sans mélange. Le jour de la délivrance de
Paris, Martin prit sa femme dans ses bras et s'écria en
versant des larmes de bonheur :

— Délivrés, Justine, délivrés ! La fin de nos
misères est enfin venue, la fin de cette fausse existence
à laquelle m'avaient plié les nécessités de l'époque. Ce
brouillard épais qui masquait l'éclat de la vertu s'est
enfin levé. De toutes parts, des trains de beurre, de
cochon, de vin rouge et de volaille vont se mettre en
route pour Paris. Justine, c'est le recommencement
tant attendu de notre petite vie d'autrefois, si modeste
et si digne.

Justine se laissait embrasser passivement et, le
mufle boudeur, baissait la tête en triturant son lourd
bracelet d'or.

— Souviens-toi de notre bonheur d'avant-guerre,
disait Martin. Souviens-toi de nos soirées sous la
lampe. Tu raccommodais mes fonds de culotte pendant que je mettais en ordre la comptabilité de notre
voisin l'épicier pour augmenter nos revenus. Nous
étions pauvres et les enfants mangeaient à leur faim,
ils avaient des vêtements chauds et des souliers. Tu
étais fière de t'en tirer avec si peu d'argent et moi de

n'avoir jamais un moment de repos. Voilà le bonheur que nous allons retrouver, Justine.

Sans s'arrêter aux récriminations de sa femme, Martin renonça décidément à la carrière de faux policier. Pendant près de deux mois, il vécut dans la paix de sa conscience et dans la joie de la fierté retrouvée. Jamais son métier d'aide-comptable ne lui avait paru aussi beau. A la fin de septembre, en touchant les trois mille cinq cents francs de son salaire mensuel et à la pensée que cet argent représentait son seul gain du mois, une bouffée d'orgueil lui monta à la tête. Toutefois, il ne laissait pas se rouiller ses dons de policier et les faisait servir à des fins honorables. A ses heures de loisir et moins par dilettantisme que par ferveur patriotique, il s'occupait à enquêter sur la conduite et les propos qu'avaient tenus certains individus douteux pendant l'occupation et il dénonçait les mauvais patriotes aux autorités. Il eut ainsi la satisfaction de faire emprisonner soixante et onze personnes.

— Comme ça semble bon, disait-il à sa femme, de travailler pour la police.

Cependant, sa femme était de mauvaise humeur et se plaignait que le prix du beurre augmentât, comme aussi ceux de la viande, du vin et d'autres denrées. Le jour où il lui rapporta les trois mille cinq cents francs de son salaire, elle dit en les empochant :

— Ce sera pour mes cigarettes du mois d'octobre. A propos, il faut que tu me donnes vingt mille francs. Il a fallu acheter…

Suivit une énumération d'achats indispensables et de sommes déboursées, qu'elle fit suivre d'un commentaire pertinent. A son estimation, il fallait de plus en plus d'argent pour subsister et comme on ne pouvait plus compter sur des rentrées appréciables, on devait prévoir qu'un jour viendrait où la famille se trouverait acculée à la famine et au désespoir. Cette échappée sur d'aussi sinistres perspectives ne manqua pas de troubler Martin pendant un moment, mais ce jour-là, il était sur le point de faire arrêter ses voisins de palier, et sa bonne conscience réchauffa son optimisme. Trois semaines plus tard, les demandes d'argent s'étant renouvelées plusieurs fois, il devint clair que les économies du ménage allaient s'épuiser. Malgré sa répugnance, Martin dut prendre en considération les doléances de sa femme et ses appels toujours plus pressants. Il faut vivre avec son époque, disait-elle, ou se résigner à disparaître. Enfin, après bien des débats et des déchirements, il se résolut à reprendre son activité de faux policier, réservant toutefois que cette rechute n'engageait pas sa conscience. Le lendemain soir, il rançonnait un trafiquant de pierres à briquets, qui alimentait un secteur important du marché clandestin. L'opération lui rapporta vingt-cinq mille francs, mais il eut beau se répéter que sa conscience n'y était pas engagée, il rentra chez lui le cœur serré d'une angoisse qui ressemblait à un remords. Les jours suivants, il fut triste et taciturne. Le voyant dans cet état de dépression et craignant qu'il n'abandonnât définitivement la carrière, Justine sentit la nécessité de lui préparer la besogne et lui signala une très bonne affaire. Il s'agissait d'une vieille femme qui avait dénoncé une dizaine de personnes à la Gestapo et fait fusiller un jeune réfractaire de vingt ans. Sous le coup d'un mandat d'arrêt, elle se cachait dans une chambre meublée de la rue Bleue, retraite dont le secret, par une cascade de confidences entre amies sûres, était venu jusqu'aux oreilles de Justine. Surmontant sa répugnance, Martin se rendit chez la vieille à la tombée du soir et la fit chanter à contrecœur. Au moment de se retirer avec son butin, il eut une inspiration et étrangla sa cliente sans lui laisser faire un cri. Ayant ainsi racheté son indélicatesse par un acte de justice et de patriotisme, il en ressentit un si grand bien-être que, quatre jours plus tard, il égorgeait un jeune milicien après l'avoir rançonné. Désormais il n'épargna plus aucun de ses clients. Il exécutait aussi bien les trafiquants du marché noir, jugeant qu'ils faisaient beaucoup de mal à l'économie nationale. Ces exécutions lui permettaient en outre de faire un plus ample butin, car à la rançon s'ajoutaient les dépouilles du criminel. La gaieté et la quiétude étaient revenues à la maison. Ayant équilibré au mieux les nécessités du gagne-pain et les exigences d'une conscience sourcil-leuse, Martin était d'humeur charmante. Pour Jus-tine, elle regardait maintenant l'avenir avec confiance.

— Je nous vois du pain sur la planche, disait-elle un peu vulgairement. Bien sûr, le marché noir durera ce qu'il durera, rien n'est éternel, mais je crois quand même qu'on en a pour un petit bout de temps.

— En tout cas, faisait observer Martin, ce ne sera pas de ma faute. Hier encore...

— Bien sûr, mon chéri, mais tout le monde ne fait pas comme toi. Le marché noir, on n'est pas près d'en voir le bout. En plus de ça, les Français n'ont pas fini de se détester, ni de se tirer dans les jambes et tant qu'il y en aura qui auront peur...

— C'est vrai, soupirait Martin. Pour purger la nation de ses mauvais éléments, il faudra du temps et de la persévérance.

Et Martin tuait avec persévérance et à chaque nouvelle victime, il se sentait grandir dans sa propre estime. Il connut des jours enivrants, tel ce samedi après-midi où il égorgea un trafiquant du noir, un maréchaliste et une mauvaise femme qui s'était don-née à un militaire allemand sous l'occupation. Il ne se souciait pas toujours si ses clients étaient en difficulté avec la police et les choisissait souvent parmi des criminels que de hautes relations ou une chance imméritée semblaient devoir sauver de l'expiation. De plus en plus, le souci de la justice l'emportait dans son cœur sur tous autres soucis. Parfois en flânant dans la rue, il lui semblait reconnaître un trafiquant du noir à l'insolence de son ventre, ou un collaborationniste à la lueur perverse d'un regard et il sentait à son poing frémir le glaive d'un archange.

Les hommes purs ne sont pas moins exposés que les autres à la tentation. Un jour, son couteau de justicier bien en main dans la poche de son pardessus, il frappa à la porte d'une femme sans aveu, qui avait, la chose était de notoriété publique, livré aux Allemands des secrets artistiques concernant la basilique du Sacré-Cœur de Montmartre. Elle vint lui ouvrir elle-même. C'était une jeune femme blonde (ou brune) qui avait une bouche moyenne, un nez moyen et des yeux d'une certaine couleur. L'amour s'empara de Martin au premier coup d'œil, l'enveloppa, l'étreignit, le poignit et le pénétra cœur et chair. Il était perdu. Mais n'anticipons pas. Le métier de faux policier lui avait appris bien des choses sur les secrets du cœur humain et l'avait habitué à tirer promptement parti des situations imprévues. Il prit la main de la jeune femme sans aveu et la pressa doucement.

— Je m'appelle, dit-il, Martin, je suis acteur de cinéma. Je vous ai vue passer plusieurs fois dans les rues de Montmartre, je vous aime.

— Monsieur, s'écria la jeune femme, qui s'appelait Dalila, vous êtes complètement sonné !

Tout en s'écriant, elle considérait avec méfiance la singulière silhouette de son visiteur.

— Dans mon impatience de vous avouer mon amour, dit Martin, je me présente sous un aspect qui ne m'avantage guère. Acteur de cinéma, je tourne pour l'instant dans un rôle de policier, ce qui vous explique ce déguisement.

— C'est amusant, et comment s'appellera le film ?

— Il s'appellera le... le *Faux Policier*. C'est un film qu'on a commencé de tourner sous l'occupation et

qu'on est en train de terminer. C'est d'ailleurs pourquoi je joue, car je dois vous dire que j'ai été épuré et
qu'on m'a interdit pour deux ans.

Il parlait ainsi pour la mettre à l'aise et tels étaient
déjà les ravages de la passion qu'il ne rougissait même
pas d'emprunter ce nouveau personnage d'épuré.

— Notez que je m'en moque, ajouta-t-il avec
désinvolture. J'ai gagné beaucoup d'argent et après la
guerre, j'irai tourner en Amérique quand je voudrai.

— Et ce sera bien fait pour eux, dit Dalila. Alors
comme ça, ils vous ont ennuyé aussi ? Moi, figurez-
vous que dans le quartier, etc.

Notre dessein n'est pas de conter ici une histoire
d'amour. Ce qu'il importe de savoir, c'est qu'après
avoir dîné trois soirs de suite dans des restaurants d'un
prix fou, être allé voir jouer au cinéma l'*Extravagant
Monsieur Deeds*, Martin connut l'amour avec Dalila
dans le deux pièces-salle de bains qu'elle habitait
avenue Junot. Alors commencèrent les nuits râlées,
lascives, insomnieuses, trouées horriblement par des
abîmes voluptueux. Ils se donnaient l'un à l'autre avec
des raffinements inouïs, dans des pyjamas de marché
noir, pendant que le pick-up jouait des mélodies de
Jean Sablon ou des chansons réalistes chantant les
faubourgs, les chambres meublées et les soirs meur-
tris. A l'aube, Martin rentrait chez lui, la tête vide,
l'œil de veau et les paupières pochées de fatigue.

— Je suis sur une affaire formidable, disait-il à sa
femme. Ce sera long et difficile et fatigant, mais le
résultat en vaudra la peine.

— Laisse tomber, conseillait Justine. A quoi bon
s'occuper des gros, mon chéri ? C'est toujours dangereux. Il ne manque pas de petits coupables sans malice
et qui te rapportent tout de même tes cinquante mille
francs à chaque fois.

Ce disant, elle n'était pas tout à fait dupe et
soupçonnait bien quelque irrégularité dans la conduite

de son mari. Ses soupçons se trouvèrent pleinement
confirmés le jour où Martin, tirant son portefeuille, fit
sauter de sa poche une photo de Dalila, ornée d'une
dédicace flatteuse et passionnée qui ne laissait rien à
supposer. Justine le traita de sans cœur, de mauvais
père, d'imbécile et aussi de grand cochon. Martin dut
promettre qu'il ne rentrerait plus jamais après dix
heures du soir et il tint parole afin d'éviter de
nouvelles scènes. Mais ces obligations lui étaient
d'autant plus cruelles que Dalila, sa maîtresse, lui
reprochait d'être avare de son temps et lui faisait
presque la tête. Martin était ennuyé. Il commençait à
se demander si sa femme n'était pas un peu de la
cinquième colonne et si elle ne méritait pas le châtiment des traîtres. En effet, un jour qu'il déjeunait à la
table familiale, il lui souvint d'une certaine nuit de
1943 où sa femme, réveillée par les sirènes et la
canonnade, avait dit que les Anglais étaient des
vaches. Il avait encore la phrase dans l'oreille. Certes,
la chose était grave. Mais ayant laissé impuni le crime
de Dalila, il se demandait avec angoisse s'il lui
convenait bien de châtier celui de l'épouse et il en
délibéra en lui-même pendant plusieurs jours. Quand
on s'est écarté une fois du droit chemin de la justice,
on n'y rentre jamais qu'en titubant sous le poids de ses
iniquités. Lorsque son regard rencontrait celui de son
mari, Justine y surprenait parfois d'étranges lueurs.
Un soir, après dîner, les enfants couchés, il lui
demanda brusquement :

— Te rappelles-tu une nuit de décembre 1943
qu'une alerte nous avait réveillés et que tu t'étais levée
en disant : « Les Anglais sont des vaches » ?

— C'est possible, convint Justine, je l'ai dit tellement de fois...

— Mes souvenirs ne m'avaient donc pas trompé.
Justine, réponds-moi en toute sincérité. Te repens-tu
de l'avoir dit ?

— Naturellement, répondit Justine qui ne manquait pas d'un certain tact.

— C'est bon, soupira Martin. Puisque tu te repens,
il n'en sera plus question.

Repentir bien facile, absolution expresse, justice
dérisoire, mais Martin pataugeait déjà en plein bour-
bier. Ayant épargné sa femme, il épargna d'autres
coupables, tant par paresse et par manque de temps,
car il consacrait à Dalila presque tous ses loisirs, que
par l'effet d'une certaine sentimentalité à laquelle
l'inclinait l'amour. Il lui arrivait maintenant de rester
une semaine sans rien tuer. Parfois, il faisait un retour
sur lui-même et prenait conscience de son amoindris-
sement. « Ah ! si j'avais le temps, pensait-il alors, je
ferais une boucherie. » Ce fut dans un de ces moments
trop courts qu'il prit la résolution de quitter son
emploi d'aide-comptable. Ce faisant, il croyait avoir
plus de liberté et plus de temps pour se consacrer à sa
tâche de justicier. Il arriva tout juste le contraire.
Affranchi des servitudes de son métier, il tomba plus
complètement sous l'empire de Dalila. Au lieu de
donner le temps des loisirs à ses œuvres de justice, il le
donna tout entier à l'amour. Il s'engourdit, s'amollit,
s'affadit. L'abus des mignardises, des riens aimables
susurrés et des regards fripons l'aveulissait. Il devenait mutin, gavroche, flâneur, coquin, capricant,
poète. Bientôt, il cessa de tuer. La vue du sang lui
faisait mal et il se contentait de rançonner ses clients.
Il n'avait du reste rien perdu de son habileté de faux
policier et réussissait même dans ses entreprises avec
plus d'aisance qu'autrefois. Au premier abord, les
clients pâlissaient devant cette silhouette de faux
policier qui semblait sortir d'un roman policier, mais
dans son regard d'homme perverti brillaient maintenant des luisances canailles qui les mettaient à l'aise
pour lui proposer des transactions malhonnêtes.

Un après-midi qu'en pyjama de soie grenat, Martin

se chauffait les cuisses chez sa maîtresse auprès d'un bon feu de coke payé vingt mille francs la tonne sans le pourboire, Dalila, qui, assise sur le bord du divan, s'épilait les jambes avec une pince à sucre, redressa son torse nu, posa la pince à sucre sur la table à thé, prit dégoûtamment ses seins nus dans ses mains et, pensive, se mit à les caresser et triturer, comme sollicitant des auxiliaires de sa méditation, cependant que d'un regard tendre, mais critique, elle considérait le visage de l'amant.

— Amour, dit-elle, est-ce que tu vas garder encore longtemps cette tête-là ?

— Mais, dit-il, Dalila, mon cœur, mon doux miel, qu'est-ce que tu vas supposer ? Je ne pense pas du tout à faire la tête.

— Tu ne me comprends pas. Je te demande si tu vas garder encore longtemps cette tête d'inspecteur de police. Il faut absolument que tu changes de silhouette. Ton film est terminé depuis longtemps. C'est comme tes vêtements. On dirait que tu prends plaisir à te donner des allures de flic.

Martin essaya de plaider pour ses moustaches, son imperméable vert et ses chaussures à tige, alléguant qu'il restait très attaché à l'apparence sous laquelle il l'avait séduite.

— Tu pourrais être si beau, soupira Dalila. Laisse-moi faire, je suis sûre que tu auras un chic fantastique.

Martin ne résista pas plus longtemps à Dalila. Il se laissa couper les moustaches et affubler d'un pardessus couleur de banane qui lui descendait à la cheville, d'un chapeau sport du même ton, qu'il portait très en arrière, d'une paire de souliers en daim très clair et d'une cravate rose fesse sur fond de chemise verte. Lorsqu'il regagna le domicile familial, son apparition déchaîna l'enthousiasme de ses trois enfants, mais non pas celui de sa femme qui lui demanda s'il n'avait pas perdu toute raison et toute dignité.

— J'ai tout de même bien le droit de m'habiller comme tout le monde, répondit ingénument Martin.

Non moins ingénument, il se présentait le lendemain chez un nommé Hector Dupont qui trafiquait au marché noir avec des complicités onéreuses et gagnait péniblement ses sept ou huit cent mille francs par mois à acheter et à revendre aussi bien du beurre que des épingles à cheveux ou des confitures de marrons d'Inde, selon le lot et l'occasion, commerce ingrat et sans surprise, lui laissant à peine le bénéfice de six cents pour cent. A la vue de ce visiteur inconnu qui sentait de loin son homme du milieu, Dupont ne fut aucunement surpris et pensa qu'on venait lui proposer une affaire.

— Inspecteur Martin, dit Martin en exhibant sa fausse carte, tandis que Dupont réprimait un joyeux sourire.

Le faux inspecteur exposa qu'il était au courant des coupables activités du trafiquant et se trouvait même suffisamment informé du mécanisme de son organisation pour lui parler avec pertinence d'une certaine tonne de beurre achetée cinquante francs le kilo en Bretagne et revendue quatre cent cinquante à des détaillants parisiens. A l'appui de ses dires, il fournit quelques détails circonstanciés et cita des noms.

— Monsieur l'inspecteur, répondit Dupont, je tombe des nues. Jamais, au grand jamais je ne me suis occupé de marché noir, sinon comme client et dans la mesure où mes moyens me le permettent. Ma conscience ne me reproche rien et ma concierge peut vous le dire. D'un autre côté, j'ai horreur des histoires. On aura surpris votre bonne foi par de faux rapports et je donnerais beaucoup pour connaître le fin mot de cette affaire. Combien pensez-vous...

— Ce n'est pas très régulier, minauda Martin, mais enfin, je pense qu'avec cinquante mille francs, nous pourrions recommencer l'enquête sur de nouvelles bases.

Dupont cria comme un écorché, jura qu'il n'avait pas un sou et finit par se résigner à donner quarante mille francs qu'il alla chercher dans son coffre-fort. Pendant que Martin, resté seul au salon, mettait quelques ivoires dans sa poche pour en faire la surprise à Dalila, son client téléphonait à la police. Le faux policier fut cueilli au moment où les quarante mille francs lui étaient comptés. Au commissariat, deux vrais inspecteurs, qui ne portaient d'ailleurs pas de moustaches, lui reprochèrent si vivement d'avoir attenté à l'honneur de leur profession, qu'il cracha plusieurs de ses dents.

Le procès fut sans histoire. Martin avait confié à son défenseur qu'il s'était dévoué, pendant plusieurs mois, à une saine besogne de justicier. Après avoir mûrement réfléchi au problème, l'avocat crut devoir ne rien dire aux juges des exploits accomplis par son client. On peut disputer s'il eut raison. Quoi qu'il en soit, Martin fut condamné à deux ans de prison et cinq ans d'interdiction de séjour. Tout porte à croire que cette mésaventure lui aura servi de leçon et qu'il saura retrouver plus tard le bon usage de ses dons de faux policier.

La bonne peinture

A Montmartre, dans un atelier de la rue Saint-Vincent, demeurait un peintre nommé Lafleur, qui travaillait avec amour, acharnement, probité. Lorsqu'il eut atteint l'âge de trente-cinq ans, sa peinture était devenue si riche, si sensible, si fraîche, si solide, qu'elle constituait une véritable nourriture et non pas seulement pour l'esprit, mais bien aussi pour le corps. Il suffisait de regarder attentivement l'une de ses toiles pendant vingt ou trente minutes et c'était comme si l'on eût fait, par exemple, un repas de pâté en croûte, de poulet rôti, de pommes de terre frites, de camembert, de crème au chocolat et de fruits. Le menu variait selon le sujet du tableau, sa composition et son coloris, mais il était toujours très soigné, très abondant et il n'y manquait même pas la boisson. S'il fut le premier à en profiter, Lafleur méconnut longtemps cette vertu singulière de sa peinture. Ayant presque perdu le boire et le manger et constatant qu'il engraissait néanmoins, il se figura qu'il était malade et vécut un moment confiné dans son atelier. On ne le rencontrait plus guère dans les rues de Montmartre ni dans les cafés où le plaisir de boire ne l'attirait plus. Un jour qu'il était sorti pour se procurer des couleurs, il rencontra Hermèce, son marchand de tableaux de la rue de La Boétie, venu sur la Butte pour affaire.

— Qu'est-ce qui vous arrive ? demanda Hermèce

avec inquiétude. Ma parole, vous avez une mine
superbe.

— Ne m'en parlez pas, je crois que je suis en train
de faire de l'anémie graisseuse. C'est incroyable. Je
prends du poids, je prends de l'embonpoint et pourtant je ne mange presque plus. J'ai beau essayer de me
forcer, rien à faire, la nourriture ne passe pas, vous me
croirez si vous voulez, mais mes tickets de viande me
suffisent. C'est tout dire.

Rassuré, Hermèce fit des vœux pour que Lafleur
retrouvât l'appétit. Il avait craint d'abord que le
peintre n'eût fait un héritage et ne prétendît lui vendre
ses toiles plus cher.

— Dites donc, voilà bien longtemps que vous ne
m'avez rien donné. Au moins quatre mois. Voyons,
vous avez bien quelque chose pour moi ?

— J'ai pas mal travaillé, répondit Lafleur. Je suis
même assez content de ce que j'ai fait. Sans vouloir me
donner de coups de pied, je crois que j'ai deux ou trois
trucs vraiment réussis. Guichard, le critique de *Crépuscule*, qui est venu me voir hier, a été emballé.

— Tant mieux. Guichard se trompe souvent, mais
il a quelquefois un coup d'œil assez juste.

— Antrax a été emballé aussi.

— Il est très jeune. Avec les années, il se fera
certainement. Mais quelle sale époque pour la peinture. C'est le marasme complet. On ne vend rien de
rien, sauf les grands ténors, naturellement. Mais, pour
la production moyenne, je ne vends pas ça.

— C'est ce que me disait un marchand du faubourg
Saint-Honoré, répliqua Lafleur froissé. Je n'ai pas
voulu le croire quand il m'affirmait que votre galerie
était en train de tomber, mais puisque vous me le dites
vous-même…

— Quel est le dégoûtant qui vous a raconté ça ?
C'est au moins ce cochon de Werthem. Si, c'est lui, je
suis sûr que c'est lui, mais je lui revaudrai ça. Vous

pensez comme elle est en train de tomber, ma galerie !
Jamais elle n'a été plus solide. Werthem peut toujours
s'aligner. Il essaie de vous attirer chez lui, de vous
embrigader dans son muséum de fossiles...

— Mais puisque je vous dis que ce n'est pas lui !

— Les affaires, j'en suis très content, justement.
Bien sûr, la vente n'est plus ce qu'elle était sous
l'occupation. Mais l'occupation, c'était une époque en
or, qu'on ne reverra peut-être jamais. En tout cas,
mon petit, soyez tranquille. Pour vous, je trouverai
toujours moyen de me débrouiller. Tenez, allons voir
vos toiles.

Hermèce accompagna Lafleur jusqu'à son atelier de
la rue Saint-Vincent. Il s'arrêta d'abord devant une
toile à laquelle travaillait le peintre et qui représentait
un bouquet d'anémones.

— Il est loin d'être fini, avertit Lafleur. Là, par
exemple, j'ai encore des choses qui ne sont pas sorties.
Là aussi. Et j'ai décidé de reprendre le haut, je trouve
la lumière trop jolie. Mais je crois que la toile ne vient
pas mal. Je la sens. Je l'ai dans les doigts.

— Pas mal, murmura Hermèce, pas mal du tout.
Vous êtes en progrès.

Lafleur ôta le bouquet de sur le chevalet, puis le
remplaça par un portrait de femme. Le marchand
l'examina longuement et ne cacha pas son admiration.
A la troisième toile qui représentait une lampe pigeon,
il eut un accès d'enthousiasme, s'écriant que Lafleur
avait décidément crevé le plafond. Mais tandis que le
peintre faisait défiler devant lui sa production des
derniers mois, Hermèce sentait lui monter au visage
des bouffées de chaleur. Ses joues se congestionnaient,
il avait les oreilles très rouges et sa chair s'engourdissait dans un bien-être pesant. Ayant d'abord desserré
le nœud de sa cravate, il déboutonna son gilet, puis
lâcha la boucle de sa ceinture de pantalon.

— Je suis content d'avoir vu vos machines, dit-il en

bâillant. Pas d'erreur, vous êtes en train d'avancer. J'ai vraiment envie de faire quelque chose pour vous. Tenez, je vous prends une demi-douzaine de vos toiles. D'accord ?

— Ça dépend. Si vous me les payez honnêtement...

— Je vous les paie huit mille. Je prends un gros risque, mais tant pis. Je suis décidé à faire un effort.

— N'en parlons plus. Mais s'il vous reste une toile de moi, je suis prêt à vous la racheter quinze mille.

Hermèce sourit avec bonhomie. Il éprouvait une disposition à l'optimisme et à la bonté. S'en étant soudainement avisé, il redevint sérieux.

— Les peintres sont tous les mêmes, soupira-t-il. Le moindre compliment leur monte à la tête. Si par chance ou par persévérance ils introduisent dans leur manière de peindre un petit effet qui soit comme une vague promesse de renouvellement, les voilà dans tous leurs états. Ils se figurent que tout Paris va entrer en effervescence et se disputer leurs toiles à coups de millions. On a beau leur dire que les vrais amateurs n'achètent plus, que les seuls clients d'aujourd'hui sont des épiciers qui n'en ont qu'aux signatures, on perd sa salive. Ils ne croient qu'aux contes de fées. Ah ! la guerre vous aura fait bien du mal. Quand je pense qu'autrefois des peintres d'avenir, des maîtres déjà reconnus acceptaient de végéter toute une moitié de leur vie et de vendre leurs tableaux pour une bouchée de pain, quel changement. Enfin, comme vous dites, n'en parlons plus. Du reste, il est tard. Je me demande même si j'ai le temps de passer rue Gabrielle. Je me proposais d'aller dire bonjour à Poirier. On vient de me dire que ces derniers temps, il a fait des choses vraiment étonnantes.

Au seul nom de Poirier, le regard de Lafleur avait flambé, ses lèvres s'étaient pincées. Les deux peintres, Hermèce ne l'ignorait pas, étaient séparés par une rivalité déjà ancienne que les années avaient exaspé-

rée, tendue jusqu'à la haine. Lafleur appelait Poirier
« l'Arbre sec » et en avait reçu lui-même le surnom de
« la Fleur de Navet ». Lorsque le hasard les mettait
face à face, ils échangeaient toujours des propos
acides, parfois des injures et il leur était même arrivé
d'en venir aux mains.

— Un type curieux, ce Poirier, dit Hermèce.
Figurez-vous que l'autre jour, j'ai fait la connaissance
de son amie, Loulette Bambin. Jolie fille, ma foi.

— Si on veut. Elle a les fesses plates.

— Ah ? Je n'ai pas remarqué. C'est elle qui m'a
parlé de la peinture de Poirier, que je connais mal.
Qu'est-ce que vous en pensez, de sa peinture ?

— Je la trouve insignifiante. Il profite d'un certain
goût de notre époque pour les impuissants. Poirier est
de ces gens dont on répète volontiers qu'ils sont
formidables, qu'ils ont du génie à revendre, et qui ne
font jamais rien parce qu'ils n'ont sans doute pas les
moyens de réaliser leurs idées. Toute sa vie, il restera
cantonné dans les petites élégances plus ou moins
piquantes. Notez que mes appréciations n'ont aucune
valeur, ajouta honnêtement Lafleur, je déteste Poirier
et j'ai toujours été à couteaux tirés avec lui.

Le marchand de tableaux parut méditer le jugement
de Lafleur qui le regardait d'un œil inquiet, dans la
crainte que Poirier ne vînt à le supplanter à la galerie
Hermèce, ce dont il ne manquerait pas de tirer vanité.

— Je vous répète que je n'aime pas Poirier et que
j'ai pu être injuste pour sa peinture. Je ne voudrais
surtout pas l'empêcher d'aller chez vous si ça lui
chante.

— Écoutez, mon petit, ce qui m'intéresse d'abord,
c'est votre peinture à vous. Si vous étiez un peu plus
raisonnable, je vous assure que vous n'auriez pas à le
regretter. J'ai une demande d'un architecte chargé de
la décoration d'un hôtel particulier : un magnat du
marché noir qui vient de se faire une virginité dans la

politique. Rien que dans cette affaire-là, je vous place
deux ou trois toiles. Mais, comme de juste, j'aurai dix
mille francs à donner à l'architecte, au bas mot.
Ajoutez à ça mes frais généraux, mes frais d'encadre-
ment, mon bénéfice et calculez. Si je vous achète trop
cher, je suis obligé de faire un prix exorbitant,
parfaitement prohibitif.

— Ça va, Hermèce, vous me possédez une fois de
plus, vieux renard. Allons-y pour douze mille.

Hermèce pensa marchander encore, mais cette
sensation de bien-être qu'il avait commencé d'éprouver tout à l'heure s'était accrue pendant la discussion
et engourdissait maintenant sa volonté. Du reste, le
résultat auquel il était parvenu lui paraissait des plus
satisfaisants. Il fit mettre de côté une demi-douzaine
de toiles qu'il devait envoyer chercher le lendemain et
en emporta une sous le bras. Comme Lafleur lui
proposait de l'envelopper, il refusa.

— Pas la peine. Je dois retrouver Bonnier place du
Tertre. Il m'emmène dîner chez lui en voiture. Entre
parenthèse, je n'ai pas faim du tout et c'est même
assez surprenant : tout à l'heure je me sentais une faim
de loup. A croire que vous m'avez passé votre
maladie.

— Oh ! moi, c'est bien autre chose. J'ai toujours
l'impression de sortir de table. Ce n'est d'ailleurs pas
tellement désagréable. On a l'illusion que le monde
tourne pour nous et que tout y est pour le mieux.
Dites donc, ne partez pas sans me signer mon chèque.

— Tiens, c'est vrai, je n'y pensais plus à votre
chèque.

Sa toile sous le bras, Hermèce entreprit l'ascension
de la rue des Saules, qui lui sembla rude. Il faisait une
fin de journée comme d'été, pourtant d'avril, et le
marchand de tableaux sentait sa chemise lui coller à la
peau. La vue des jardins déjà feuillus dont les grands
murs encaissaient le haut de la montée lui inspira une

nostalgie de vacances, de campagne et de longues
siestes. Il se souvint d'avoir éprouvé le même regret
l'avant-veille au sortir d'un banquet où l'on avait fêté
les vingt-cinq ans du chef de l'école de peinture infra-
conceptualiste. Suant et soufflant, il parvint au som-
met de la côte et rencontra Poirier qui venait par la rue
Norvins en compagnie de Loulette Bambin. Après
poignées de main et propos aimables, Hermèce ne
cacha pas qu'il sortait de l'atelier de Lafleur. Poirier
ricana et ses yeux jaunes eurent à peu près l'expression
qu'avaient eue tout à l'heure ceux de son ennemi.

— On peut voir ? demanda Loulette en désignant la
toile que le marchand portait sous le bras.

Hermèce retourna la toile qui représentait, dans une
harmonie de jaune et de rose, une fillette assise au
milieu d'un massif de fleurs.

— Joli, n'est-ce pas ? C'est d'une plénitude, d'une
densité. Ça vous a une autorité. Et pourtant, ça reste
très libre. Qu'est-ce que vous en dites ?

— Je vous dirai très franchement que je n'aime pas
du tout ça, déclara Poirier. C'est lourd, appuyé,
consciencieux. Toutes les intentions sont visibles
comme le nez et en fin de compte, c'est très enfermé
dans le métier. La composition est-elle assez banale ?
A croire qu'il a travaillé avec un manuel du nombre
d'or dans la main gauche. Voyez la couleur. Les
accords sont justes, mais tellement faciles, attendus.
Ce tableau-là ferait peut-être un bon calendrier des
postes et c'est d'ailleurs de ce côté-là que Lafleur
aurait dû chercher sa voie.

— Tu exagères, protesta Loulette qui craignait de
mécontenter le marchand.

— Pas du tout. C'est exactement ma pensée. Je
reconnais du reste qu'il y a dans une toile comme
celle-ci un métier très poussé, malheureusement trop
apparent, mais je n'y vois rien d'autre. Lafleur ne
sortira jamais de son métier. Aucune poésie, aucune

fantaisie, pas le moindre sens de la grandeur. C'est un bon ouvrier appliqué qui travaille et qui travaillera toujours à ras de terre. D'ailleurs, quand on connaît l'homme, on sait ce que vaut le peintre.

— Vous êtes injuste, Poirier.

— Injuste ? Je vous dis, moi, que Lafleur sera de l'Académie.

— Non, tout de même. Non, Poirier, vous n'avez pas le droit. Il y a dans sa peinture une profondeur, une vibration et je ne sais quelle intimité avec la substance de la vie qui vous prennent positivement aux tripes. Regardez-moi cette main, cette chair, cette lumière. C'est étonnant.

— Vous déraillez, Hermèce.

— Possible. En tout cas, je suis sûr de ce que je sens. Mais si on parlait un peu de votre peinture, à vous ?

Poirier n'avait pas quitté du regard la toile de son rival et ne leva même pas les yeux pour parler de sa propre peinture. Il avait beaucoup travaillé tous ces derniers temps et s'était livré à certaines recherches qu'il croyait des plus fécondes. Il en parlait avec un enthousiasme si chaleureux qu'Hermèce en fut impressionné et manifesta le désir de voir le résultat.

— Venez un jour à mon atelier, proposa Poirier. Je crois vraiment que vous serez surpris. Je ne dis pas que j'aie réussi à aller au bout de mes intentions, ni même que j'y réussirai, mais j'ai ouvert une fenêtre, j'ai dégagé une pente. Vous verrez, mon vieux, vous verrez où va la vraie peinture.

Ayant pris rendez-vous, Hermèce gagna la place du Tertre. Loulette et Poirier flânèrent un moment par les rues et, vers huit heures du soir, entrèrent dans un restaurant de la rue Caulaincourt où ils avaient projeté de dîner. Poirier prit le menu et, après y avoir jeté un coup d'œil, déclara :

— Je m'aperçois que je n'ai pas faim, mais vraiment pas faim du tout.

— C'est drôle, dit Loulette, moi non plus. Je sens que je n'avalerai pas seulement une bouchée.

Le lendemain matin, vers onze heures, dans la salle des Pas-Perdus de la gare Saint-Lazare, un homme d'une trentaine d'années, mal vêtu et malodorant, rôdait autour des guichets dans l'espoir de ramasser un billet de banque échappé au portefeuille d'un voyageur. Son attention allait surtout aux voyageurs encombrés de bagages ou d'enfants, qui extrayaient à grand-peine leur argent d'une poche ou d'un sac. Mais les plus embarrassés, les plus maladroits, les plus pressés, se tiraient d'affaire avec un bonheur désespérant. L'argent ne s'égarait pas et la foule s'écoulait autour de l'homme seul sans offrir aucun point de contact. Il lui paraissait de plus en plus impossible qu'un événement, même minime, pût le concerner personnellement. Ce fut bientôt sans la moindre anxiété qu'il surveilla les gestes des voyageurs, ne s'obstinant à ce jeu que pour tenter d'y oublier les crispations de son estomac, le cercle douloureux qui lui serrait la tête et pesait à ses paupières, et cette troublante sensation de flotter dans une enveloppe de vide à la forme de son corps, vide à travers lequel les bruits de l'extérieur parvenaient comme les sons apaisés d'un au-delà. Enfin, il se désintéressa si complètement de sa surveillance qu'il l'abandonna sans même l'avoir voulu et presque à son insu.

Après avoir traversé la cour de Rome, l'homme vogua sur le carrefour au milieu d'un groupe de passants et s'engagea, sans choisir, dans l'une des rues qui s'ouvraient devant lui. Son échec de la gare Saint-Lazare l'avait déprimé. Un instant, il eut conscience de cette diminution. Il n'éprouvait plus, comme les jours précédents, le sentiment amer d'être poursuivi par une malchance tenace. La veille encore, jour où il avait mangé le dernier morceau de pain, il lui avait semblé à maintes reprises reconnaître les intentions d'un sort ironique, mais par là même attentif. Maintenant, il ne sentait plus autour de lui qu'une providence morte, un océan d'indifférence où il n'y avait plus rien à fléchir. Fatigué, les jambes molles, un peu tremblantes, il s'arrêtait un moment et regardait sans s'y intéresser le mouvement de la rue.

L'homme traversa un autre carrefour où il manqua se faire écraser et regarda l'avenir dans la perspective d'une rue animée. Quand il aurait marché une demi-heure ou une heure, le temps n'importait pas, il arriverait à un carrefour, à une rue, puis à un carrefour. L'avenir ne signifiait plus rien, n'était plus qu'une étendue de douleur dans un présent interminable. L'idée lui vint tout à coup que cette immobilité du temps était le commencement de la mort et il fut pris de panique. Harassé, souffrant, coupé du monde et désespéré, l'homme tenait furieusement à la vie. Il se mit à fuir devant la mort aussi vite que ses jambes pouvaient le porter. L'extrême fatigue l'obligea à ralentir le pas et, comme il jetait un coup d'œil en arrière pour voir où il en était avec la mort, son regard rencontra un bariolage dans la vitrine d'un magasin et s'y arrêta. Cette harmonie de jaunes et de roses, où il n'aperçut tout d'abord qu'une tache confuse, dissipa aussitôt ses obsessions funèbres et l'incita à s'approcher de la vitrine. Ses maux de tête lui brouillaient la vue, les couleurs du tableau dansaient, sautaient, s'éparpillaient. Mais au premier moment, avant même d'avoir rassemblé ses impressions, saisi des formes et des contours, il éprouvait une incroyable sensation de bien-être, de bonheur, de réconfort. La vie renaissait dans son corps exténué, son sang courait plus vite et

une légère chaleur se répandait dans sa chair. L'enveloppe de vide où il était isolé commençait à se dissiper.
Les bruits de la rue lui parvenaient plus clairs et plus
francs, comme si ses oreilles se débouchaient tout à
coup. Sa faim, déjà moins aiguë, restait toutefois assez
douloureuse pour lui permettre d'apprécier la valeur
de ces sensations et d'établir à coup sûr un lien de
cause à effet. La vertu nourricière du tableau lui
apparut avec évidence. Le regard ardent, la bouche
fendue par un rire sauvage et le corps tremblant
d'avidité, il ne quittait pas des yeux le massif de fleurs
où se blottissait une fillette en robe jaune. Peu à peu,
ses jambes s'affermissaient, sa faim devenait moins
pressante et lui laissait l'esprit plus libre et plus agile.
A la réflexion, sa découverte lui parut étonnante et
finit par l'inquiéter. Craignant d'être victime d'une
illusion, il s'écarta un moment de la vitrine et
l'expérience fut concluante, car il éprouva sans doute
possible la sensation d'interrompre un repas. Ce bien-
être si vivement ressenti, qui accompagnait la satisfaction d'un besoin, disparut rapidement. Il ne resta plus
que le besoin lui-même, un appétit encore exigeant.
L'expérience inverse le confirma dans sa certitude. En
revenant au tableau, l'affamé sentit se rétablir dans
son organisme un courant de chaleur et de béatitude.
Dès lors il ne pensa plus qu'à s'alimenter et cessa de se
poser des questions. Pendant qu'il réparait ainsi ses
forces, un visage contrarié apparut à plusieurs reprises
derrière le rideau de velours marron séparant la vitrine
du magasin, mais il n'y prit même pas garde. Enfin
rassasié et craignant d'autre part qu'après un long
jeûne, un excès de nourriture ne lui fût préjudiciable,
il alla s'asseoir dans le square le plus proche. La vie lui
paraissait maintenant une aventure facile, pleine de
certitudes rassurantes. Il se reprochait d'avoir mécon-
nu l'importance des arts, particulièrement de la
peinture. « J'étais comme tout le monde, je croyais

que ça ne servait à rien. Les gens passent devant les tableaux sans s'arrêter, ils n'ont pas le temps de se rendre compte. Il y en a même qui s'esclaffent ou qui haussent les épaules. Moi-même, qui ne suis pourtant pas un imbécile, je me souviens d'avoir ricané comme tant d'autres. Mais maintenant que je comprends la peinture, c'est une chose qui ne m'arrivera plus. » Songeant à tous les marchands de tableaux qui tenaient boutique à Paris, l'homme s'endormit avec un sourire d'extase.

En s'éveillant, sa première pensée fut qu'il venait de faire un rêve heureux et absurde. De fait, il se sentait un vif appétit. « Hélas, soupira-t-il, ce serait trop commode. » Pourtant, lorsqu'il eut fait quelques pas dans le square, il se rendit compte qu'il était alerte et dispos. Ses mouvements étaient souples, faciles, ses muscles solides et les douleurs de la tête et de l'estomac, endurées depuis la veille, avaient entièrement disparu. D'ailleurs, ses souvenirs étaient trop précis et se liaient avec trop de rigueur pour laisser place au moindre doute. Il était quatre heures de l'après-midi. Ayant dormi si longtemps, rien d'étonnant à ce qu'il eût faim. Il avait jeûné trop longtemps pour qu'un seul repas, même plantureux, pût apaiser durablement sa fringale et il comptait bien en faire encore au moins deux avant la fin de la journée. « Allons nous taper la tête », se dit-il joyeusement.

L'homme sortit du square en chantonnant et s'en alla un peu au hasard. Dans ce quartier cossu, il ne manquait pas de marchands de tableaux. En effet, il n'eut pas longtemps à marcher avant d'en trouver un. Une demi-douzaine de toiles, portraits et paysages, étaient exposées dans une grande vitrine. Il eut un sourire un peu orgueilleux en voyant quelques passants s'y arrêter le temps d'un regard et poursuivre aussitôt leur chemin. Pour lui, il se planta en face d'un paysage signé Bonnard et attendit avec confiance de

sentir les effluves nourrissants pénétrer son corps.
Comme le résultat escompté ne se produisait pas, il
abandonna le paysage en murmurant : « C'est un
navet ». Mais un portrait de femme ne lui donna pas
plus de satisfaction et après avoir essayé sans succès
tous les tableaux de la devanture, il commença d'être
inquiet. Il se mit en quête d'un autre marchand qu'il
trouva sans peine et où il essuya un nouvel échec. Il
était troublé. L'idée lui vint tout à coup que le hasard
l'avait placé tout à l'heure en face d'une œuvre
prodigieuse dont l'auteur était le seul peintre au
monde capable d'infuser à sa production des propriétés nutritives. Malheureusement, il n'avait pas pris
garde à la signature de l'artiste et ne savait ni le nom
du marchand ni le nom de la rue où il tenait boutique.
Le quartier lui était mal connu et, dans l'état d'inani-
tion où il se trouvait vers la fin de cette matinée, la
topographie des lieux ne l'avait aucunement soucié.
Pendant plus d'une heure, il battit les rues environ-
nantes, transi d'anxiété. Rue de La Boétie, il lui
sembla retrouver certains aspects déjà vus et, après
des alternatives de doute et d'espoir, sur le point de
rebrousser chemin, il eut un éblouissement. De l'autre
côté de la rue, sur un fond de velours marron,
apparaissait la fillette en jaune. Il traversa la chaussée
comme un fou, bousculant une femme, rasant un
pare-choc, courant en aveugle. Et le prodige se
renouvela. Comme la première fois, les effluves merveilleux le pénétraient, l'apaisaient et le vivifiaient.
Cependant, il songeait avec appréhension qu'il faisait
peut-être là son dernier repas de peinture, car un
amateur pouvait emporter la toile d'un moment à
l'autre. L'idée lui fut si pénible qu'il prit le parti
d'entrer dans le magasin sans savoir au juste ce qu'il y
ferait. La galerie Hermèce était une longue pièce
meublée d'un bureau, d'un canapé et de quatre

fauteuils. Le visiteur fut accueilli à la porte par une
employée qui lui demanda poliment ce qu'il désirait.

— Je voudrais voir M. Hermèce.

— De la part de qui, monsieur ?

— Moudru. Étienne Moudru. Mais mon nom ne
lui dira pas grand-chose.

L'employée passa dans une petite pièce attenante à
la galerie dont une tenture la séparait. Moudru jeta un
coup d'œil sur les murs et, avec émotion, y compta six
toiles signées Lafleur. Il entendit le murmure indis-
tinct de l'employée parlant à M. Hermèce.

— C'est un M. Étienne Moudru qui veut vous voir.
Il est assez mal habillé. Avant d'entrer, il est resté
longtemps sur le trottoir à regarder la toile de Lafleur
qui est en vitrine.

Hermèce écarta un peu la tenture et, sans se faire
voir, jeta un coup d'œil au visiteur.

— Je le reconnais, dit-il. Ce matin déjà il est resté
plus d'une demi-heure en arrêt devant la vitrine.
Voyons ce qu'il a dans le ventre.

Lorsque Hermèce vint à lui, Moudru était en train
de se gaver d'une nature morte. Au regard qui pesait
sur lui, il se souvint de l'état de ses vêtements et sa
présence dans un magasin aussi cossu lui parut
d'autant plus difficile à justifier.

— J'ai beaucoup admiré un tableau signé Lafleur
qui se trouve dans la vitrine, dit-il en rougissant. Je
suis entré pour vous demander le prix.

— Cinquante mille francs, répondit Hermèce.

— C'est malheureusement trop cher pour moi. Je
m'en doutais un peu, mais j'ai autre chose à vous
demander. Comme j'admire beaucoup ce M. Lafleur
et que je suis trop pauvre pour acheter sa peinture, je
voudrais le voir lui-même, ne serait-ce qu'une minute
ou deux. Vous comprenez, ce serait pour moi une
satisfaction. Si vous vouliez me donner son adresse...

— Impossible, monsieur. L'adresse des artistes ne

doit être communiquée à personne. C'est une règle de notre profession. Mais si vous voulez lui écrire, confiez-moi la lettre, je vous promets de la faire parvenir à M. Lafleur.

Moudru balbutia une réponse embarrassée et, à contrecœur, se dirigea vers la sortie. Mécontent de lui-même, il craignait d'avoir manqué la chance de sa vie et cherchait vainement un biais pour la ressaisir. Il ne trouvait même pas l'alibi qui lui eût permis de s'incruster dans la boutique. En arrivant à la porte, cédant à un sentiment de détresse panique, il fit volte-face et revint à Hermèce avec un étrange regard.

— Est-ce que vous connaissez bien la peinture de Lafleur ? demanda-t-il d'un ton agressif. Je veux dire : est-ce que vous la comprenez bien ?

— Je n'ai attendu l'avis de personne pour l'accueillir chez moi, fit observer Hermèce avec hauteur.

— Bien sûr, vous avez trouvé que c'était joli, bien torché, mais vous n'êtes pas allé plus loin et l'essentiel vous a passé sous le nez. C'est que pour découvrir le secret de cette peinture-là, il ne faut pas être de ceux qui font leurs trois repas par jour et qui ont toujours le ventre plein. Ce qu'il faut, voyez-vous, c'est être affamé comme j'étais ce matin. Oui, monsieur, affamé.

— Que voulez-vous dire ?

— Je veux dire que la peinture de Lafleur, c'est de la nourriture qui nourrit. Comprenez-moi bien. Ce n'est pas une façon de parler. Quand la faim vous tord l'estomac, vous n'avez qu'à regarder un tableau de Lafleur et c'est comme si vous vous mettiez à table. Au bout d'une demi-heure, vous êtes rassasié, vous n'avez plus faim. Ça vous étonne, n'est-ce pas ? Mais moi, j'en ai fait l'expérience.

Hermèce ne douta pas d'avoir affaire à un fou et, un peu effrayé, jugea prudent de ne pas le contrarier.

— En effet, dit-il, je n'avais rien observé de

semblable et je vous suis très obligé de me l'avoir signalé. Je vais d'ailleurs m'en rendre compte par moi-même.

— Un conseil, dit Moudru, couchez-vous ce soir sans dîner et ne déjeunez pas demain matin.

— Bonne idée, je ne manquerai pas de suivre votre conseil.

— Vous verrez. C'est formidable. Vous m'en direz des nouvelles. Je passerai vous voir demain.

Moudru sortit sur cette promesse et, avant de quitter les parages, s'accorda encore un supplément de nourriture sur la fillette en jaune. Cependant, Hermèce réfléchissait aux divagations de ce singulier visiteur et s'avisait que depuis la veille il avait perdu tout appétit. Le matin, en s'éveillant, il avait longuement contemplé la fillette en jaune posée sur la cheminée de sa chambre et était descendu à la boutique sans déjeuner. Dans la matinée, le garçon de courses avait apporté les six autres tableaux achetés à Lafleur. Avec l'aide de sa secrétaire, le marchand les avait répartis sur les murs de la galerie. A midi, comme à l'ordinaire, il était monté déjeuner et, à l'étonnement de sa femme, n'avait même pas touché aux hors-d'œuvre. Et ce soir, il n'avait pas faim non plus. Pourtant, il n'éprouvait pas le moindre malaise et se sentait particulièrement dispos, à croire qu'en vérité, il se nourrissait de peinture ou qu'il avait contracté la maladie de Lafleur. D'ailleurs, ces deux explications pouvaient très bien n'en faire qu'une. Hermèce s'amusait de ces coïncidences, mais sans parvenir à écarter un doute absurde. La secrétaire vint lui demander des instructions pour le courrier.

— Vous n'avez pas très bonne mine, lui dit-il. Ça ne va pas ?

— Mais si, très bien, monsieur Hermèce.

— Vous avez bon appétit ?

— Oui. J'ai toujours un appétit d'ogre. Sauf

aujourd'hui. A midi, par extraordinaire, je n'ai pas pu avaler une bouchée. Et je crois que, ce soir, je ne mangerai pas non plus. C'est presque inquiétant.

Encore une coïncidence, songea Hermèce qui devenait nerveux. Est-ce que, par hasard, le type de tout à l'heure aurait dit vrai ? Mais non, c'est idiot. Si c'était vrai, on le saurait déjà. Lafleur lui-même s'en serait aperçu et il aurait sûrement un peu plus d'exigences. Au fait, ce serait un événement assez extraordinaire dans le monde de la peinture. Le type qui posséderait une bonne collection de Lafleur ne serait pas à plaindre. Il ferait une fortune formidable. Je ne serais d'ailleurs pas trop mal placé. Si c'était vrai et que Lafleur ne se soit aperçu de rien, il faudrait que je me dépêche de lui acheter toute sa production. Manœuvrer adroitement pour qu'il me la réserve par contrat. Évidemment, ce sera dur. Ah ! ça, mais je deviens fou. Ma parole, je suis en train de couper dans toutes ces âneries.

Tandis qu'il était dans ces réflexions, une voiture s'arrêta devant la porte et Lionel Bourgoin, son beau-frère, entra dans la boutique.

— Ah ! mon vieux, dit-il, quelle journée ! Parti à onze heures, je croyais être ici à une heure et passé Rambouillet, voilà que je tombe en panne. Suis resté plus de trois heures à fourgonner dans le moteur. Et pour comble, je trouve le moyen de crever en sortant de Versailles. J'étais découragé, exténué. Pense que je n'ai rien mangé depuis sept heures du matin. Jamais je n'ai eu aussi faim. Pour un peu, je m'évanouirais.

— Avant de manger, il faut que tu fasses une expérience, déclara Hermèce.

— Ah ! non, mon vieux. Laisse-moi d'abord manger.

Lionel Bourgoin eut beau protester, son beau-frère l'entraîna dans la pièce du fond où ils restèrent pendant plus de cinq minutes à s'entretenir à voix

basse. Enfin, Hermèce en sortit, précédant Lionel qui
haussait les épaules. Tous deux s'arrêtèrent en face
d'un Lafleur représentant un groupe de femmes
devant une fenêtre. Hermèce surveillait avec une
certaine anxiété le visage de l'affamé qui fixait son
regard sur le centre de la toile, non sans mauvaise
humeur. Dès le premier instant, l'expérience s'avéra
troublante.

— Inouï, murmurait Lionel. Incroyable. Renver-
sant.

Hermèce ne le quittait pas des yeux. Au bout d'un
quart d'heure, l'essai était parfaitement concluant.
Lionel resta encore une dizaine de minutes à se
goberger et, tournant le dos à la toile, déclara :

— J'en ai jusque-là.

Hermèce était très ému. Les deux hommes passèrent le reste de la soirée à s'entretenir de cette
surprenante découverte et à évaluer les bénéfices
qu'ils pourraient en retirer. En quittant la galerie, la
secrétaire remarqua la présence du minable visiteur de
l'après-midi, en station devant la vitrine où était
exposé le Lafleur. Elle faillit rentrer pour en informer
le patron et, à la réflexion, s'abstint d'en rien faire, car
elle lui en voulait un peu de cette longue conversation
pendant laquelle son beau-frère et lui n'avaient cessé
de lui jeter des coups d'œil méfiants, comme s'ils
l'eussent soupçonnée de tendre l'oreille à leur
murmure.

Étienne Moudru était venu prendre un dernier
repas avant la fermeture de la galerie. Lorsque le
rideau de fer de la devanture lui eut masqué la fillette
en jaune, il quitta la place et gagna les boulevards où
les passants étaient nombreux. Ce soir, il avait l'impression de faire partie de la foule et s'y trouvait à
l'aise. Ses vêtements miteux ne le gênaient même pas.
« C'est bien ce que je pensais ce matin avant d'avoir
mangé, se dit-il, c'est par le ventre qu'on commence à

se sentir avec les autres. » Cette idée d'une communion du ventre lui remit en mémoire son compagnon
de misère, dont il partageait la soupente rue Taillan-
diers, aux environs de la Bastille. Il n'avait guère
songé à lui, durant toute cette journée. Et, de son
côté, Balavoine n'avait pas dû penser beaucoup à son
camarade. Le matin, chacun partait de son côté
brouter une herbe rare et avait assez à faire de penser à
son ventre sans se préoccuper des chances de l'autre.
Outre le souci de se nourrir, Balavoine avait celui
d'échapper aux recherches de la police. Pendant
l'occupation, alors qu'il était sans situation, un ami
l'avait casé comme garde du corps auprès d'un
personnage politique très compromis et il se trouvait
lui-même sous le coup d'un mandat d'arrêt. Porté à
s'exagérer l'importance du rôle qu'il avait joué, il
croyait, à tort ou à raison, qu'il y allait de sa tête.

En entrant dans la mansarde, vers neuf heures du
soir, Moudru trouva son compagnon allongé sur le lit
de fer qui constituait, avec la carcasse d'un fauteuil
Louis XVI vidé de son rembourrage, tout l'ameuble-
ment. La figure cireuse et crispée, Balavoine avait les
yeux au plafond et lorsque la porte s'ouvrit, son regard
demeura immobile.

— Il y a longtemps que tu es rentré ? demanda
Moudru.

Dans le son de sa voix essoufflée, il y avait une
plénitude insolite qui surprit Balavoine. Il tourna la
tête et considéra son compagnon.

— Tu as mangé, dit-il aigrement. Tu as la gueule
d'un homme qui a mangé.

— Ah ! oui et d'une drôle de façon. Figure-toi que
j'ai mangé sans manger.

— Tu t'es tapé la tête, quoi. Et tu ne m'as pas
seulement rapporté un croûton de pain. Tu t'en fous
que je crève de faim, moi.

— Je vais t'expliquer. Ce matin...

— Ta gueule ! coupa Balavoine en se dressant sur un coude. Ordure, dégueulasse, t'as mangé à te faire éclater, ça se voit sur ta face de faux jeton. Fumier, tu trouves tout naturel que je te fasse une place chez moi, dans ma chambre, mais tu ne bougerais pas le petit doigt pour me sauver la vie. Tu m'aiderais plutôt à crever pour avoir ma chambre. Tu me vendrais à la Résistance. Si ça se trouve, t'es déjà en cheville avec les journalistes et les poulets.

Moudru essayait en vain de l'apaiser. Balavoine s'était assis sur son grabat et, tremblant de rage et de fatigue, les yeux injectés de sang, invectivait d'une voix éraillée.

— Putain, tu profites que je me suis mouillé pour l'Europe. Je sais la pourriture que tu es. L'autre jour, quand tu disais que tes derniers sous, tu venais de les dépenser, c'était pas vrai ! Tu planquais un billet de vingt francs dans ta doublure. Je l'ai vu.

— Parfaitement. Mais toi aussi, tu me disais que tu étais sans un. Et toi aussi, tu cachais un billet. Peut-être même qu'il t'en reste encore un de planqué par là.

Avec un accent de sincérité et de désespoir qui ne pouvait tromper, Balavoine protesta qu'il ne lui restait rien depuis deux jours. Il se plaignit encore de la mauvaise chance, de l'ingratitude des Français, maudit les faux amis, les indicateurs, le gouvernement et, après avoir invoqué la mort et le jugement de l'avenir, finit par se taire, épuisé. Moudru en profita pour placer le récit de son aventure. La gare Saint-Lazare. Les carrefours. Le marchand de tableaux. La fillette en jaune. La révélation.

— Tu te fous de moi, dit Balavoine d'une voix morne.

Il mit plus d'une heure à se laisser convaincre. Alors son scepticisme fit place à une espérance frénétique et un enthousiasme fiévreux. Il arpentait la mansarde en gesticulant, proférait des paroles sans suite, pleurait de joie et d'impatience. Il aurait voulu franchir la nuit comme un simple fossé et hâter la marche du temps. Pour mettre un terme à cette agitation qui lui semblait confiner au délire, Moudru l'obligea à se coucher et éteignit la lumière. Balavoine s'endormit très tard et eut un sommeil tourmenté. Toute la nuit, il rêva de la fillette en jaune, laquelle était toujours le départ ou le point d'arrivée d'un cauchemar épuisant. Elle était enfermée dans une chambre à un huitième étage dont l'escalier s'était effondré et toutes les échelles qu'il dressait contre la façade se trouvaient trop courtes de deux ou trois mètres. Ou bien il s'évadait d'une prison, fuyait dans un dédale de rues où il cherchait attentivement il ne savait quoi d'impossible à imaginer et, débouchant dans un grand restaurant souterrain aménagé en musée, comme il y découvrait l'objet de ses recherches sous les traits de la fillette en jaune, trois chefs de la Résistance sortaient d'un placard et la dévoraient sous ses yeux. Il rêva aussi qu'en arrivant devant la boutique du marchand de tableaux, il s'éveillait brusquement et s'apercevait qu'il avait rêvé. Mais le matin, lorsqu'il s'éveilla réellement de son mauvais sommeil, sa foi dans la peinture de Lafleur était restée intacte. Il était dans un état de faiblesse tel que Moudru se demandait s'il aurait la force de marcher jusqu'à la rue de La Boétie. La chance les favorisa. En descendant l'escalier, ils virent une baguette de pain et un bidon de lait déposés sur un paillasson du quatrième. Balavoine but le contenu du bidon et ils mangèrent la baguette dans la rue, Moudru abandonnant la plus grosse part à son compagnon.

Lorsqu'ils arrivèrent à la galerie Hermèce, le Lafleur n'était plus dans la vitrine. Un paysage le remplaçait, portant une autre signature sans intérêt pour les deux amis. A tout hasard, ils essayèrent de se sustenter, mais il n'y avait rien de comestible dans ces champs couverts de neige où quelques pommiers tordaient leurs branches noires sous un ciel brumeux. Balavoine était trop découragé pour récriminer. Il voyait dans sa déception la suite des cauchemars de la nuit et, se tenant pour averti, désespérait de joindre jamais la fillette en jaune.

— C'est bien fait quand même, soupira-t-il devant le tableau. Ça montre bien ce que ça veut montrer.

— C'est zéro, ragea Moudru. Je n'appelle pas ça de la peinture. Viens avec moi.

Il avait le sentiment qu'Hermèce, en retirant la fillette en jaune de la vitrine, avait voulu l'atteindre personnellement. Furieux, il pénétra dans la boutique avec Balavoine sur ses talons. La secrétaire était seule. En voyant entrer le visiteur de la veille, accompagné d'un homme de mauvaise mine, elle fut saisie de frayeur et se promit bien de ne pas exposer sa vie pour les intérêts du patron.

— Où est le tableau de Lafleur qui se trouvait hier en vitrine ? demanda brutalement Moudru.

— M. Hermèce l'a vendu, répondit la secrétaire sans assurance.

Moudru, jetant un coup d'œil sur les murs, constata que les autres Lafleur avaient également disparu.

— Vendus aussi ? tous les six ?

La secrétaire affirma d'un signe de tête, trop effrayée pour entreprendre des explications qui eussent donné plus d'autorité au mensonge, et décidée à sortir les toiles de leur cachette au cas où le visiteur semblerait douter de sa parole. Il ne douta pas, mais se rendit compte de l'effroi qu'il inspirait à la jeune femme et dit en portant la main à la poche de son veston :

— Donnez-moi l'adresse de Lafleur.

Jugeant qu'elle s'en tirait à bon compte, la secrétaire ne se fit aucun scrupule de lui donner l'adresse du peintre et poussa la complaisance jusqu'à la lui inscrire sur une feuille de papier.

— On va pouvoir se régaler à la source, dit Moudru en sortant de la boutique. Est-ce que tu te sens assez fort pour monter à Montmartre?

— A quoi bon? objecta Balavoine. La fillette en jaune, c'est fini. On ne la retrouvera pas.

— Et après? L'important, c'est d'être dans la peinture de Lafleur. Que ce soit une fillette ou un chandelier, pour nous, c'est pareil.

Mais Balavoine était au plus bas et sombrait dans un découragement total. Il en venait à se complaire dans le sentiment de son malheur.

— Laisse-moi tomber, disait-il, je suis un homme fini. Je porte la déveine à ceux qui m'approchent. Je suis la déveine en personne. Quand je me suis donné à l'Europe, j'avais pas encore d'idée politique. On m'offrait deux places : ou garde du corps ou livreur de produits de beauté. Mon cousin Ernest, il était magasinier chez Fantin, il pouvait m'avoir la place de livreur. Dans le personnel de chez Fantin, on était à la Résistance. Ernest s'est trouvé dans le courant, comme moi j'aurais pu m'y trouver, si j'avais pas fait l'imbécile. Mais j'ai choisi garde du corps, parce que je trouvais que ça sonnait mieux et comme travail, pas fatigant. Aujourd'hui, Ernest, il est sous-préfet en Bretagne et moi dans la panade en plein, pas un rond, rien au ventre, sans carte d'alimentation ni carte de tabac, et les poulets sur les talons. Si j'avais choisi livreur chez Fantin, je ne dis pas que je serais sous-préfet aujourd'hui. Ernest, il avait l'instruction. En tout cas, je serais dans le tricolore avec un condé officiel, bien payé, bien bouffer, les dactylos de la République et fumer des américaines. Mais j'étais né pour le malheur. Et mon cousin il le sait bien. Dans les mois d'après la Libération, il m'a fait dire que si jamais il me rencontrait sur son chemin, il me livrerait lui-même à la Résistance. Remarque, dans sa position, c'est compréhensible. Pourtant, à sa place, il me semble, je n'aurais pas été si dur. Mais si on était sous-préfet, on ne sait pas non plus tout ce qui nous passerait par la tête. Un individu comme moi, un pané, autant dire une cloche, pas sortable, habillé aux puces, qu'est-ce que c'est pour un sous-préfet ? Avec un passé politique comme le mien, on est cuit. Rends-toi compte un peu. Quand j'étais de garde chez le patron, je voyais passer devant moi jusqu'à des ministres.

Intarissable, il considérait avec une sombre jouissance tous les aspects de son abaissement et Moudru, qui avait les oreilles rebattues de ses sempiternelles lamentations, se gardait bien de l'interrompre, car ils cheminaient cependant. Balavoine, tout à son sujet, oubliait en peinant dans la montée de Montmartre sa décision d'abandonner la partie. Et peut-être avait-il conscience de se tendre un piège.

— Laisse-moi tomber. Un porte-malheur, un débris, une balayure, voilà ce que je suis, Étienne. Mon passé me rejette à l'abîme. Laisse-moi tomber.

— Ça va. On est arrivé. Dans cinq minutes tu te mets à table.

— Tu verras qu'il ne sera pas là. Et s'il est chez lui, il nous flanque sûrement à la porte.

Lafleur était là, car ils entendirent un bruit de voix derrière la porte de son atelier. Il vint ouvrir lui-même et les accueillit d'un air réservé.

— J'ai quelque chose à vous dire de très important pour vous, déclara Moudru en se poussant dans l'entrebâillement.

Jetant un coup d'œil dans l'atelier, il eut la surprise d'y voir Hermèce, lequel, l'ayant également reconnu, s'empourpra et l'apostropha rageusement.

— Qu'est-ce que vous venez faire ici, vous ?

Fichez-moi le camp tout de suite et qu'on ne vous revoie pas. C'est compris ?

Lafleur, trouvant mauvais que le marchand prît telle liberté, eut un haut-le-corps et dit aux visiteurs :

— Messieurs, entrez, je vous prie.

Hermèce en était congestionné. En entrant dans l'atelier, Moudru le toisa sévèrement et, prenant Balavoine par le bras, le plaça en face d'un chevalet sur lequel séchait une toile encore fraîche : « Tiens, dit-il, apprends à reconnaître la bonne peinture. »

— Monsieur, demanda simplement Lafleur, vous voulez peut-être me parler en particulier ?

— Oh ! non, ce n'est pas la peine. Voilà pourquoi je suis venu vous voir : j'ai pensé que vous n'étiez peut-être pas au courant de certaines choses qui concernent votre peinture. Savez-vous, monsieur Lafleur, que vos tableaux sont extrêmement nourrissants ?

— Nourrissants ? Que voulez-vous dire ?

— Mon cher ami, intervint Hermèce, n'écoutez pas les divagations de cet homme.

— Voyons, Hermèce, je vous en prie, dit Lafleur d'un ton sec.

— Je vois que vous n'êtes pas au courant, poursuivit Moudru. M. Hermèce s'est bien gardé de vous avertir. Monsieur Lafleur, avez-vous bon appétit ?

— Ma foi non. Depuis quelques mois, je ne mange pour ainsi dire plus. Et encore, je me force pour avaler le peu que je prends.

— Le contraire m'aurait surpris. Monsieur Lafleur, vous ne vous êtes aperçu de rien parce que vous vivez dans votre atelier et je suis fier de vous l'apprendre : si vous n'avez plus d'appétit, c'est que votre peinture est nourrissante. Regarder un de vos tableaux pendant vingt minutes, c'est comme de faire un bon repas.

Malgré les interruptions et les ricanements d'Hermèce, Moudru raconta ce qui lui était arrivé la veille,

rue de La Boétie, et comment il avait été amené à
confier sa découverte au marchand de tableaux.

— Vous pouvez compter qu'il a su en profiter.
Tout à l'heure, quand je suis venu avec mon camarade
prendre un repas de peinture devant sa vitrine, la
fillette en jaune avait disparu. Elle était vendue. Et
vendus aussi les autres Lafleur. Sachant ce qu'ils
représentaient, il a dû les vendre un bon prix. Je suis
sûr qu'il venait ce matin vous en acheter d'autres ?

Éberlué et incrédule, Lafleur songeait à l'étrange
conduite d'Hermèce qui offrait de lui prendre toute sa
production à des conditions singulièrement avantageuses et insistait pour que le contrat fût signé sur-le-
champ. Une telle démarche, il s'en avisait maintenant,
était aussi anormale qu'inattendue et ne pouvait tenir
qu'à des raisons secrètes.

— C'est absurde, protesta le marchand. Je n'ai
vendu aucune de vos toiles. Je les ai mises en réserve
parce que je ne voudrais pas être obligé de m'en
séparer maintenant. C'est tout simplement la preuve
que j'ai confiance en votre talent et en votre étoile,
comme je vous le disais du reste tout à l'heure.
Croyez-moi, mon cher, signons notre contrat et ne
nous attardons pas à des contes de bonne femme.
Nous avons autre chose à faire.

Il essaya d'entraîner Lafleur vers la table où était
posé le contrat. Quittant le chevalet, Balavoine vint au
peintre, le visage mouillé par des larmes de gratitude
et, prenant sa main dans les siennes, balbutia des
paroles de remerciement coupées de sanglots.

— Vous êtes le plus grand peintre du monde,
disait-il. J'allais mourir de faim. Votre peinture m'a
sauvé. Je reprends goût à la vie. Je mange.

Lafleur était ému et souhaitait déjà que le bonheur
de Balavoine ne fût pas seulement l'effet d'une
illusion.

— Je suis content pour vous, lui dit-il. Ne vous gênez pas. Mangez à votre faim.

Cependant, Hermèce dévissait le capuchon de son stylo et s'efforçait de lui mettre la plume en main. Le peintre se déroba fermement.

— N'insistez pas. Je veux prendre le temps de réfléchir à votre projet de contrat. Dans deux ou trois jours, nous verrons.

— Vous ne trouverez pas un marchand de tableaux qui vous fasse de meilleures conditions que les miennes.

— Ne vous laissez pas faire, s'écria Moudru. Des tableaux comme les vôtres, il sait qu'il ne les paiera jamais assez cher. Et il le sait, parce qu'il s'en est déjà nourri. Demandez-lui donc ce qu'il a mangé hier. Regardez-le dans les yeux. Vous verrez ce qu'il vous répondra.

— Alors? demanda Lafleur en se tournant vers Hermèce avec un regard insistant.

Le marchand songea qu'il était en train de faire fausse route. Puisque le peintre remettait à plus tard de signer le contrat, c'est qu'il voulait prendre le temps de vérifier par lui-même les dires de Moudru. Son opinion faite, il ne pardonnerait pas à Hermèce d'avoir voulu mettre à profit son ignorance. Mieux valait, pendant qu'il en était peut-être temps, essayer de ressaisir l'avantage en partant sur de nouvelles données.

— La chose me paraît tellement absurde que je me défends de toutes mes forces contre l'évidence et c'est d'ailleurs pourquoi je ne vous en ai rien dit. Mais, enfin, le fait est là. On ne gagne rien à vouloir ménager les susceptibilités de la raison et après bien des débats de conscience, j'en arrive à conclure que notre premier devoir est de nous rendre à la vérité. Indéniablement, votre peinture possède ce miraculeux pouvoir de nourrir le corps humain. J'en ai fait moi-même

l'expérience. Ma femme et mon beau-frère Lionel
l'ont faite chacun de son côté et leurs conclusions
rejoignent exactement les miennes. Par sa vigueur,
son intensité, sa qualité de pâte, sa puissance de
synthèse, votre peinture est devenue un condensé des
mystères essentiels de la création. Votre génie est
parvenu à faire d'elle le véritable trait d'union entre la
matière inerte et la vie. Elle est beauté. Elle est force.
Elle est nourriture.

Lafleur ne pouvait plus douter. Ébloui, bouleversé,
il se débattait dans le chaos de ses impressions. La
présence d'Hermèce, son sourire affable et trop
empressé lui rendirent sa lucidité et ce fut l'aspect
médiocre, mais actuel, de cette poignante révélation
qui émergea d'abord du tumulte de ses pensées.

— Comment! s'écria-t-il, vous saviez et vous avez
eu l'audace et l'hypocrisie de venir me proposer un
contrat comme celui-là en ayant l'air, encore, de me
faire une faveur. Et moi, imbécile, qui marchais, trop
content de signer. J'abandonnais toute ma production
pour cinq ans. Faux jeton!

— Voyons, Lafleur, soyez juste. Je vous prenais
vos toiles à vingt mille. C'est joli. Réfléchissez-y,
l'amateur qui achète de la peinture n'est guidé dans
son choix que par des considérations artistiques. Pour
lui, la nourriture ne sera jamais qu'un supplément.

— Ah! décidément, vous êtes un maître hypocrite
et une rude fripouille, mais vos boniments, vous
pouvez les rengainer.

— Écoutez-moi, Lafleur, je veux être chic et faire
pour vous le maximum. Traitons à trente mille.

— Rien du tout! Vous n'êtes qu'un salaud et
d'abord, foutez-moi le camp. Je ne veux plus vous voir
dans mon atelier.

— Cent mille!

— Dehors!

Lafleur, trépidant de colère, montrait du doigt la

porte au marchand. Moudru, qui était allé se restaurer auprès de Balavoine, s'approcha en faisant le geste de retrousser ses manches et proposa avec bonne humeur :

— Si vous avez besoin d'un coup de main, monsieur Lafleur, ce sera avec plaisir.

— Deux cent mille ! jeta Hermèce en se dirigeant vers la porte.

— Ni pour deux cent mille ni pour cent millions. Allez-vous-en.

Dépité, Hermèce dut repasser le seuil de l'atelier en songeant qu'il venait de manquer la plus belle affaire de sa vie. Lafleur lui claqua la porte dans le dos et dit à Moudru en lui montrant le chevalet devant lequel Balavoine restait en extase :

— Je ne veux surtout pas interrompre votre repas. Et j'ai moi-même tant de plaisir à vous voir manger.

— Monsieur Lafleur, c'est gentil à vous de nous avoir reçus, malgré le M. Hermèce qui voulait nous flanquer dehors.

— Votre visite m'a tiré d'un très mauvais pas et vous êtes tombés au bon moment. Si vous étiez arrivés seulement cinq minutes plus tard, je signais le contrat d'Hermèce et je me trouvais ligoté pour cinq ans. Grâce à vous, j'ai pu éviter de commettre une sottise de première grandeur et de tomber dans le piège que m'avait tendu cette canaille. Je vous en serai toujours reconnaissant.

— Vous plaisantez, monsieur Lafleur, protesta Moudru avec un accent de tendresse où perçait un soupçon d'hypocrisie. Balavoine et moi, on est trop content d'avoir pu vous rendre un service. Hier, en fin d'après-midi, quand je suis entré chez Hermèce pour lui parler de la chose et que j'ai vu qu'il n'était pas averti, j'ai tout de suite pensé à vous. Je me suis dit, certainement que M. Lafleur ne sait rien non plus, et tout de suite j'ai demandé votre adresse au marchand.

Mais lui, pas si bête, il s'est gardé de me la donner. Je
n'ai pas insisté, mais ce matin, j'ai choisi le moment où
il n'était pas là pour entrer dans la boutique et j'ai
obligé la secrétaire à me donner l'adresse. Aussitôt que
j'ai eu le renseignement, j'ai dit à mon camarade :
« Filons vite chez M. Lafleur. Il n'y a pas une minute
à perdre. Je sens qu'il y a du danger pour lui ». Vous
comprenez, j'avais deviné qu'Hermèce était monté
chez vous pour essayer de vous arranger. Aussi, vous
parlez si on se dépêchait. On avait beau avoir le ventre
vide, on marchait comme des dératés. C'est qu'il
fallait à tout prix arriver à temps pour vous éviter des
ennuis.

Le peintre n'était pas dupe de ses bavardages
captieux, mais les lui pardonnait volontiers. D'ailleurs, Balavoine, encore transi de gratitude, tint
honnêtement à rétablir la vérité des intentions.

— Ne raconte donc pas des balivernes à M. Lafleur. Quand on s'est décidé à monter chez vous, il
n'était pas question de vous tirer une épine du pied.
On avait faim, on avait le moral à zéro, on se disait que
chez vous, on trouverait peut-être le moyen de se
débrouiller. Voilà toute l'affaire.

Cet excès de franchise fut du meilleur effet. Toutefois, le discours de Moudru n'avait pas été inutile non
plus. Il mettait en circulation des sentiments
altruistes, fraternels, généreux. Lafleur alla prendre
dans un coin de l'atelier une toile sur laquelle il avait
peint récemment un effet de soleil sur la rue des Saules
et la remit à Balavoine. Un tel cadeau comblait les
vœux des deux compagnons et passait même toutes
leurs espérances.

— C'est vous qui avez découvert le pouvoir de ma
peinture. Il est bien juste que vous possédiez un
témoignage de votre clairvoyance.

Moudru, qui se considérait comme le porte-parole
de l'association, remercia en termes choisis et eut le

bon goût de passer sous silence l'intérêt alimentaire qui s'attachait pour eux à ce paysage montmartrois. Il ne parla que de la joie et de l'émotion que leur réservait la contemplation d'une œuvre si belle. Balavoine, lui, se laissa aller à des effusions plus pesantes, mais ne fut qu'un cri de sincérité.

— Quand je pense qu'on a à manger pour toujours, je ne sais positivement plus où j'en suis. Grâce à vous, monsieur Lafleur, la vie me sourit à nouveau. Vous m'avez tiré du gouffre béant de la misère. Je n'ai même plus besoin d'une carte d'alimentation. Tenez, monsieur Lafleur, je m'en voudrais de rien vous cacher. Tel que vous me voyez, je suis un homme traqué, j'ai tout un passé politique derrière moi. Figurez-vous qu'en 43...

L'élan de la gratitude et l'euphorie de l'après-dînée concouraient à le rendre loquace. Il entreprit le récit de ses tribulations.

— Ne casse pas les pieds à M. Lafleur, coupa Moudru. Il a autre chose à faire qu'à t'écouter.

En vérité, Lafleur ne fut pas fâché de les voir partir. Il avait besoin de solitude. Lorsque les deux compagnons eurent quitté l'atelier, il prit une toile entre ses mains et l'examina longtemps et minutieusement, cherchant à déceler les voies du prodige. Assis au pied d'un tas d'oranges, un homme vêtu d'un pantalon de velours noir et d'une chemise verte jouait de l'harmonica. Le peintre retrouvait le cheminement de son effort, les raisons qui l'avaient guidé et les mouvements mêmes de son intuition. Il ressaisissait toutes ses démarches, ses hésitations, ses remords, s'expliquait les rapports de tons, les dissonances volontaires, le choix d'un équilibre, analysant, dissociant et recomposant. Mais, semblable à la vie elle-même, qui ne se laisse connaître que par des manifestations et des aspects, la toile au joueur d'harmonica échappait, pour l'essentiel, à toutes ses investigations. Un instant, il considéra sa main droite qui, elle, connaissait ce secret de vie, une main longue, musclée et, à l'intérieur, aux reliefs fortement accusés. Tout était passé par elle. Les intentions du peintre comme aussi ses hésitations et ses retours, elle les avait guidés, rassemblés et transformés pour aboutir à l'insaisissable et miraculeuse synthèse. Mais sa main n'était pas seule à disposer ainsi d'un mystère ignoré de lui-même. Avec elle, toute une partie de son être devait travailler à son insu, enchevêtrant ses intentions dans les siennes et brodant sur la trame de son œuvre de peintre. A moins qu'il n'y eût rien d'autre, dans ce travail secret, qu'une façon de parler ou de penser. A force d'y réfléchir, Lafleur fut saisi d'angoisse. De toutes façons, le mystère de cette création résidait en lui et il se demandait quel homme il était devenu. Il se regarda plusieurs fois dans la glace. Mais pas plus que l'homme à l'harmonica, pas plus que la main droite et plutôt moins, ce visage lourd, aux yeux clairs, ne livrait rien d'essentiel. « Ne nous cassons pas la tête, finit par conclure Lafleur. Occupons-nous de ce qui reste à notre portée et récapitulons : ma peinture est une nourriture. A cet égard, quels que soient ses autres mérites, elle est remarquable. Un jour viendra où, en effet, elle sera remarquée et où elle fera du bruit non pas seulement à Paris et en France, mais à l'étranger. Faut-il souhaiter que ce jour vienne bientôt ? »

Depuis qu'il s'était voué à la peinture, Lafleur aspirait à la renommée, mais modérément, et la désirait moins comme une satisfaction d'orgueil que comme un témoignage de sa valeur et une assurance contre le doute. Il eût répugné à voir graviter autour de lui une cour d'admirateurs et à devenir pour les journaux un sujet de reportages périodiques. Et quant à l'argent, il n'avait jamais eu que des ambitions modestes. A coup sûr, la révélation publique d'un génie aussi singulier lui vaudrait une gloire tapageuse et ferait monter en flèche les prix de sa peinture. Il se voyait déjà traqué par les journalistes, les organisateurs de banquets, les femmes fatales et les chasseurs d'autographes, tandis que son compte en banque enflait monstrueusement et que deux ou trois secrétaires travaillaient à dépouiller le courrier qui lui parvenait des cinq continents. Aussi n'avait-il aucune envie de hâter la venue de ce jour grandiose, inclinant au contraire à en éloigner l'échéance autant qu'il était possible. Soudain, il pensa à Poirier, son rival de toujours, et le tumulte de la gloire et de la fortune lui apparut du même coup dans une tout autre perspective. Avec un plaisir aigu, il imagina la fureur de Poirier, sa suffocation, sa jaunisse, son visage ravagé par la haine et par l'envie. Poirier en tomberait malade. Poirier dépérirait d'amertume. Son propre venin l'étoufferait. Lafleur était si impatient d'assister à l'écrasement de Poirier qu'il prit la décision de tout mettre en œuvre et sur-le-champ pour se mettre en vedette. Presque aussitôt, il eut honte de céder à un sentiment aussi médiocre, indigne de son destin et de sa peinture. Renonçant à humilier Poirier, il s'en tint à sa première résolution.

Il examina ensuite le problème de la nourriture. A travailler du matin au soir les yeux sur sa propre peinture, il risquait d'engraisser exagérément jusqu'à crever d'embonpoint et d'apoplexie. Peut-être l'organisme n'absorbait-il pas plus de peinture qu'il ne lui en fallait, mais rien n'était moins sûr. Il jugea prudent de jeûner au moins deux jours par semaine. Ces jours-là, au lieu de peindre à l'huile, il dessinerait, graverait, ferait des gouaches ou des aquarelles et, dans son atelier, toutes ses toiles seraient tournées face au mur. Mais, avant de se mettre au régime, il voulait d'abord expérimenter par lui-même les propriétés de sa peinture. Première expérience, il passerait toute cette

journée sans regarder aucune de ses toiles et irait dîner
le soir au restaurant. Seconde expérience, il passerait
la journée du lendemain au grand air sans prendre le
moindre repas et rentrerait affamé pour dîner de
peinture.

Il exécuta point par point la première partie de son
programme. Ayant retourné ses tableaux, il s'occupa
jusqu'au soir à lire et à dessiner. Vers huit heures,
lorsqu'il se mit à table dans un restaurant du quartier,
il constata qu'il avait retrouvé l'appétit perdu depuis
plusieurs mois. Des amis vinrent s'asseoir auprès de
lui, le peintre Salouin et Pelu, un bougnat des
environs. Ils burent ensemble de plusieurs vins et
devinrent très gais. A onze heures du soir, se joignit à
eux la Girafe, une grande fille assez jolie, un peu
maigre, qui était à la recherche de son grand-père.
Déjà ivre, elle dégrafa son corsage et montra sa
poitrine qui n'avait pas plus de relief que celle d'un
garçon. Elle demanda à Salouin ce qu'il en pensait,
oubliant que l'année précédente elle avait vécu un
mois chez lui. Pelu voulait montrer son sexe, mais le
patron du restaurant insista pour qu'il n'en fît rien et il
se soumit à regret. « On a perdu le goût de s'amuser,
soupira-t-il. C'est la faute à leur sacrée guerre. Je
voudrais sortir une mitraillette que tout le monde
trouverait ça très bien. Comprenez si vous pouvez. » Il
était d'avis de quitter le restaurant et d'aller ailleurs.
Les autres l'approuvèrent, mais on prit encore le
temps de vider trois bouteilles avant de régler la
dépense.

Bien qu'il eût un peu moins bu que ses compagnons, Lafleur était singulièrement loquace. Dans les
rues de la Butte où les quatre amis déambulaient bras
dessus bras dessous, il parlait peinture avec Salouin et
l'étonnait par l'étrangeté de ses conceptions : « Pour
faire un beau portrait de femme, tu prends une
tranche de jambon, du gruyère râpé et une demi-

douzaine d'œufs en prenant bien soin de battre les blancs à part. Tu ajoutes un bon morceau de beurre dans la casserole, tu fais cuire à feu doux et quand ta pâte est bien étalée, tu assaisonnes le regard d'une pointe d'ail. » Il restait d'ailleurs lucide, l'ivresse lui servant de prétexte à des divagations qu'il s'amusait d'être seul à pouvoir comprendre.

— Il faudra pourtant que je vous montre ça, répétait Pelu d'une voix pâteuse.

Les yeux en pleurs, la Girafe appelait son grand-père qu'elle se désespérait de ne pas trouver.

— Grand-père ! c'est ta petite-fille Sylvie qui te cherche. Montre-toi, vieux fourneau. Tu vas encore rentrer rond comme une soucoupe. Tu vas dégueuler dans l'escalier comme avant-hier. Les voisins diront encore que je te donne le mauvais exemple.

Ils entrèrent dans une boîte de nuit de la rue Norvins en même temps qu'une autre bande dans laquelle se trouvaient Poirier et son amie Loulette. L'établissement était presque plein et comme les gens des deux groupes se tutoyaient tous, on les installa à une même table. Le hasard plaça Lafleur sur la banquette entre la Girafe et Loulette. Assis presque en face de lui, Poirier, irrité de n'avoir qu'une chaise en face de son rival, jugeait être dans une situation humiliée. D'abord il ne laissa rien voir de sa mauvaise humeur, affectant au contraire une gaieté ouverte. Il avait d'ailleurs passablement bu et se sentait bavard. On but encore beaucoup, on dansa. La tablée était bruyante, animée. Pelu, très ivre, articulait avec peine. Il avait toujours quelque chose à montrer et, ne se rappelant plus ce dont il s'agissait, sortait à chaque instant sa montre de son gousset pour la mettre sous le nez des voisins. A un jeune garçon qui lui faisait face, la Girafe s'adressait comme s'il eût été son grand-père et lui disait des choses délicates, empreintes de douceur, de tendresse et de respect. Intimidé, crai-

gnant d'être ridicule, le jeune homme répondait par de
lourdes galanteries qu'elle préférait ne pas entendre.
Dans le brouhaha des conversations, Poirier commençait à lancer des pointes venimeuses à l'adresse de son
rival. Lafleur le regardait avec un calme sourire,
conscient de son écrasante supériorité. Exaspéré,
Poirier se laissa aller à l'inspiration du vin et, se levant
à demi, appuyé de ses deux mains sur la table et les
yeux dans les yeux de Lafleur, se mit à clamer :

— J'ai passé ma vie à plaindre les abrutis qui font
de la peinture comme on fait des haltères, mais c'est
bien fini. Les grosses natures, maintenant, je les
méprise, je leur crache à la gueule. Que les faiseurs de
calendriers se vautrent dans l'émotion et dans la
peinture à bras. Moi, je travaille dans l'esprit, dans
l'essence et dans la quintessence de l'émanation. Je
suis visité, moi. Ce matin, dans mon atelier, j'étais sur
une toile et j'entends tout à coup un bruit d'ailes. Je
lève la tête et, écoutez bien : il y avait des anges qui
volaient en rond au-dessus de mon chevalet.

Lafleur éclata d'un rire si sonore qu'il éteignit d'un
coup toutes les voix de l'établissement et la musique
de l'orchestre. Les danseurs de swing s'arrêtèrent et,
se tournant à lui, devinrent attentifs. Il vida son verre,
se leva et, parlant d'une voix de tonnerre (qui secoua
tous les assistants, franchit les murs, franchit les
portes, rebondit à la fois dans la rue Norvins et dans la
rue Saint-Rustique, s'entendit à l'ouest, jusque passé
le jeu de boules, et à l'est, portée par le vent,
jusqu'aux approches de la Goutte d'Or), parlant donc,
il dit :

— Bonne nouvelle. Les anges, porteurs de pilules
Pink, chez les coupeurs de poils en quatre, chez les
arbres secs, chez les fricasseurs de mille-pattes. Vivent
les anges. Moi aussi, je suis visité, mais pas par les
anges. Hé ! vous tous, les buveurs de champagne, les
buveurs de swing, ouvrez vos oreilles. Plus tard, vous

vous rappellerez ce que je vais vous dire. Ce matin,
dans mon atelier, deux hommes sont entrés sur leurs
pieds, deux tordus, deux paumés, deux clopinards de
la mistoufle qui crevaient de faim et des figures de
déterrés. En entrant, ils ont dit : j'ai faim. Sans perdre
une minute, je les installe en face d'une toile signée
Lafleur et presque aussitôt, mes deux cloches se
sentent déjà mieux. Au bout de vingt minutes, ils
n'avaient plus faim. Ma peinture les avait nourris.

— Ça ne m'épate pas, ricana Poirier. Des clochards, ça se nourrit dans la boîte à ordures.

— A propos, tes anges, c'était pas plutôt des
mouches à merde ?

La question égaya les voisins et souleva un gros rire.
Livide, Poirier traita son rival de peintre du
dimanche.

Sautant sur la table, les rivaux s'empoignèrent et,
tandis que l'orchestre jouait un tango velouté, roulè-
rent l'un sur l'autre au milieu des verres et des
bouteilles. Trempés jusqu'aux os par le contenu du
seau à champagne qui s'était renversé, les mains et la
figure en sang, ils n'en continuaient pas moins à
cogner. Dans un esprit de solidarité, la Girafe se jeta
sur Loulette Bambin, la gifla, la griffa et lui fendit sa
robe de haut en bas. Pelu ne comprenait rien à cette
scène de violence et balançait sa montre au bout de sa
chaîne avec des clins d'œil égrillards. Un coup de pied
la lui ôta des mains et la projeta sur une bouteille où
elle se brisa. Avec beaucoup de peine, les amis
parvinrent à séparer d'abord les deux femmes, puis les
deux hommes. Lafleur gloussa de plaisir en constatant
qu'il avait seulement un œil abîmé alors que Poirier les
deux yeux, la lèvre fendue et une importante déchi-
rure à l'oreille. Poirier n'était pas mécontent non plus,
se flattant que son adversaire se ressentirait longtemps
des coups heureux qu'il venait de lui porter à l'esto-

mac. Chacun des deux ennemis célébra sa victoire en
commandant une bouteille.

Vers huit heures du matin, Lafleur se réveilla chez
la Girafe. Il était couché tout habillé en travers d'un lit
de milieu entre Pelu et le grand-père. La Girafe
dormait dans une autre pièce. Il rentra chez lui, prit
une douche et partit pour la forêt de Meudon où il
passa la journée à se promener avec un carnet de
croquis. Le soir, il rentra chez lui exténué, mais plein
d'appétit, et il se mit au lit après avoir fait un délicieux
repas de peinture. Avant de s'endormir, il songea
encore à sa nuit passée, se reprochant de n'avoir pas su
garder son secret. Heureusement, personne n'avait
pris ses paroles au pied de la lettre et les peintres
présents ne s'en souviendraient que comme d'une
apostrophe imagée.

Lafleur aurait été moins rassuré s'il avait eu
connaissance de la ligne de conduite arrêtée par
Hermèce quant au secret de sa peinture. Ayant sept
Lafleur en sa possession, le marchand était impatient
de leur faire un sort. Du moment où leur pouvoir
nutritif serait connu du public, les prix ne cesseraient
de monter avec une vitesse vertigineuse, chaque jour
écoulé représenterait une fortune et le temps serait
vraiment de l'argent. Hermèce projeta un grand dîner
et lança des invitations pour le premier jour de la
semaine suivante. Dans l'intervalle, aidé de son beau-
frère Lionel, il rafla chez les concurrents, et même
chez des particuliers, tous les Lafleur qu'il put
trouver. Il se procura ainsi huit autres toiles de
« l'époque nourrissante » et une vingtaine de l'époque
antérieure qui, pour n'être pas nourrissantes, n'en
auraient pas moins une assez grande valeur.

Le lundi soir, à huit heures et demie, tous les invités
d'Hermèce étaient réunis dans le salon. Il y avait là un
peintre illustre, un bâtonnier, deux directeurs de
journaux, quatre critiques d'art, le directeur de la

Radiodiffusion nationale et, côté femmes, une actrice de cinéma, un assortiment de comtesses dans le train et des épouses diverses. A neuf heures et quart, tout ce monde commençait à avoir faim et à dix heures moins le quart, comme la maîtresse de maison ne semblait pas s'inquiéter du dîner, des murmures discrets s'élevèrent dans les groupes. Hermèce exhorta ses invités à la patience, leur promettant qu'ils allaient faire un dîner comme ils n'en avaient jamais fait. Enfin, à dix heures et quart, on annonça que madame était servie et les portes de la salle à manger s'ouvrirent. Les convives avaient une faim de loup et les figures s'allongèrent lorsqu'ils découvrirent la table préparée à leur intention. Sur la nappe blanche, il n'y avait pas une assiette, pas un verre, ni rien de ce qui est nécessaire pour manger, mais à la place de chaque couvert, une fleur et un carton portant le nom d'un invité. En revanche, une profusion de tableaux, à raison d'un pour deux personnes, étaient dressés sur la table, face aux sièges. Les invités prirent place dans un silence glacial. Seul un familier de la maison, critique d'art au *Porte-Plume*, trouva la force de lancer, d'une voix lamentable :

— Voilà des hors-d'œuvre qui vont encore nous ouvrir l'appétit. Pourvu que le rôti ne soit pas de Braque.

— Mes chers amis, je vous sens un peu anxieux, mais rassurez-vous, dit Hermèce, et en quelques phrases, il expliqua aux invités pourquoi il les avait réunis autour de cette table chargée de peintures. Loin de les rassurer, ce discours ne fit qu'augmenter leurs appréhensions et leur mauvaise humeur. Les uns croyaient à une farce, les autres à un accès de démence de leurs hôtes. Comme la maîtresse de maison les priait aimablement de commencer le repas, ils se résignèrent à être courtois et chacun fixa son regard sur la toile qu'il avait devant lui. Cinq minutes ne s'étaient pas écoulées qu'un murmure de stupéfaction s'élevait autour de la table et bientôt ce fut un déchaînement d'enthousiasme. Détendu, épanoui, Hermèce triomphait. Lorsqu'ils furent rassasiés, les convives le pressèrent de questions sur Lafleur. Les deux directeurs de journaux, qui prenaient des notes, étaient les plus avides de renseignements. Il répondait sans se faire prier, traçait un portrait de Lafleur, du reste fort embelli, déballait sa vie privée, lui prêtait une théorie de l'art, inventant, brodant et n'oubliant pas non plus de livrer son adresse. Le directeur de *Jour libre* ne tarda pas à s'esquiver et celui du *Petit Français* sortit sur ses talons. Les quatre critiques d'art, qui appartenaient à d'autres journaux, hésitaient à suivre leur exemple.

— A quoi bon, fit observer l'un d'eux. Nos articles seront flanqués au panier et on nous prendra pour des fous.

— Quand même, dit un autre. Je sais bien que mon papier ne passera pas. Mais si je ne le donne pas ce soir, on me reprochera demain de ne l'avoir pas fait.

Finalement, ils se décidèrent à partir et le directeur de la Radio s'en fut préparer une émission pour le lendemain. Les autres convives restèrent très tard à parler de Lafleur et des horizons nouveaux qu'il ouvrait à la peinture. Et les comtesses ne rêvaient plus qu'à l'avoir dans leurs salons.

Le lendemain matin, Lafleur se leva à sept heures et fit sa toilette. Il était à moitié vêtu lorsqu'il entendit frapper à la porte de l'atelier. Le palier était envahi par une vingtaine de journalistes très excités et d'autres arrivaient par l'escalier. Celui qui se trouvait le plus près de la porte ôta son chapeau et demanda aimablement :

— Monsieur Lafleur, sans doute ? Je suis l'envoyé de la *France éternelle*...

— Monsieur n'est pas là, répondit Lafleur. Monsieur est parti en voyage.

Une rumeur de malédiction salua cette réponse décevante. L'envoyé de la *France éternelle* remit son chapeau sur sa tête et s'informa si Lafleur était parti pour longtemps et pour où (— en Amérique pour un mois ou deux), s'il était allé vendre des tableaux (— Monsieur ne m'a pas dit), s'il avait été de la Résistance, s'il était partisan d'une alliance avec le Brésil, s'il fumait du tabac français ou américain, s'il aimait la musique, la danse, le café.

— Vous serez gentil de nous laisser entrer dans l'atelier, moi et mes confrères. Les photographes prendront quelques photos.

— Impossible, monsieur m'a interdit de laisser entrer personne dans son atelier.

La *France éternelle* prit dans son portefeuille un billet de cent francs et le tendit au serviteur fidèle qui le refusa fermement.

— Je ne mange pas de ce pain-là. Monsieur est trop bon pour moi et trop généreux pour que je lui fasse une chose pareille.

— Au moins, montrez-nous une de ses toiles. Votre maître ne vous le reprochera pas, au contraire.

Lafleur n'eut pas la cruauté de refuser cette satisfaction aux journalistes. La plupart d'entre eux, alertés par leurs journaux dès la parution de *Jour libre* et du *Petit Français*, avaient reçu la consigne de ne rien manger avant de voir les fameux tableaux. Lafleur alla chercher son *Homme à l'harmonica* et leur permit de le contempler assez longtemps pour apaiser leur fringale. Ils étaient fort satisfaits de constater par eux-mêmes un prodige dont la nouvelle les avait laissés à moitié incrédules.

— Est-ce que je peux savoir pourquoi vous veniez voir monsieur ? demanda Lafleur avec innocence.

J'espère qu'il n'est rien arrivé de fâcheux pour monsieur ?

— Comment, vous n'êtes pas au courant ? Vous n'avez pas lu le *Jour libre* ni le *Petit Français* ?

Un journaliste lui tendit *Jour libre*, un autre le *Petit Français* et lui dit sur un ton d'aimable reproche :

— Merci pour le tableau, mais vous auriez pu être un peu plus bavard, mon petit vieux.

— Monsieur ne me parle jamais de ce qu'il fait. Si vous voulez en savoir davantage, allez donc voir le peintre Poirier. C'est le meilleur ami de monsieur. Ils se connaissent depuis quinze ans. M. Poirier habite 97, rue Gabrielle. Surtout ne lui dites pas que je vous envoie. Il pourrait m'en vouloir.

Les journalistes s'éclipsèrent en répétant avec ferveur le nom de Poirier. Lafleur, un peu mélancolique, alla s'asseoir dans son atelier et déploya *Jour libre*. En tête de la première page s'étalait un titre en grosses capitales : « Plus fort que la bombe atomique. » Suivait un article sur trois colonnes avec renvoi à la page deux. « Le nom du peintre Lafleur, hier encore ignoré du grand public, sera demain dans toutes les bouches et non seulement chez nous, mais dans le monde entier où il portera témoignage de la grandeur impérissable de notre France éternellement jeune dont l'intelligence, le génie inventif, la vitalité, la force, le sens de l'humain font l'admiration et l'envie des autres peuples... Hier soir, M. Aristide Hermèce, qui a déjà tant fait pour les arts, recevait chez lui des amis au nombre desquels j'avais le privilège de m'inscrire. La charmante Mᵐᵉ Hermèce... Fallait-il croire que nous étions tous le jouet d'une hallucination ? Non. L'incroyable, l'invraisemblable, l'impensable, était une réalité sensible... Méditons un instant sur le sens profond et sur la portée de cette réalisation picturale qui vient d'éclater au zénith de la grandeur française... L'œuvre de Lafleur nous l'affirme, l'art n'est plus seulement cette tangence de l'esprit à la matière, cette expression métaphorique de l'exister auxquelles nous avaient habitués des générations d'artistes. Il est désormais une infusion de la pensée dans la chose inerte, un contact en prise directe et qui se résout en une création vivante... L'art ne se contente plus d'exprimer. Il transmue... Car il fait honneur à l'esprit humain et comptera comme un ouvrier magnifique de la grandeur de la France. »

Le *Petit Français* écrivait de son côté : « La revanche de Prométhée. Nous sommes pauvres, nous sommes endettés, notre monnaie est au bord de la faillite. Une partie de notre pays est en ruines. Nos machines sont usées. Nos rivières sont à sec. Notre administration est croulante. Partout s'étalent la gabegie et la corruption. Le ravitaillement est de plus en plus mauvais. Notre jeunesse est découragée. Nos enfants son rachitiques. Mais nous n'avons jamais été aussi grands. Le monde entier tourne ses regards vers nous avec envie, car dans le domaine de l'esprit... Le désordre et l'impéritie nous vouaient à une faim perpétuelle ? sans doute. Mais un noble génie s'est penché ardemment sur les secrets de l'art et de la nature... Lafleur, vous êtes (pardonnez-moi ce calembour ému) la fleur de notre espérance, vous avez fixé sur la toile le signe frémissant d'une grandiose renaissance... Ô joies ! Ô gloires ! Ô grandeurs jamais abolies d'une France qui regarde déjà vers les demains prestigieux ! »

La lecture de ces articles attrista Lafleur. Constatant qu'il y était fort peu question de sa peinture en tant que telle, il en arrivait à regretter, par exemple, les raisons subtiles et alambiquées qu'avait invoquées Canubis (un cousin de Poirier) pour éreinter son exposition de l'année précédente.

Cependant, les journalistes étaient arrivés chez Poirier. Loulette Bambin les introduisit dans l'atelier et les pria d'attendre une minute la venue du maître. Il y avait là un certain nombre de toiles au sujet desquelles ils échangèrent des réflexions qui n'étaient pas toutes favorables. La plupart de ces compositions consistaient en volutes et en arabesques cheminant à travers des taches de couleur, claires, fluides, aux contours moelleux. L'effet était souvent très heureux. Certains journalistes disaient : une gueule formidable, une frénésie terrible, une puissance de choc, des sous-jacences folles. D'autres parlaient de distinction mièvre, de féminité arachnéenne, de préciosité morbide, de canular, de bidon. L'entrée de Poirier provoqua un mouvement de vive curiosité. Souvenirs de la bagarre nocturne, il lui restait des yeux pochés, largement cernés de mauve et de jaune, un pansement près de l'oreille et un autre à la lèvre inférieure, qui le gênait pour parler et rendait son sourire grimaçant.

— Votre visite me surprend très agréablement et je m'excuse de vous avoir fait attendre.

— Nous en avons profité pour admirer vos œuvres, dit la *France éternelle*. Vous avez là des toiles d'une beauté et d'une audace incomparables.

Poirier sourit autant qu'il put et remercia d'une légère inclinaison du buste.

— Vous êtes trop aimable. A vrai dire, ma peinture peut surprendre au premier abord. Il y a dans ma peinture certain parti pris, je dis bien parti pris, assez déroutant. Pourtant ma peinture n'est pas, comme beaucoup le croient, une peinture abstraite. Ma peinture est au contraire ultra-réaliste. Ma peinture ne se contente pas de répudier certaines apparences gratuites pour leur en substituer d'autres non moins gratuites. Ma peinture prétend s'introduire au cœur même de la réalité pour y saisir analytiquement et synthétiquement le mystère intime de la substance et en fixer sur la toile les points d'intersection avec mon moi.

— Très intéressant. Très nouveau. Tout à fait original. L'idée est passionnante.

— Quelle époque ! s'écria l'un des visiteurs. Au fait, avez-vous lu le *Jour libre* et le *Petit Français* de ce matin ?

— Mais non, pas encore, répondit Poirier qui devint tout rose d'émotion.

— Lisez d'abord cet article, dit le journaliste en lui tendant *Jour libre*. Vous allez avoir une agréable surprise.

A peine eut-il lu quelques lignes que Poirier changea de visage. Il avait blêmi, la sueur perlait à son front et, à mesure qu'il avançait dans sa lecture, la colère qui s'amassait en lui achevait de le défigurer. Guettant sur ses traits l'apparition d'un joyeux sourire, les journalistes voulaient voir dans cette physionomie grinçante une expression de stupeur émue. Il avait oublié leur présence.

— C'est impossible ! rugit-il en jetant le journal. Qu'est-ce que c'est que cette ânerie, ce bluff imbécile ?

— Ce n'est pas un bluff. Nous l'avons constaté nous-mêmes. La peinture de Lafleur est bel et bien une nourriture.

— Je m'en fous ! Même si c'est vrai, je considère Lafleur comme un zéro, un peintre sans aucun talent, un barbouilleur prétentieux et borné. Je le connais mieux que personne. Il ne fera jamais que des navets. Tant mieux pour lui s'il trouve des gens assez bêtes pour les manger, mais je ne serai jamais de ceux-là.

Cette réaction inattendue souleva un murmure réprobateur dans l'assistance. Poirier eut conscience d'être allé trop loin et essaya de se dominer.

— Évidemment, il y a là une découverte qui fait honneur à l'ingéniosité de Lafleur. Sa recette trouvera d'ailleurs des applications beaucoup plus utiles dans d'autres domaines que dans celui de la peinture où elle ne saurait être qu'une attraction amusante.

— Selon vous, demanda quelqu'un, l'inspiration artistique ne serait pour rien dans l'apparition de ce prodige ?

— Comment voulez-vous qu'il existe un lien entre l'inspiration artistique et la nourriture ? C'est rigoureusement impossible. En revanche, j'ai toujours pensé que Lafleur devait brillamment réussir dans l'alimentation.

Poirier avait beau se contraindre, il ne parvenait pas à dissimuler sa hargne ni son dépit. Les journalistes n'insistèrent pas. Après lui avoir décoché quelques réflexions acides, ils prirent congé du peintre en l'appelant cher grand maître.

Au début de l'après-midi, Lafleur envoya un gamin lui chercher les journaux du soir. La plus large place y était réservée au grand événement du jour. Il apprit ainsi que dès l'ouverture de la galerie, une foule considérable s'était portée chez Hermèce. Devant la vitrine où la fillette en jaune se trouvait de nouveau exposée, l'affluence était si considérable qu'il fallait un service d'ordre pour la canaliser. La nouvelle s'était répandue très rapidement et de toutes parts affluaient des gens affamés, sans compter les simples curieux. Une information de la dernière minute parlait d'un embouteillage complet de la rue de La Boétie et des rues avoisinantes. Les journaux relataient également qu'un inconnu, ayant découvert une petite toile de Lafleur dans une galerie de la rive gauche, l'avait achetée huit cent cinquante mille francs. Un journal d'extrême gauche déplorait du reste qu'une peinture si bien faite pour réconforter l'humanité souffrante devînt la proie des puissances d'argent. Chez le seul Hermèce, faisait observer l'auteur de l'article, il y avait suffisamment de toiles pour nourrir chaque jour des milliers de sous-alimentés et leur rendre force et santé. L'information selon laquelle Lafleur venait de partir pour l'Amérique était donnée sous toutes réserves. En général, on soupçonnait le valet de chambre d'avoir protégé, par ordre, la tranquillité de son maître, mais l'idée n'était venue à personne qu'il fût le maître lui-même.

Ce qui intéressa le plus vivement Lafleur, ce fut le récit de la visite des journalistes à l'atelier de Poirier. *Soir libre* en donnait la version suivante : « On nous avait dit : Allez donc voir le peintre Poirier, il n'a pas de meilleur ami. Nous nous rendîmes à son atelier où le meilleur ami nous fit attendre sa venue une dizaine de minutes, sans doute pour nous laisser le temps d'admirer sa propre peinture. Hélas, nous eûmes vite épuisé le plaisir de la contempler. Enfin, arriva un monsieur au visage tuméfié, boursouflé. C'était le meilleur ami. Sans nous laisser le temps de placer un mot, il se mit à parler complaisamment de sa propre peinture et à expliquer pourquoi il était un grand peintre. Ma peinture. Ma peinture. Toujours ma peinture. Je réussis pourtant à lui faire comprendre l'objet de notre visite. Sans aucun doute, la visite des journalistes à cette heure matinale lui avait fait croire qu'il était devenu l'homme du jour. Sa déception fut telle que, dans un accès de fureur, il nous livra ses vrais sentiments à l'égard du peintre Lafleur. Tout ce que le génie et la grandeur peuvent inspirer d'envie et de basse rancune à un talent médiocre éclata dans un suite de propos injurieux, de dénigrements haineux. Selon lui, Lafleur n'était qu'un zéro, un raté dépourvu du moindre talent. Le meilleur ami n'était qu'un faux ami. »

Lafleur achevait la lecture de cet article non sans éprouver quelques remords lorsqu'il entendit frapper. Avant qu'il eût rien dit, une petite vieille poussa la porte et, en entrant dans l'atelier, demanda sur un ton hargneux :

— C'est bien vous monsieur Lafleur, oui ? Alors

c'est vrai ce qu'on raconte de vos tableaux ? J'ai faim,
moi.

Le peintre la fit asseoir en face de l'*Homme à*
l'harmonica.

— Ça ne vous coûte rien, fit observer la vieille. De
mon temps, quand on voulait manger, on travaillait.
Maintenant, à ce que je vois, on barbouille. Et je suis
sûre encore que ça vous rapporte. Vous êtes bien
meublé, vous n'avez pas l'air d'être malheureux. Moi,
dans ma jeunesse, j'ai travaillé à cinq sous de l'heure et
des journées de douze heures et plus. Aujourd'hui, j'ai
la retraite des vieux, juste de quoi manger mon pain
sec et la boisson au robinet. Les tickets de viande, les
tickets de beurre, c'est pour ceux qui ont les moyens.
Pour nous, les vieux, tout est trop cher. La vie, elle ne
veut plus de nous. Même dans le vestibule, on nous
trouve de trop. Quand on a trimé toute une vie,
pensez qu'à treize ans j'étais déjà en atelier, toute une
vie quand on a trimé, qu'on arrive au bord de ne plus
travailler, qu'on est fatigué à n'en plus pouvoir, on
voit la vieillesse comme une récompense. On pense
aux petits pas dans la chambre chaude, avec un vieux
chat qui aura de la peine le jour qu'on passera de
l'autre côté. Se faire des douceurs, tricoter un peu
dans une chaise commode (ne plus rien faire, on aurait
honte), le nez à la fenêtre à regarder la vie qui finit de
couler entre les fleurs du géranium. On en est revenu.
La chambre sans feu, pas de mou pour le chat, pas
seulement pour soi, le géranium à cent francs le pot.
Dites donc, mais c'est pourtant vrai que ça nourrit,
votre affaire. Je me sens toute drôle, un peu comme
saoule. Vous avez de la chance. Être jeune. Avoir à
manger pour toujours.

— Tranquillisez-vous. A partir de maintenant,
vous n'aurez plus faim. Je vais vous donner ce qu'il
vous faut.

Lafleur alla jusqu'au fond de l'atelier et décrocha

une toute petite toile pendue à un clou, sur laquelle il
avait peint une pomme et un verre de vin. La vieille le
surveillait du coin de l'œil, le regard aigu, les lèvres
pincées. Elle lui arracha le tableau des mains.

— Il n'est guère grand, dit-elle d'une voix sèche.
Enfin, c'est bon. Merci. Je vais quand même finir de
manger sur le vôtre.

Pendant que la vieille repiquait à l'*Homme à l'harmonica*, on frappa à la porte. Lafleur alla ouvrir et se
trouva en présence d'une jeune femme maigre, pauvrement vêtue, tenant par la main un gosse de sept à
huit ans, blême, à l'air abruti. Elle avait un regard
timide, implorant et ne savait comment s'y prendre
pour dire ce qui l'amenait. Lafleur les fit entrer dans
l'atelier et les conduisit à l'une de ses toiles. Ahuri, le
gosse tournait la tête de tous les côtés, posant ses
regards partout, sauf sur la peinture. Enfin, un détail
du tableau ayant retenu son attention, il comprit sans
avoir besoin d'explications et ne perdit plus une
seconde. Rassasiée, la petite vieille considérait les
nouveaux venus avec hostilité, l'air pointu et malveil-
lant. N'osant profiter elle-même de l'occasion, la mère
regardait manger son enfant et, par discrétion, pour
convaincre Lafleur qu'elle n'abusait pas, levait les
yeux sur le vitrage de l'atelier.

— C'est pour vous aussi, lui dit-il.

Elle le remercia d'un sourire, eut un mouvement du
buste en avant comme pour se jeter sur la toile et se
mit à manger avec plus d'avidité encore que le gosse.
Longtemps, Lafleur regarda les deux silhouettes
grêles, les épaules en goulot de bouteille, les nuques
creuses et livides. Il alla chercher une autre toile, une
petite étude de fleurs qu'il avait terminée l'avant-
veille. L'ayant suivi, la vieille lui dit à mi-voix :

— Ne gaspillez donc pas vos marchandises pour ces
gens-là. Ce n'est pas du monde intéressant. Des

traîne-savates, des fainéants, voilà ce que c'est. Je leur en foutrais, moi.

— J'ai presque envie de leur donner le vôtre, répliqua Lafleur. A votre âge, vous n'avez pas besoin de tant manger.

Effrayée, la petite vieille serra son tableau contre sa robe, se mit à trotter vers la porte et disparut en grommelant. Lorsque la mère et l'enfant, restaurés et munis pour l'avenir, eurent également quitté l'atelier, Lafleur s'enferma à clé et se promit de n'ouvrir à personne. Je finirais par n'avoir plus une minute pour travailler, se disait-il, et il ne me resterait bientôt plus une toile. A peine venait-il de se remettre à peindre qu'il entendit le bruit d'un pas nombreux sur le palier. Des coups de poing ébranlèrent la porte, cependant que des voix criaient :

— Ouvre-nous, grande vache. On le sait que tu n'es pas à New York. Grouille-toi ou on va te corriger.

Lafleur ouvrit la porte en riant et une cohue fleurie envahit l'atelier. C'étaient les copains de la Butte qui venaient le féliciter. S'étant concertés dans la matinée, ils avaient décidé de ne pas manger à midi et de venir tous ensemble lui demander à déjeuner sur le coup de quatre heures. Ils apportaient des fleurs et des bouteilles de champagne. Presque tous, Lafleur en fut touché et un peu peiné aussi, avaient mis leurs meilleurs vêtements. Dans le premier moment, tout en s'efforçant à la familiarité, ils se trouvaient, devant lui, gênés et contraints, comme si le vieil ami avec lequel ils avaient si souvent échangé des services, des injures et des confidences, était tout à coup devenu lointain. Ils se rassuraient peu à peu en constatant qu'il n'avait changé en rien, et toute distance se fut bientôt effacée. La fête devint si joyeuse et si animée que la Girafe se trouva saoule avant d'avoir bu et mit sa poitrine de garçon à l'air. Lafleur avait pris soin de tourner tous ses tableaux face aux murs.

— Excusez-moi, dit-il. J'ai une course à faire dans le quartier. Je serai rentré dans un quart d'heure et on se mettra à table aussitôt. En attendant, je vous recommande de ne pas regarder ma peinture. Elle vous couperait l'appétit.

Il monta rapidement la rue des Saules et, dévalant la pente opposée jusqu'à la rue Gabrielle, alla frapper à la porte de l'atelier du numéro 97. Ce fut Poirier lui-même qui vint ouvrir. En voyant son rival, il eut un haut-le-corps. Ses yeux cerclés de jaune et de mauve s'injectèrent.

— Qu'est-ce que tu viens foutre ?

— Je viens te faire des excuses, dit Lafleur. Ce matin, c'est moi qui t'ai envoyé les journalistes en leur disant que tu étais mon meilleur ami.

— Va-t'en.

— Allons, je viens chez toi, tu ne vas pas tout de même me mettre à la porte. Je regrette ce que j'ai fait ce matin. Je voudrais envoyer une note aux journaux pour mettre les choses au point. Si tu veux, on la fera ensemble. Tu acceptes ?

Poirier ne répondait pas et regardait le bout de ses souliers.

— En ce moment, il y a tous les copains qui sont chez moi. J'ai senti que tu leur manquais.

— Je ne vous empêche pas de rigoler, dit Poirier. Mais moi, ce n'est pas mon jour.

Il tenait toujours la tête baissée. Il était très malheureux.

— Tu vas voir la note qu'on va écrire pour les journaux. Ça va tout renverser d'un seul coup. Je le dirai que j'ai été infect avec toi et aussi que j'ai passé mon temps à dire des vacheries sur ton compte. Au fait, je me demande bien pourquoi on s'est brouillé, tous les deux. Ce que je sais, c'est que j'avais encore mon atelier dans le bateau-lavoir. Attends, je crois que c'est venu à cause de Manette. Une petite blonde, elle s'était installée chez moi, elle zézayait un peu, elle avait la folie du quinquina. Enfin, quoi, Manette. J'avais cru m'apercevoir que tu lui faisais du gringue.

— Je ne me rappelle pas bien, dit Poirier en rougissant légèrement.

— Fumier, va, dit affectueusement Lafleur. Je suis tranquille qu'en douce tu te l'es envoyée.

Poirier releva la tête et eut un petit rire timide. Il s'était effacé pour laisser le passage à Lafleur.

— Manette, aujourd'hui, on s'en fout, dit Lafleur. Manette, je l'ai revue il y a un mois, figure-toi. Elle a épousé un bijoutier du faubourg Saint-Honoré. Elle ne parle plus que de sa voiture, de ses domestiques et de ses réceptions.

Il était arrivé au milieu de l'atelier. En voyant les toiles de Poirier, il eut une flambée dans le regard et sa bouche se crispa un peu. Il réussit à se dominer et, ravalant sa salive, déclara :

— Je me demande pourquoi j'en disais tant de mal. Au fond, je n'ai rien contre ta peinture.

Une minute, Poirier regarda dans le vide. Il avait l'air de rassembler sa volonté.

— C'est comme moi, dit-il enfin. Ta peinture, je n'en pensais pas tout le mal que je disais.

Un silence gêné suivit ces affirmations méritoires. Loulette Bambin entra dans l'atelier et demeura éberluée d'y trouver Lafleur.

— Bonjour, dit-il en l'embrassant. On n'attendait plus que toi pour partir.

Ils partirent tous les trois pour la rue Saint-Vincent, bras dessus bras dessous, Loulette entre les deux anciens ennemis. Poirier restait triste, se demandant s'il n'était pas en train de hasarder sa dignité, mais les copains saluèrent la réconciliation avec un grand enthousiasme et la fête se prolongea jusqu'au cœur de la nuit.

Les jours suivants, la presse continua à consacrer

d'importantes colonnes à la peinture de Lafleur. La curiosité du public était insatiable et la plupart des journaux étaient enlevés jusqu'à épuisement du tirage. L'un d'eux faisait observer à ce sujet qu'aucun événement politique, depuis la Libération, n'avait suscité, à beaucoup près, autant d'intérêt parmi la masse des Français. Lafleur, grâce à des complicités et des subterfuges, réussit à échapper aux journalistes pendant une semaine encore. Traqué, trahi par sa femme de ménage, il finit par se rendre et les accueillit dans son atelier. Photographié et rephotographié, il se montra peu brillant et ne sut que répondre à la plupart des questions qui lui furent posées : « Comment travaillez-vous ? Que pensez-vous de la peinture ? Quelle sera l'influence de votre œuvre sur la peinture ? » et cent autres pareilles. Pendant qu'il se débattait ainsi, une jeune journaliste américaine lui déroba sa brosse à dents et son bouton de col qu'elle emporta dans le nouveau monde à titre de souvenir. La presse étrangère, qui avait d'abord paru sceptique, fit également grand bruit autour de la peinture nourrissante. Le *Chicago Herald*, à grands frais, envoya une équipe de savants à Paris pour étudier la peinture de Lafleur et déterminer la nature du support physico-chimique de ses vertus nutritives. L'équipe examina plusieurs tableaux, fit des prélèvements, des analyses de toutes sortes, et ne découvrit rien qu'elle n'eût découvert dans les œuvres de n'importe quel autre peintre. A vrai dire, les critiques d'art ne firent pas mieux que les savants. Ils étudiaient l'art de Lafleur avec autant de conscience que de science, mais ce qu'ils écrivaient aurait pu s'appliquer aussi bien à nombre de peintres dont les toiles ne nourrissaient pas. L'événement les avait surpris dans des habitudes et des commodités qui ne suffisaient plus à faire la preuve de leur intelligence, ce qui paraît être le but de toute critique. Ils n'étaient du reste pas tous des

fervents de Lafleur. Quelques-uns d'entre eux le
traitaient même sévèrement, affectant de considérer le
pouvoir nutritif de ses tableaux comme un phénomène
curieux, voire une attraction de baraque foraine, mais
n'ayant rien à voir avec la peinture et ne lui devant
rien. Pontus, critique de l'hebdomadaire *Mon Bureau*,
écrivait par exemple : « Je n'aime et n'admire que la
grandeur, en quoi je suis bien de ma génération, de
cette génération qui possède à un si haut point le sens
de la grandeur et a engagé la France dans la voie,
précisément, de la grandeur. Or, je le demande, où est
la grandeur dans la peinture de M. Lafleur ? Admettons pour l'instant, nous réservant d'y revenir plus
loin, que cette peinture comporte une certaine grandeur, j'entends de cette grandeur qui n'est qu'à nous,
Français de France, patrie de, justement, la grandeur.
Ceci posé ou, pour mieux dire, supposé, accepterons-
nous encore de nommer grandeur la grandeur d'une
œuvre qui ne doit sa grandeur qu'à une particularité
sans grandeur ? Certes non, car la grandeur d'un
Cézanne ou d'un Renoir, si elle était inséparable d'une
choucroute garnie (donc sans grandeur) serait elle-
même dépourvue de grandeur, en tout cas, de vraie
grandeur, si nous appelons grandeur la grandeur qui
conditionne la grandeur. Ceci démontre... ». Boite-
lier, le critique du *Fagot*, écrivait de son côté : « On
ne peut refuser à la peinture de Lafleur une certaine
efficience, et nous ne cacherons pas que l'efficience est
pour nous le seul vrai chemin de la grandeur. Malheureusement, il est des chemins qui n'aboutissent pas,
soit qu'ils s'arrêtent court, soit qu'ils reviennent après
d'inutiles méandres à leur point de départ. Je crains
bien que Lafleur, en dépit d'une indéniable efficience,
se soit mis dans le cas de n'aboutir jamais. C'est que la
peinture de cet artiste n'est pas une peinture engagée.
Ne dit-on pas d'ailleurs qu'il aurait eu un cousin
germain chef de cabinet d'un ministre vichyssois ?

Loin de moi la pensée de rien insinuer, mais enfin, un fait est un fait. Si Lafleur avait souffert de cette parenté, cela se verrait dans sa peinture. » Derecoi, le critique existentialiste de *Moi et le Monde,* exhalait sa mauvaise humeur en ces termes : « Nulle manifestation de l'être en tant qu'être ne pose plus simplement, plus schématiquement, plus voyablement, le problème des rapports et des imbrications entre la déréliction et la facticité d'une part, le dépassement et l'alcalinité-angoisse d'autre part, que ne saurait le faire l'œuvre d'art plastique, soit qu'on l'envisage comme un possible non encore thématisé, soit qu'on l'appréhende déjà existant en fait. Étant, n'étant pas, elle est en fait ou en devenir limite sécante de la conscience, conscience de quelque chose et du monde transcendant au moi néantisé (d'où tombement juste du contour sécant = grandeur). J'aperçois bien ce que la peinture de M. Lafleur prétend faire d'un problème aussi simple et quels arguments il propose lui-même aux tenants d'une certaine esthétique. Il donne à entendre que l'art n'est nullement la limite sécante, l'inclusion rétroversée d'un phénomène d'aperception dans un tout contingent, puisque sa peinture à lui s'alimente aux sources d'une transcendance qui n'est pas la nôtre. Mais la ficelle de M. Lafleur est vraiment trop grosse. Je lui répondrai d'abord que pour un esprit objectif, la singularité de sa peinture n'est qu'un phénomène à classer et qu'au demeurant, les propriétés nutritives de ses tableaux ne sont ni plus ni moins mystérieuses que celles d'une pomme de terre ou d'une tranche de gigot... ».

Dès les premiers jours, Lafleur avait pris le parti de ne plus lire les articles qui lui étaient consacrés et s'en trouvait bien. Il n'aurait pu le faire qu'au détriment de son travail et jamais il ne s'était senti dans des dispositions aussi laborieuses. Son étourdissante renommée n'avait presque rien changé à sa façon de vivre. Attentif à ne pas étendre le cercle de ses relations, travaillant du matin au soir (sauf les deux jours de jeûne par semaine auxquels il s'astreignait régulièrement), il ne sortait guère de chez lui. Parfois, des amis venaient passer un moment dans son atelier pour le regarder peindre et chercher un enseignement. Ils lui disaient leur étonnement de le trouver aussi calme, aussi équilibré au centre du glorieux tintamarre suscité par sa peinture. « Au fond, répondait Lafleur, il ne m'est rien arrivé. » En prononçant ces paroles, il était sincère et toutefois se trompait lui-même. Il lui arrivait souvent de considérer ses tableaux avec une pesante inquiétude qui tournait presque toujours aux remords. Il songeait à la quantité de force et de vie contenue dans ces toiles et ne profitant à personne. Ce don de créer des œuvres vivifiantes lui paraissait comporter des obligations et de plus en plus, il se sentait responsable du pouvoir qui lui était imparti. Dans la rue, ces mêmes pensées revenaient l'assaillir à la rencontre d'un enfant malingre, sous-alimenté. Un jour, il eut l'idée d'aller trouver le directeur d'une école communale du voisinage et lui remit une toile pour subvenir à la nourriture de ses élèves. Chaque semaine, il en plaça ainsi deux ou trois dans les écoles du quartier. Il ne lui en restait plus que quatre dans son atelier lorsque le besoin d'argent l'obligea d'en vendre une. Un marchand de tableaux la lui acheta six millions et, pour faire les choses régulièrement, proposa un échange de lettres antidatées où l'opération figurait pour quinze mille francs. Cette proposition, bien entendu, Lafleur l'accepta.

Hermèce, lui, était fort satisfait de toute cette publicité tapageuse qui, sans lui coûter un sou, lui valait gloire et profit. Sa boutique ne désemplissait pas. Outre la fillette en jaune qui triomphait dans la vitrine et continuait à attirer sur le trottoir une foule considérable, un Lafleur était exposé à l'intérieur de la galerie, où il était solidement arrimé à la cimaise. Mais les gens chics et le Tout-Paris du marché noir avaient accès aux appartements d'Hermèce où il étalait sa collection de Lafleur. Au lieu d'offrir le thé, sa femme proposait une dégustation de portraits ou de paysages. On n'en finissait pas de complimenter le marchand, qui faisait figure de découvreur. Les journaux l'appelaient le Vollard de notre époque, on disait qu'il avait été de la Résistance et, comme il ne démentait pas, on lui décerna une croix de quelque chose. Cependant, il y avait, sur la peinture de Lafleur, un boum comme jamais vu. Les prix montaient à vue d'œil, un million par semaine, et le bruit courait que les meilleures toiles finiraient par valoir cent millions. En Amérique, les milieux boursiers en furent impressionnés et le franc se raffermit sur les marchés étrangers. A la Chambre, le président du Conseil chantait chaque jour deux hymnes à la grandeur de la France. Il fit voter d'enthousiasme l'achat de deux tableaux par l'État. On les plaça au Louvre où la foule afflua aussitôt. Les gardiens n'avaient jamais vu autant de monde ni même la centième partie et perdaient la tête. Pressés les uns contre les autres, les visiteurs emplissaient toutes les salles et piétinaient en attendant leur tour de contempler les Lafleur. Et ces gens n'avaient même pas un regard pour la *Joconde*. Irrités de faire la queue, impatients, ils se marchaient sur les pieds, s'injuriaient, se bousculaient. Des bagarres éclatèrent. Un jour on se battit à coups de Rembrandts, de Raphaëls, de Fragonards, de Davids.

Les toiles nourrissantes, dites de l'époque pleine, n'étaient pas seules à profiter du tapage de la presse. Celles de l'époque antérieure qu'on appela l'époque jockey atteignaient des prix déjà considérables. On n'en trouvait pas à moins de sept cent mille francs. On découvrit d'ailleurs qu'elles n'étaient pas entièrement dépourvues de qualités nutritives et qu'elles rayonnaient en une heure la valeur d'une petite tasse de lait. C'était tout de même intéressant. Peu à peu devait se révéler l'existence d'une époque intermédiaire comprenant des tableaux d'un rayonnement frugal, mais déjà substantiel. De telles découvertes faisaient rebondir à chaque instant le cas Lafleur et la presse ne manquait pas de les monter en épingle. La population parisienne et celle des grandes villes donnaient des signes d'une nervosité à laquelle la peinture nourrissante semblait n'être pas étrangère.

Dans leur mansarde du quartier de la Bastille, Moudru et Balavoine éprouvaient pour leur part une nervosité d'une espèce particulière. Les premières semaines vécues avec le cadeau de Lafleur avaient été un enchantement. Chaque jour, ils prenaient leurs trois repas sur le paysage de la rue des Saules et s'endormaient dans la quiétude du lendemain. Ils reprenaient rapidement des forces, avaient des faces poupines et des joues vermeilles.

— On peut se vanter d'être des heureux, disait Balavoine. Je ne changerais pas ma place contre celle d'un ministre, ni même celle d'un roi. Ils ont voitures et tout le tenant, c'est entendu, mais pour combien de temps, ils n'en savent rien. Tandis que nous, c'est du sûr et c'est du tranquille.

Sauf en ce qui concernait les repas, leur condition n'avait cependant pas changé. Ils restaient pauvrement logés, pauvrement vêtus, sans amour et sans argent. Bientôt, ils se furent habitués à manger tout leur saoul et cessèrent de s'en émerveiller. Les journées, d'une monotonie accablante, devenaient interminables. Loin d'être un recours, la méditation leur proposait des images de la vie propres à les dégoûter de leur sort.

— L'homme n'est pas fait pour vivre comme un cochon à l'engrais, disait Balavoine. J'aimerais mieux être moins bien nourri et avoir l'existence de tout le monde.

— Bien sûr, soupirait Moudru, mais avoir faim, ce n'est pas drôle non plus. Ce qu'il faudrait, c'est travailler. Nourri, on se servirait de notre argent pour autre chose. On irait au café, au cinéma, on s'achèterait de quoi s'habiller. Sans compter que quand on travaille, le temps passe.

— D'accord, mais moi, je ne peux pas travailler. Avec mon passé politique, rien à faire. Mais toi, travaille.

— Je ne sais rien faire, alléguait Moudru.

Le genre de vie auquel ils semblaient condamnés leur pesait de plus en plus. Le paysage de la rue des Saules accroché de guingois au mur de la mansarde commençait à les écœurer. Pour rompre la monotonie des heures, ils se promenaient dans les rues, mais dépourvus d'argent, n'ayant même pas de quoi acheter un journal, ils passaient à travers la vie de la ville sans avoir de contacts avec elle, et ces sorties ne leur procuraient aucun réconfort. Place de la République, un soir qu'ils regagnaient leur logis, Moudru ramassa un journal qu'un passant venait de laisser tomber sur le trottoir. Ils furent étonnés en constatant l'importance accordée par la presse à la peinture de Lafleur.

— Écoute ça, dit Moudru : « L'État vient d'acquérir deux tableaux de Lafleur, un paysage sous la neige et une scène de musique de chambre, qu'il a payés respectivement onze et quatorze millions. Ces deux tableaux, d'une facture admirable, seraient destinés, dit-on, au Musée du Louvre. »

Les deux compagnons se regardèrent et n'eurent pas besoin de parler pour comprendre qu'ils étaient d'accord. Le lendemain matin, ils quittaient la mansarde de bonne heure, emportant le paysage de la rue des Saules. Sur le point de s'en séparer, ils avaient le cœur un peu serré. Moudru lui-même qui, par nature

et par expérience, se méfiait des mouvements du
cœur, éprouvait une gêne assez proche du remords.
Passant sur les boulevards, ils eurent l'occasion d'assister à une scène courte et violente. Le patron d'un
restaurant de moyenne apparence apparut au seuil de
son établissement, tenant par le col un de ses
employés, qu'il jeta dehors après l'avoir traité de
canaille et de voleur. Le garçon de restaurant, sous la
poussée, faillit s'étaler sur le trottoir mais, retrouvant
l'équilibre, il se retourna et lança : « Va donc, catégorie C, avant deux mois, je verrai ta boîte en faillite. »
Le patron ne trouva rien à répondre, mais l'expression
de colère qui animait son visage fit place à un air de
tristesse soucieuse. L'incident fit rire Balavoine et
laissa Moudru tout pensif.

Une foule importante encombrait déjà les abords de
la galerie. Des visages aux regards avides se tendaient
vers la fillette en jaune que les deux compagnons
n'aperçurent même pas. La boutique était également
pleine de monde. Hermèce se tenait dans la pièce du
fond. Partagé entre la rancune et la curiosité, il hésita
d'abord, puis accepta de recevoir les deux visiteurs,
avec l'espoir de les humilier.

— C'est un tableau que Lafleur nous avait donné,
dit Moudru en montrant le paysage de la rue des
Saules.

— Vous voulez le vendre ? J'aime autant vous dire
que vous n'en tirerez pas grand-chose. Ce n'est même
pas un tableau, c'est une simple étude.

— Tableau ou étude, vous n'en trouverez pas de
plus nourrissant. Vous pouvez l'essayer si vous êtes
disposé à l'acheter. Vous en donneriez combien ?

— Oh ! moi, déclara Hermèce, je ne suis pas
acheteur. En ce moment il y a une baisse terrible sur
les Lafleur. Avec un peu de chance, vous arriverez
peut-être à en tirer quatre-vingt mille francs. Avant

tout, ce qui compte dans un tableau, c'est sa valeur artistique et cette étude-là n'en a aucune.

Balavoine, atterré, eut un geste de désespoir, mais Moudru ne paraissait nullement démonté.

— Puisque vous n'êtes pas acheteur, n'en parlons plus. Au fond, je ne suis pas inquiet. Une pièce comme celle-là, on trouve toujours à la placer d'une façon ou d'une autre.

— Écoutez, dit Hermèce, puisque vous avez besoin d'argent, je vais quand même vous tirer d'embarras. Je prends votre étude à quatre-vingt mille.

— Et avec ça, vous ne voulez pas que je vous donne aussi mes bretelles ? demanda Moudru.

Il tourna les talons avec un ricanement de mépris et entraîna Balavoine vers la sortie. Hermèce, anxieux, se leva de son fauteuil et jeta :

— Tenez, j'irai jusqu'à cinq cent mille !

Balavoine frémit de la tête aux pieds. Il eut un mouvement pour revenir sur ses pas, mais Moudru le ramena d'une main ferme et le poussa devant lui. Hermèce les poursuivit et, les ayant rattrapés dans la galerie au milieu de l'affluence, murmura : « Un million. » Moudru ne tourna même pas la tête. Lorsqu'ils furent sur le trottoir de la rue de La Boétie, Balavoine considéra son compagnon avec respect. Il l'admirait d'avoir refusé un million et se sentait lui-même grandi.

— J'aurais voulu que mon cousin Ernest soit là pour nous voir discuter le coup. Tout sous-préfet qu'il est, je crois qu'il en aurait bavé un petit peu.

— Un million, pour moi, ça n'existe pas, déclara Moudru. Des millions, je veux qu'avant un an, on en ait au moins chacun dix. Tu verras.

Ils refirent en sens inverse le chemin des boulevards et entrèrent dans le restaurant catégorie C dont l'employé chassé avait tout à l'heure prédit la faillite. L'air maussade et préoccupé, le patron les accueillit sans empressement, mais s'intéressa tout de suite à la proposition de Moudru. L'accord se fit sur-le-champ. Un tiers des recettes devait revenir au patron du restaurant, tandis que le reste serait partagé entre les deux propriétaires du tableau. Le lendemain, l'établissement fermait ses portes pour cause de transformation. Quelques jours plus tard, devenu le restaurant de la Bonne Peinture, il était prêt à accueillir les clients. A la porte, en énormes caractères, était affiché le menu : « Effet de soleil sur la rue des Saules, par l'illustre peintre Lafleur ». Dans la salle, les tables avaient disparu pour faire place à des chaises qui, au nombre de deux cents, étaient distribuées de chaque côté d'une allée étroite. Les clients étaient assis là comme au cinéma et regardaient le tableau de Lafleur, accroché au mur du fond et éclairé par une rampe, tandis qu'un pick-up, placé dans la cuisine, déversait des airs de swing ou de tango par le guichet des plats. En général, les clients étaient rassasiés au bout de vingt minutes et, n'ayant plus rien à faire dans la salle, abandonnaient leurs chaises. Seuls, quelques gros appétits restaient quarante minutes ou trois quarts d'heure. Le prix de la place était de quarante-cinq francs. Moudru et le patron du restaurant distribuaient les tickets d'entrée. Balavoine, qui tenait à ne pas se faire remarquer, était à la cuisine où il s'occupait du pick-up. Dès le premier jour, les affaires avaient été brillantes. Quelques milliers de prospectus, distribués dans le quartier, avaient attiré l'attention du public sur le restaurant de la Bonne Peinture. De dix heures du matin à minuit, l'établissement ne désemplissait pas. La moyenne des recettes journalières était aux environs de deux cent mille francs. Moudru et Balavoine avaient de très beaux complets, de grosses bagues en or et une petite moustache Hollywood qui leur allait bien.

La création de ce restaurant de peinture allait

contribuer à surexciter les esprits. Les Parisiens, mal
nourris, constamment déçus dans leurs espérances de
voir le ravitaillement s'améliorer, avaient l'imagination hantée par ces inépuisables réserves de nourriture
que constituaient les œuvres de Lafleur. Le nom du
peintre revenait à chaque instant dans les conversations. Ayant appris qu'il avait donné des toiles à
plusieurs écoles de Montmartre, les journaux envoyè-
rent sur les lieux pour s'informer des résultats obte-
nus. Le public sut ainsi que les enfants de ces écoles
privilégiées où ils prenaient chaque jour deux repas de
peinture, avaient des santés éclatantes. « Dans ces
écoles communales, écrivait le *Jour libre,* tout respire
la force et la bonne humeur. Ces maîtres bien nourris,
ces institutrices aux poitrines superbes sont dans la
plénitude de leurs moyens. Mais que dire des écoliers
et écolières ? La joie et le bonheur de vivre brillent sur
leurs bonnes joues roses. Solidement musclés, vigoureux, épanouis, ils semblent défier la tristesse et la
maladie. » De tels articles avaient un retentissement
profond. De tous les points de Paris, des parents
d'enfants souffreteux, rachitiques ou tuberculeux,
montaient à Montmartre assister à la sortie des écoles
« lafleurisées ». Le cœur gonflé d'envie et de regret,
les larmes aux yeux, ils contemplaient cette enfance en
effet joyeuse et bien portante. Un sentiment de
malaise et de mauvaise humeur s'affirmait dans la
population parisienne. Des cortèges se formèrent
spontanément dans plusieurs quartiers aux cris de
« Lafleur ! Lafleur ! » Ces cris n'avaient rien de sédi-
tieux et les manifestants eux-mêmes ne leur attri-
buaient aucune signification précise. Il ne s'agissait
pas d'appeler le peintre au pouvoir. On l'invoquait un
peu comme une providence, sans se demander de
quelle façon il interviendrait. Les milieux gouverne-
mentaux étaient très inquiets. Le Conseil des ministres se réunit quatre jours de suite et décida l'attribu-

tion d'un ticket de confitures à tous les consommateurs de Paris et de banlieue.

La *France éternelle* fut le premier journal qui parla
de nationaliser Lafleur. L'idée, reprise par d'autres
organes, donna lieu à quelques brèves polémiques,
mais ne trouva pas d'adversaires très résolus. Comme
elle ne contrariait pas de gros intérêts, les gens de
droite se résignaient facilement à cette nationalisation-
là. Le Conseil des ministres élabora un projet détaillé
qui devait être discuté par la Chambre. Cependant,
Lafleur continuait à travailler tranquillement dans son
atelier de la rue Saint-Vincent. Informé par ses amis
de ce qui se préparait, il ne fit qu'en rire. Huit jours
plus tard, le projet de nationalisation était adopté par
la Chambre à une très grosse majorité. Une commission comprenant vingt-quatre membres fut nommée
pour étudier Lafleur et se rendit rue Saint-Vincent.
Le peintre crut à une nouvelle irruption de journalistes et offrit un visage assez maussade. Le président
de la Commission d'Étude de Réalisation exposa
clairement le but de sa visite et présenta ses collaborateurs.

— Je préfère ne pas me fâcher, dit Lafleur. J'entends qu'on me fiche la paix avec cette plaisanterie et
je vous invite courtoisement à vider les lieux sans
tarder.

— C'est de l'enfantillage, répliqua le président.
Nous sommes ici dans un établissement de l'État et
nous y sommes de par la loi.

Cette fois, Lafleur se fâcha et déclara qu'il allait filer
en Belgique.

— Impossible, fit observer le président. Il faut un
passeport et vous pensez bien que l'État ne laisse pas
ses instruments de production passer la frontière. Du
reste, dès maintenant, une section de pompiers et une
de gardes mobiles sont commises à votre sécurité. En
cas d'incendie ou de tentative de vol, vous n'avez qu'à

les appeler. Ils se tiennent en permanence dans la cour et sur le palier.

— En somme, ragea Lafleur, je suis prisonnier.

— Pas du tout. En dehors des heures de travail réglementaires, vous pouvez aller et venir à votre gré. Votre sécurité sera même assurée dans vos déplacements par une escorte de pompiers et de gardes mobiles. Et maintenant, mettons-nous au travail. Voyons d'abord votre comptabilité.

— Ma comptabilité ? Vous vous foutez de moi. Il n'y a jamais eu de comptabilité ici.

— Comment ! Vous n'avez pas de comptabilité ? Voilà qui est étrange. Bien étrange. Enfin, soit, nous aviserons plus tard. Pour l'instant, je vous demanderai de me fournir un minimum de renseignements sur le personnel d'une part, sur l'état de marche et le rendement des machines d'autre part.

— Volontiers, accorda Lafleur. Le personnel, c'est moi. Et en fait de machines, je n'en ai pas d'autres que ce poêle à charbon.

— De mieux en mieux, dit le président en se tournant vers ses collaborateurs. Vraiment il était temps que l'État intervienne.

— En effet, approuva le vice-président de la commission. Je constate que tout est à faire.

— En somme, dit un membre, nous allons partir de zéro.

Ayant assis son opinion quant au mauvais état de l'entreprise, la commission se retira. Durant quinze jours, elle travailla à consigner ses observations dans un rapport dont les conclusions devaient être approuvées, un mois plus tard, par le ministère du Ravitaillement. Tout d'abord, Lafleur put croire que sa nationalisation n'entraînerait aucun changement dans son existence. Il continuait à travailler en toute quiétude et liberté. Simplement, lorsqu'il allait au café ou chez des amis, une escorte de quatre pompiers et de quatre

mobiles lui emboîtait le pas. Il en prit son parti avec
bonne humeur et se peignit lui-même montant la rue
des Saules à la tête de ses gardes. Mais cette période de
tranquillité ne dura pas longtemps. Le ministère du
Ravitaillement commença par réquisitionner une
dizaine d'immeubles aux alentours de la rue Saint-
Vincent, pour y installer les services de la P.D.L.
(production et distribution Lafleur). Il y avait entre
autres la direction artistique, le service des transports,
celui de la comptabilité, celui de la publicité, le service
technique, la direction du matériel, la direction du
personnel. Cet édifice administratif comprenait un
directeur général, un sous-directeur, un secrétaire
général, onze directeurs de services et leurs sous-
directeurs, des chefs de bureau, des sous-chefs et
deux mille sept cent vingt-quatre employés. L'atelier
de Lafleur fut relié par téléphone à tous les services de
la P.D.L. et une jeune téléphoniste vint s'installer
auprès du peintre. Une équipe de dépanneurs,
comprenant seize hommes et un contremaître, fut
logée dans l'appartement voisin dont les locataires
avaient été expulsés. Un jour, une conduite intérieure
et deux camions neufs de cinq tonnes s'arrêtèrent rue
Saint-Vincent. Quatre hommes décorés sortirent de la
conduite intérieure et de chaque camion descendirent
deux costauds larges comme des armoires. Ils allaient
à l'atelier chercher une toile de Lafleur connue sous la
désignation de l'*Homme à l'harmonica*. Lorsque le
peintre eut apposé sa signature au bas d'une vingtaine
de formules et d'imprimés, les hommes de peine
emportèrent le tableau. La toile fut chargée sur l'un
des camions, le cadre sur l'autre camion et les deux
pièces prirent le chemin de la rue Caulaincourt,
service de la direction artistique. De là, l'*Homme à
l'harmonica* passa dans d'autres services et fut ensuite
rangé au magasin en attendant qu'une décision inter-
vînt à son sujet.

Au bout d'un an, la population parisienne, qui avait beaucoup attendu de la nationalisation de Lafleur, fut déçue dans ses espérances. De nouveau on vit des cortèges parcourir les rues aux cris de « Lafleur ! ». Ce n'était plus le ton invocatoire des premières manifestations, mais celui de la colère et de l'indignation. Le gouvernement décréta que le ticket Y afférent à la carte de pain donnerait droit à un repas de peinture dans le courant du mois suivant. La P.D.L. déploya une activité fiévreuse. La salle du cinéma Gaumont fut réquisitionnée et l'on y offrit l'*Homme à l'harmonica* à l'appétit des Parisiens. Malheureusement, les tickets ne furent pas tous honorés. En un mois, quatre cent mille consommateurs seulement se trouvèrent admis à faire un repas de peinture. Encore y avait-il, parmi eux, de nombreux porteurs de faux tickets. Ce mince résultat ne laissa pas d'alarmer les puissances du marché noir. De hauts fonctionnaires de la P.D.L. furent soudoyés, des dizaines de millions distribués à divers échelons. Un beau jour, on constata que dix-sept tableaux de Lafleur, représentant toute sa production d'une année, avaient disparu de l'entrepôt où de grossières copies leur avaient été substituées. Le scandale ne put être étouffé. De graves émeutes éclatèrent sur divers points de la capitale. A Montmartre, rue Caulaincourt, l'immeuble de la direction générale de la P.D.L. fut envahi par les émeutiers qui tuèrent plusieurs employés, d'ailleurs innocents du vol des tableaux. Sous la pression de l'opinion publique, la Chambre vota la dénationalisation de Lafleur qui se trouva délivré de son escorte militaire en même temps que de la tutelle administrative et du téléphone. Dans le même temps, il eut une autre satisfaction. Soucieux d'apaiser l'opinion et craignant pour sa propre existence, le gouvernement prit une mesure énergique. Il décida de réquisitionner tous les Lafleurs qui, ayant une valeur comestible, n'étaient

pas affectés à la consommation. Hermèce fut le
premier touché par cette mesure. Tous ses Lafleurs de
l'époque pleine et de l'époque intermédiaire lui furent
enlevés d'un coup et payés à leur prix d'achat, majoré
de quarante pour cent. Il perdit ainsi, en un seul jour,
plusieurs centaines de millions et il en eut un si grand
déplaisir qu'il tomba sérieusement malade. D'autres
marchands durent également céder leurs Lafleurs à
l'État et aux mêmes conditions. En général, les
simples amateurs eurent plus de chance. Le service
des réquisitions les ignora pour la plupart. Moudru et
Balavoine n'eurent pas de mal à sauver leur Effet de
soleil sur la rue des Saules qui rendait à la population
du quartier des services incontestables. Mais la police,
ayant enquêté sur l'origine du tableau, découvrit
l'identité de Balavoine et l'arrêta. Quelques mois
plus tard, il était condamné à vingt ans de travaux
forcés. Moudru l'assista fidèlement dans cette
épreuve, c'est-à-dire que durant un an, il lui envoya
des colis, alla le voir à sa prison. Et la vie le lui fit
oublier.

Le gouvernement réquisitionna ainsi une trentaine
de tableaux dont la population ne retira pas le profit
escompté. Les députés de la province ayant réclamé
des attributions de peinture pour leurs circonscrip-
tions, les Lafleurs furent répartis entre les grandes
villes. Paris n'en conserva qu'une demi-douzaine,
de quoi servir un repas mensuel à la moitié de
la population. En même temps, la ration de pain
était diminuée, la viande devenait plus rare, les
stocks de conserves avaient pourri, le vin n'arrivait
plus.

Affranchi du carcan administratif, Lafleur travaillait avec une grande ardeur. Il recommençait à faire
des dons aux écoles communales de Montmartre et
son nom était particulièrement populaire dans le
quartier. Ses relations avec Poirier se poursuivaient

sur le plan de l'amitié. Ils ne méprisaient presque plus
leurs peintures respectives et sortaient volontiers
ensemble, tantôt seuls, tantôt avec des amis. Un jour,
le grand-père de la Girafe mourut subitement. On
l'inhuma au petit cimetière Saint-Vincent et tous les
amis de la Butte suivirent le convoi. La Girafe avait
une si grande douleur qu'on n'osa pas l'abandonner à
sa solitude. Les libations commencèrent à quatre
heures de l'après-midi et l'on décida d'entreprendre
un pieux pèlerinage dans tous les lieux où avait bu le
grand-père. Toute la nuit, passant d'un café à un
autre, la bande battit le pavé des rues hautes de la
Butte.

— Grand-père, où es-tu? criait la Girafe. Grand-
père, réponds-moi!

Et les copains, non moins ivres que la Girafe et
irrités de la carence du grand-père, criaient en chœur
après elle :

— Tu t'es encore saoulé la gueule! Montre-toi,
vieux sac à vin!

On s'arrêtait un moment pour prêter l'oreille, mais
le grand-père ne répondait pas. On repartait, on
entrait dans un café, dans une boîte de nuit. Entre six
et sept heures du matin, la Girafe et ses amis
s'endormirent sur les banquettes d'un café de la place
du Tertre et s'éveillèrent un peu avant midi. On
convint que le grand-père n'était pas mort et on
poursuivit les recherches pendant deux jours et deux
nuits. Durant tout le temps de cette pieuse saoulerie,
Lafleur parla d'abondance et fut souvent très écouté.
Rentrés chez eux, les amis en étaient encore troublés.
Ils n'avaient retenu aucune de ses paroles, mais se
souvenaient qu'il avait été d'une éloquence à la fois
subtile, émouvante et magnifique. Ce fut au cours de
la semaine suivante que quatre peintres de Montmartre, de ceux qui avaient assisté la Girafe dans son
deuil, peignirent leurs premiers tableaux nourrissants.

Les historiens disputent si l'éloquence de Lafleur joua un rôle déterminant dans cet événement. Les amis de la Girafe en sont persuadés. D'autre part, le fait que peu de temps après cette éclosion de nouveaux talents nourrissants se soient révélés à Montparnasse et ailleurs, parmi des artistes n'ayant aucune relation avec Lafleur, autorisera toujours certains doutes. La chose était dans l'air, disent les gens prudents qui préfèrent constater plutôt que d'expliquer. En moins d'un an, plus de cinquante peintres, sans même l'avoir ambitionné, allaient entrer, eux aussi, dans leur époque pleine. Il y eut bientôt suffisamment de toiles nourrissantes pour que le marché noir s'effondrât. Les prix redevinrent normaux et, dans toute la France, mangea du poulet qui voulut. Ce grand mouvement d'art efficace, comme on l'a appelé depuis, ne devait pas rester cantonné dans le domaine de la peinture. On vit apparaître des sculpteurs efficaces. Leurs statues donnaient la vigueur, la grâce et faisaient tomber le ventre à qui caressait leurs formes de la main ou du regard. La musique efficace stimulait l'ardeur au travail et faisait tourner de puissantes machines sans qu'il fût besoin de les alimenter autrement. Comme on pouvait s'y attendre, les belles-lettres ne restèrent pas en arrière. Certains poètes publièrent des œuvres si chaleureuses qu'elles chauffaient facilement un appartement de cinq pièces avec la cuisine et le cabinet de toilette. D'autres rendirent aux Français le goût de la liberté et de la vérité. Il y eut même des écrivains, poètes et romanciers, qui procuraient un bon sommeil reposant. La nation tout entière, délivrée de ses plus noirs soucis, renaissait à la vie et à la jeunesse éternelle, travaillant, jouant, chantant.

Les nouveaux venus à l'art efficace ne faisaient pas oublier le nom de Lafleur qui était partout révéré à l'égal des plus grands des siècles passés. Pour les artistes de France comme pour ceux de l'étranger, le peintre de la rue Saint-Vincent faisait figure de patron et de jeune doyen, étant le premier qui eût été touché de la grâce efficace. Il se réjouissait sans arrière-pensée d'avoir des émules et il fut sincèrement heureux lorsque Poirier devint à son tour un peintre nourrissant. A vrai dire, la peinture de Poirier ne constitua jamais des repas bien solides. Ses toiles étaient d'agréables desserts, petits fours, sucreries et crèmes renversées. Les copains ne manquèrent pas de fêter son accession à l'efficacité. Ce fut au cours de ces réjouissances que la Girafe s'éprit d'Éleuthère Louébé, le grand poète efficace de la rue de l'Abreuvoir, qu'elle devait épouser quinze jours plus tard. Éleuthère était un homme de soixante ans, d'une rare élévation de pensée et d'une grande austérité de mœurs. Vouée à une existence de ménagère assidue, la Girafe renonça solennellement aux copains, aux sorties et aux boissons fortes. Plus jamais elle ne montrerait sa poitrine de garçon sous les lumières du soir. Par malheur, Éleuthère écrivait des poèmes d'une efficacité telle qu'il régnait dans son appartement une chaleur étouffante. Même en ouvrant la fenêtre, les deux époux avaient la gorge en feu. Le poète se mit à boire et l'on revit la Girafe errer de café en café, de verre en verre, et arpenter les rues de la Butte aux bras des copains en jetant à la nuit : « Éleuthère ! où es-tu, vieux schnock ? ». La nuit était sourde, les rues menaient au café, le pavé renaissait dans les aubes de zinc, Éleuthère vomissait dans son escalier, Éleuthère écrivait des poèmes brûlants, les copains peignaient des paysages merveilleux et ceux de Lafleur étaient toujours les plus beaux.

Ainsi commença cette existence édénique qui nous paraît à présent si naturelle que nous sommes un peu tentés d'oublier les jours amers du marché noir, de

l'anarchie, de la corruption, des tickets de tout, de la
fatigue et du découragement, une époque heureusement révolue et qui n'est pourtant pas très loin de
nous.

DU MÊME AUTEUR

Aux Éditions Gallimard

ALLER-RETOUR, *roman.*

LES JUMEAUX DU DIABLE, *roman.*

LA TABLE AUX CREVÉS, *roman.*

BRÛLEBOIS, *roman.*

LA RUE SANS NOM, *roman.*

LE VAURIEN, *roman.*

LE PUITS AUX IMAGES, *roman.*

LA JUMENT VERTE, *roman.*

LE NAIN, *nouvelles.*

MAISON BASSE, *roman.*

LE MOULIN DE LA SOURDINE, *roman.*

GUSTALIN, *roman.*

DERRIÈRE CHEZ MARTIN, *nouvelles.*

LES CONTES DU CHAT PERCHÉ.

LE BŒUF CLANDESTIN, *roman.*

LA BELLE IMAGE, *roman.*

TRAVELINGUE, *roman.*

LE PASSE-MURAILLE, *nouvelles.*

LA VOUIVRE, *roman.*

LE CHEMIN DES ÉCOLIERS, *roman.*

URANUS, *roman.*

EN ARRIÈRE, *nouvelles.*

LES OISEAUX DE LUNE, *théâtre.*

LA MOUCHE BLEUE, *théâtre.*

LES TIROIRS DE L'INCONNU, *roman.*

LOUISIANE, *théâtre.*

LES MAXIBULES, *théâtre.*

LE MINOTAURE précédé de LA CONVENTION BELZÉBIR et de CONSOMMATION, *théâtre.*

ENJAMBÉES, *contes.*

COLLECTION FOLIO

Impression Bussière à Saint-Amand (Cher),
le 30 mars 1988.
Dépôt légal : mars 1988.
1er dépôt légal dans la collection : décembre 1983.
Numéro d'imprimeur : 4278.

ISBN 2-07-037515-3./Imprimé en France.